中公文庫

威風堂々 (上)

幕末佐賀風雲録

伊東　潤

中央公論新社

威風堂々（上）幕末佐賀風雲録　目次

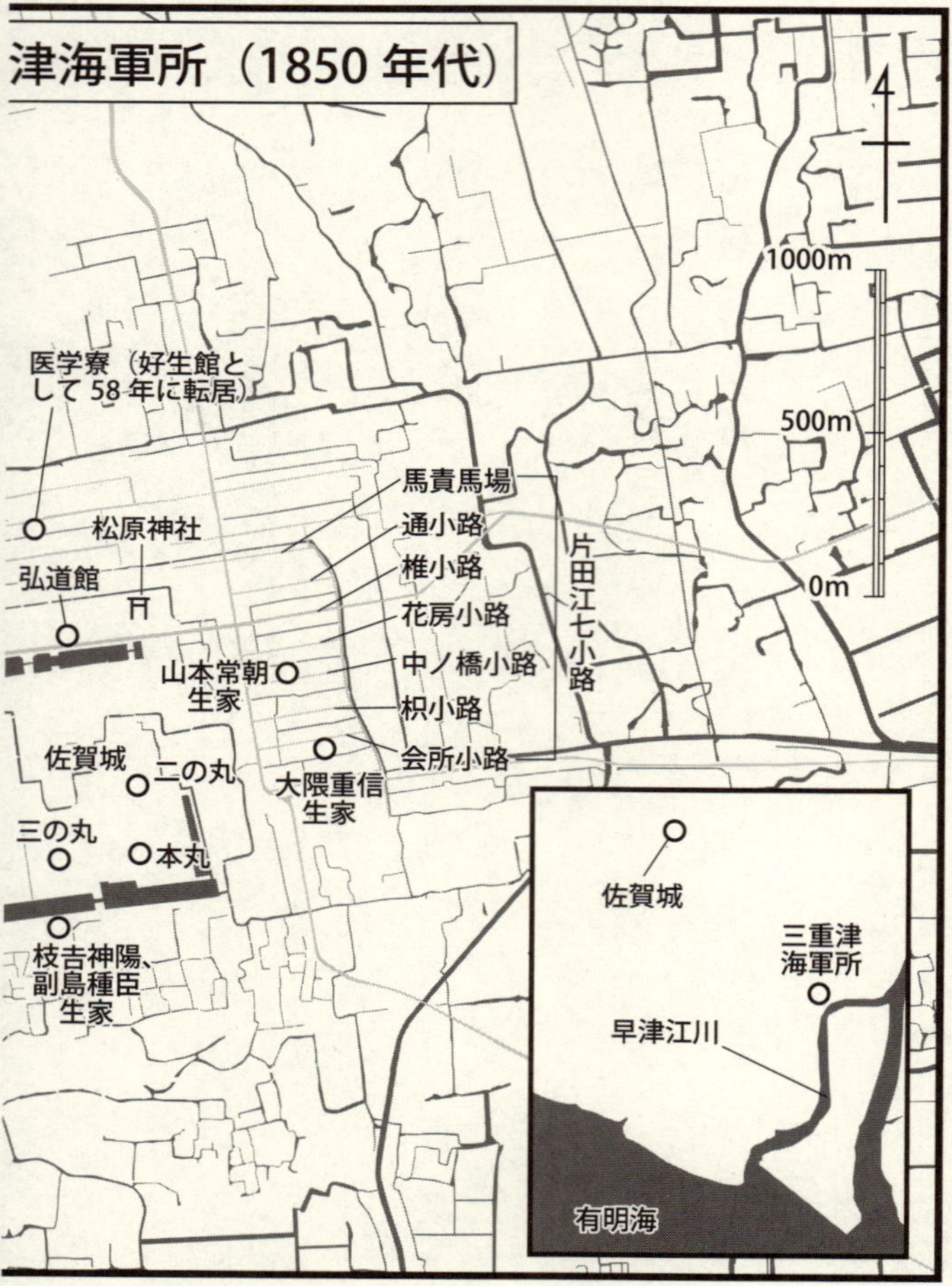
津海軍所（1850年代）
医学寮（好生館として58年に転居）
松原神社
弘道館
山本常朝生家
佐賀城
二の丸
三の丸
本丸
枝吉神陽、副島種臣生家
大隈重信生家
馬責馬場
通小路
椎小路
花房小路
中ノ橋小路
枳小路
会所小路
片田江七小路
1000m
500m
0m
佐賀城
三重津海軍所
早津江川
有明海

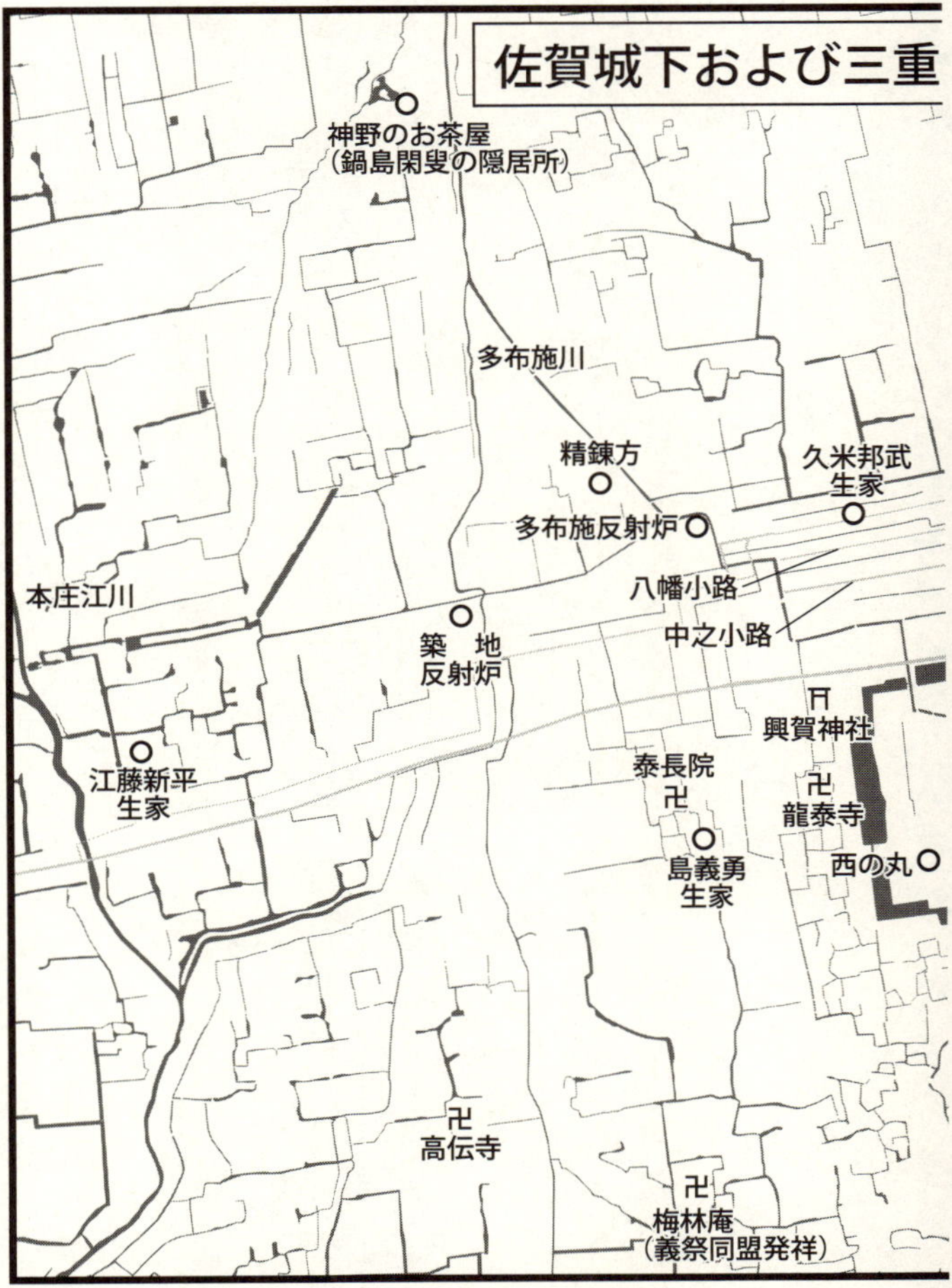
佐賀城下および三重
神野のお茶屋
（鍋島閑叟の隠居所）
多布施川
精錬方
久米邦武
生家
多布施反射炉
八幡小路
本庄江川
築地
反射炉
中之小路
興賀神社
泰長院
江藤新平
生家
龍泰寺
島義勇
生家
西の丸
高伝寺
梅林庵
（義祭同盟発祥）

威風堂々（下）　明治佐賀風雲録　目次

威風堂々（上）　幕末佐賀風雲録

プロローグ

雨が降っていた。冬の冷たい雨だ。

——八太郎さんとの思い出に、雨の日はないな。

なぜか大隈と一緒にいる時、いつも空は晴れていた。だがその空も、大隈の最期を看取ろうとしているのか、この日だけは雨を降らせていた。

大隈邸の前で止まった馬車から降りようとした時、雨でステップが滑り、危うく転倒しそうになった。反対側のドアから降りた書生が慌てて駆けつけ、手を差し伸べてくれた。

「すまぬ」と言いつつ、その手を借りた久米邦武はゆっくりとステップを降りた。

——八太郎さんよ、これではわしも長くはない。

大隈より一つ年下の久米は八十二歳になる。

玄関口には、大隈の妻の綾子と一人娘の熊子が待っていた。二人は正座し、「ご足労いただき、ありがとうございます」と言って頭を下げた。

書生に手を取られるようにして大隈の横たわる部屋に入ると、医者や看護婦をはじめとした十人余の人々が集まっていた。久米が来たことで、彼らは口々に挨拶すると、別室に下がっていった。

襖を取り払った次の間には、早稲田大学関係者、憲政会、大日本文明協会など、かつて大隈が関与した団体の代表者が顔をそろえていた。そちらに黙礼した久米は、ようやく大隈の傍らに腰を下ろした。

六尺（約百八十センチメートル）に及ばんとする大隈の体軀が、窮屈そうに蒲団にくるまれていた。弘道館の寮で起居を共にしていた頃は、足首から先が蒲団から出ていたものだが、さすがに今は蒲団の中に収まっている。大隈の右足はないので、その部分だけ蒲団が盛り上がっていない。

「八太郎さん、どうなさった」

久米の声に気づいたのか、大隈がゆっくりと目を開く。下唇の下に桃の種が収まっているかのような渋面は相変わらずだ。

「何だ、丈一郎か」

その不愛想な口調は、若い頃と何ら変わらない。むろん身を乗り出し、「よく来てくれた」などと言われて涙を流されては、久米もどう対応していいか分からない。

――よかった。

なぜか久米は安心した。

「動けないと聞いていましたが、息災のようじゃないですか」

大隈の顔に笑みが広がる。

「今は少し休んでいるだけだ」

大隈が強がりを言っているのは明らかだが、なぜか久米はうれしかった。

「また動けそうですか」

少し考えた後、大隈が答える。

「此度ばかりは分からんな」

「八太郎さんは『ハシクリ』と呼ばれるほど、すばしこかった。だからまた動けますよ」

「ハシクリ」とはハゼを表す佐賀方言で、すばしこい者の渾名となっていた。

「あの世に行けば、また『ハシクリ』になれるさ」

二人が嗄れ声で笑う。

「そういえば八太郎さんは、百二十五まで生きると息巻いておりましたな」

「ああ、人間の細胞は百二十五歳前後まで十分に活動できると、アメリカの医学雑誌に出ていたからな。むろん摂生するだけではだめで、常に気力を充実させ、快活な精神を保たねばならない。さすれば不老長寿は自ずと得られる」

弁舌さわやかだった若い頃とは比べ物にならないほど、大隈がゆっくりと嚙み締めるように言う。

「それを信じ、実践していらしたんですね」

「うむ。まだまだ成さねばならぬことがあるからな。それまでは死ぬわけにはいかん」

大隈が皺だらけの口元をすぼめるように言う。

「では、まだ死ぬことは見つけられませんか」

「ああ、見つけられん。見つかるわけがないだろう。見つけたなどと言っている輩は嘘つきだ」

「武士道とは死ぬことと見つけたり」とは、『葉隠』の有名な一節だ。『葉隠』を揶揄することは、二人にとって習慣のようになっていたが、今となっては、そんな『葉隠』さえ懐かしい。『葉隠』とは、山本常朝という佐賀藩士が口述した武士の心得をまとめたもので、葉の陰に隠れて、つまり藩主に気づかれなくても黙々と忠義を尽くすことの大切さを説いたものだ。いわば佐賀藩士の聖書と言えるもので、『葉隠』を否定することは、武士（奉公人）であることを否定するのと同義だとさえ言われていた。

久米の脳裏に、共に学び夜を徹して語り合った日々がよみがえる。

「弘道館では四書五経や『葉隠』の素読ばかりやらされ、八太郎さんは辟易しておりましたな」

「当たり前だ。朱子学と『葉隠』だけの教育など退屈の極み」

「朱子学と『葉隠』が退屈とは恐れ入った。そういえば八太郎さんは、ご家老を前にして

『人の自由な思想と、それに基づく行動を、狭い一藩の教育方針によって規制、拘束するなどもってのほか』と言い放ちましたな」

「ああ、言った。しかし本音を言ってしまえば、退屈していただけだったのだ」

二人が再び笑う。

「八太郎さんは、『葉隠』の『武士道とは死ぬことと見つけたり』という一節を、とくに嫌っておりましたな」

「ああ、嫌っていた。死んでしまっては何も見つけられん。人は見つけた先にあるものを、生きて追い求めねばならん」

「その通りですが、総理大臣にまでなった八太郎さんが何も見つけられなかったのですか」

大隈は笑みを浮かべて首を左右に振った。

「総理大臣など、人力車夫と変わらぬ。自分の前の道しか見えておらぬ」

「何を仰せか。八太郎さんは、政治を薩長の藩閥から国民の手に取り戻したではありませんか」

「それは時流というものだ。まあ、わしが奔走したことで、少しは早く取り戻せたかもしれんがな」

久米がため息をつく。

「八太郎さんは死の瞬間まで反骨を貫くのですか」

「ああ、そうだ。それ以外、わしには何の取り柄もないからな」

大隈が真顔で言う。

「そろそろ若い者に席を譲られたらどうですか」

「分かっている。この国の若者は強くて賢い。彼らの学舎も築けた。そろそろ、わしもお役御免だ」

「どうせ私も、すぐにそちらに行きます。どこにも行かず待っていて下さいよ」

「待つわけがあるまい。下駄を手にして追いかけてこい」

しばし若い頃のように笑い合った後、大隈が慈愛の籠もった声音で言った。

「丈一郎はまだ息災のようだ。この国のために働ける限り働いてくれ」

いまだ久米は、早稲田大学で古代史や古文書学の教鞭を執っていた。

「分かりました。学びは死ぬまで終わりませんからね」

「そうだ。人は死の瞬間まで学び続けねばならない」

大隈が目を閉じる。

「疲れましたか」

「少しな」

「何が見えますか」

「会所小路にあった旧宅だ」

大隈の口元が緩(ゆる)む。

その旧宅の離れの一室で、大隈や久米は互いの情熱をぶつけ合うように議論した。それは、二度と戻らないからこそ貴重な若き日の思い出だった。

口角泡を飛ばして議論を戦わせていた仲間たちの顔が脳裏に浮かんでいるのか、大隈がしんみりとした口調で言った。

「みんな先に逝っちまったな」

「はい。副島(そえじま)さん、江藤(えとう)さん、島(しま)さん、大木(おおき)さん、みんな鬼籍(きせき)に入ってしまいましたな」

「ああ、だが皆は、まだわれわれの中で生きている。皆が死ぬのは、われらが死んだ時だ」

「そういう考え方もできますね。では八太郎さん、そろそろ失礼します」

大隈がうなずく。

「ああ、次に会うのは、あの世だな」

「はい。こちらで土産話(みやげばなし)をたんまり仕入れてから行きます」

久米が手をついて立ち上がる。綾子と熊子も見送りのために立とうとするが、それを手で制した久米は広縁に出た。最後に大隈を一瞥(いちべつ)すると、いつものように渋面をして目をつぶっていた。

――あちらで待っていて下さい。

心の中でそう言うと、久米は追ってこようとする関係者を手で制しつつ玄関まで行った。

先ほどまで降っていた雨は上がり、雲の隙間から青空が見えていた。

——やはり晴れたな。

久米は大隈邸の石畳を一歩ずつ踏みしめ、門の前で待つ馬車に向かった。

この数日後の大正十一年（一九二二）一月十日、午前四時三十八分、大隈は八十三歳十カ月の生涯を終えた。苦しみのない穏やかな死だったという。

それからちょうど十年後の昭和六年（一九三一）、久米も後を追うことになる。九十一歳の大往生だった。

幕末から維新を生き抜いた者たちは、櫛の歯が欠けるように一人また一人とこの世を去っていった。時は流れ、弾むような肉体を持つ若者にも老いは訪れる。だが天から授けられた才能を努力によって補強し、大きな業績を挙げた者の足跡は永劫に色あせない。

安政二年（一八五五）五月まで、時はさかのぼる。

第一章　気宇壮大

一

佐賀藩鍋島家三十五万七千石の本拠・佐賀城の北東部には、「片田江七小路」と呼ばれる東西に延びる七つの通りが北から南に並んでいる。この七つの通りの名は佐賀藩士でも覚えにくかったらしく、数え歌になっていた。

馬通り、椎に花房中ノ橋、枳に会所は片田江のうち

北から馬（馬責馬場の略）、椎、花房、中ノ橋、枳、会所という小路の名だが、これでは六つにしかならない。ところが古地図を見ると、その謎が解ける。北から二番目の小路には「通小路」という無粋な名がついており、この数え歌の「馬通り」とは、二つの小路の

名をつなぎ合わせていたと分かる。

ちなみに枳とは「げす」と読むが、「下司」という意味ではなく、カラタチというミカン科の低木の名から取られていた。

最南端の会所小路の近くには、河川へと通じる人工運河が走り、それに沿って米蔵や酒蔵が軒を連ねていた。そのため江戸時代中期頃まで役人と商人たちの会所があり、会所小路と呼ばれるようになった。

天保九年（一八三八）二月十六日、この会所小路で男児が産声を上げた。

大隈八太郎こと後の重信である。

その日は「よく晴れた日だった」と諸書にあることから、抜けるような晴天の下で、大隈は命を授かったことになる。

八太郎の八は産土神の龍造寺八幡にちなんだもので、龍造寺八幡のご加護によって元気に育ってほしいという両親の願いが込められていた。

両親の名は与一左衛門信保と三井子といい、大隈は二人の嫡男になる。順番としては、姉二人弟一人の四人兄弟の三番目だった。

父の信保は長崎港警備を専らとする石火矢頭人（大筒組頭・砲台指揮官）で、知行三百石に物成（役料）百二十石を拝領しており、上級家臣に名を連ねていた。

石火矢頭人は、佐賀藩と福岡藩黒田家が一年交代で幕府から任命されている「長崎御番」の中核として、極めて重要な役割を担っていた。

信保は数学的知識を持った砲術の専門家で、幼い大隈を大砲の試射場や長崎にしばしば連れていき、大砲の発射教練を見学させていた。佐賀と長崎の間は海上三十里（約百二十キロメートル）ほどで、船を使えば一昼夜で着く。つまり佐賀藩士にとっては目と鼻の先という感覚だ。

だが大隈が十二歳の嘉永三年（一八五〇）、信保は剣術稽古の最中に脳出血で急死した。数えで四十七歳だった。

父と過ごした日々は長くはなかったが、大砲と築城（台場）に強い関心を抱いたのは父の影響だったと、後に大隈は述懐している。

その後、未亡人となった三井子は、女手一つで四人の子を育て上げた。たとえ裕福な武士でも、四人の子すべてが成人まで無事に育つことはまれな時代だ。しかし三井子は、この難事業を一人でやり遂げた。

ちなみに姉二人はそれぞれ佐賀藩士に嫁ぎ、また弟の欽次郎は同じく佐賀藩士の岡本家に養子入りし、明治十年（一八七七）まで存命したが、大隈が三人と親しく行き来した形跡はない。大隈は東京に本拠を置いたので、親戚付き合いできなかったのが疎遠になっていった理由らしい。

大隈は六歳で藩校弘道館の外生（今の小学生）となり、佐賀藩独自の教育を受けることになる。

嘉永六年（一八五三）、十四歳で内生（今の中学生以上）へと進んだ大隈は寮生活を送ることになった。この年、江戸はペリーの来航で大騒ぎとなっていたが、佐賀藩の守る長崎にもロシアのプチャーチンが来航し、にわかに諸外国との緊張が高まってきていた。

すでに佐賀藩では、鉄製大砲の量産ができるようになっており、長崎湾外の伊王島と神ノ島に多数の砲を設置していたので、プチャーチンは強硬な姿勢が取れずに退散した。この頃には、佐賀藩は幕府老中の阿部正弘の注文に応じ、五十基の大砲を製造することができた。

幼少期の大隈は他に抜きん出るほど優秀ではなく、また腕っぷしも強い方ではなかった。そのため母の三井子は鍋島家の菩提寺の高伝寺に連れていき、槙の大木に登らせた。それがよほど周囲の人々の記憶に残ったのか、後にこの槙は、「八太郎槙」と呼ばれるようになる。

少年時代の大隈が親しく交わり、終生の友となったのは一つ年下の久米邦武だった。久米によると、大隈は温和で親しみやすい少年だったという。だが大隈は、十二、三歳の頃から「ハシクリ」と呼ばれるようになる。「ハシクリ」には、「すばしこい」という意味から転じて「暴れ者」という意味もあり、大隈は手のつけられない暴れ者になっていく。腕力が付いてくると、大隈は学問でもめきめきと頭角を現していった。本人の回顧談によると、細かいことや無駄だと思われることを覚えるのが大嫌いで、物事を高所から大摑(おおづか)みする要領のよさを備えていた。また新情報に敏感な上、良書を見つける手腕は抜群だったらしい。しかも自分では読まず、良書を読書好きの友人に勧め、時によっては自分が購入した本を貸してやる。それで大要を聞いて「自己の薬籠(やくろう)中に収めておく」のが得意だったという。

佐賀藩では、成績優秀者から順番に外生寮から内生寮へと進級できる仕組みだったが、十四歳になった大隈は同期の中で一番に進級を許された。

だが弘道館の教育は、朱子学と『葉隠』を主とした画一的な課業で、専門的な知識が身に付かなかった。例えば、大隈のような石火矢方や医者の息子が、将来何の役にも立たない朱子学を懸命に勉強するということが続けられていた。

「やめた」

読んでいた『論語』を放り投げると、大隈は手枕で横たわり、薄汚れた天井を見つめた。

それぞれ背を向けて勉強していた同室の三人が驚く。

弘道館の内生寮は四人一部屋で、十八畳の部屋の四隅に机が置かれ、中央に蒲団を並べて寝る形になっている。それゆえ最初に蒲団に入ることはためらわれ、自然競い合うようになる。

「何をやめるんですか」

久米丈一郎が笑みを浮かべて問う。

「こんな勉強はやめる」

それを聞いた一人は、大隈を無視して本に顔を埋め、もう一人の広澤達之進は大声で素読を始めた。

久米が「やれやれ」といった口調で言う。

「八太郎さん、勉強をやめたら、たいへんなことになりますよ」

「分かっておる。『文武課業法』から脱した者は、家禄の半分を返上せねばならなくなると言いたいんだろう」

佐賀藩には、成績の振るわない子弟の家の家禄を最大半分まで召し上げるという「文武課業法」という厳しい定めがある。

「八太郎さん、誰だって勉強は嫌いです。それでも家のために学ばねばならぬのです」

「そうした考えがいかんのだ。皆が朱子学に詳しくなっても、飯の種、すなわち産業は育たない。だいいち火術方をやるのに朱子学が必要か」

火術方とは鉄製大砲を鋳造する部門のことで、藩内でも優秀な若者が抜擢されていた。佐賀藩では、火術方が天保十五年（一八四四）から設けられており、鉄製大砲の研究では、はるかに他藩に先んじていた。

「それを言ったらおしまいですよ。われらのような一介の学生が、藩の定めに逆らうことはできません」

「だから、お前はだめなのだ」

「何がだめなんですか！」

久米が色をなす。その間も広澤は声を上げて素読を続けているので、二人の声も自然と大きくなる。

「常に自分と家のことしか考えない輩に、この国の将来は語れぬ」

「うるさい！」

耳をふさいで勉強していた一人が喚いたが、二人はそれを黙殺した。

「私が自分のことしか考えていないと仰せですか」

「そうだ。口では国のことを考えていると言っても、行動が伴わなければいかん。わしはこのまま『儒骨』になるつもりはない」

「儒骨」とは、書物から知識を学ぶだけで、その知識を行動に結び付けない者のことを言う。

「今は家禄を減らされずに弘道館を卒業し、それから実践的な学問を学びます」

「われらが弘道館を卒業する時は、いくつになっている」

「二十代半ばです」

久米が唇を噛む。

佐賀藩では家督を継ぐ平均的な年齢、すなわち数えで二十五歳頃まで教育課程があった。

「さような年齢になってから、実践的学問を学ぼうとしても手遅れだ。『儒骨』どころか、本物の骨になってしまう」

別の部屋から「静かにしろ！」という声が聞こえたが、大隈はいっこうに気にしない。というのも大隈は身長が六尺あり、腕っぷしが強いので、喧嘩で後れを取ったことがないからだ。

「それは一理ありますが、朱子学は人間の修養に必要な学問です」

「不要とは言っておらんが、朱子学などは外生の時に学ぶだけで十分だ。この年になって、こんな退屈な学問などやってられん」

大隈には、無為に時を過ごすことへの焦りが生まれていた。

二

大隈と久米のやりとりは続いた。

「では、弘道館をやめるというのは本気ですか」

「ああ、本気だ。しかし、ただやめるのでは面白くない」

「と言いますと――」

大隈が上半身を起こす。

「自分だけがやめるのは簡単だ。だから弘道館の教育方針を変えさせてからやめる」

「どうせ何かを献策しても、途中で握りつぶされるだけです」

「だろうな。だからもう方策は考えている」

「どうやって」と久米が問う前に、大隈が立ち上がった。

「北寮に行く」

久米は何のことやら分からないようだ。

弘道館の内生寮は南北の二棟に分かれ、最大で六百人が寄宿できる。大隈が十七歳になった安政二年（一八五五）五月は、南北寮ともほぼ満員だった。どちらの棟に入るかは、家老らが父の所属する組から決めており、それが藩内に南北の派閥ができる原因となっていた。

立ち止まった大隈が問う。

「北寮で最も強いのは誰だ」

「えっ」と驚く久米を尻目に、広澤が答える。

「そりゃ、坂本文悦（さかもとふみよし）だろう」

「ああ、あの医者坊主か」

医者坊主とは江戸時代初期、出家姿の漢方医が多かったことに由来する。

広澤が得意げに語る。

「そうだ。いつも喧嘩しているので、相手の爪の痕が坊主頭に刻まれているという」

「馬鹿な男だ。だが、これを機に医学に専心できるようにしてやる」

久米は大隈と広澤の顔を見比べながら、おろおろしている。

「待って下さい。私には何のことやら分かりません」

久米を無視して大隈は広澤に問うた。

「それで文悦とやらは、弁は立つのか」

「ああ、立つ。課業の成績も北寮で一、二を争う」

「相手にとって不足はなさそうだな」

久米が心配そうに問う。

「いったい何をするつもりですか」

「知りたいか」

「はい」と言って久米がうなずく。

「では、ついてくるか」

「この時間に北寮に行くのですか。もう大半は眠っていますよ」

「知ったことか。坂本を叩き起こして議論を吹っかける」

「そんなことをすれば――」

そこまで言って久米が口をつぐんだ。ようやく大隈の意図を察したのだ。

残る一人は蒲団をかぶって寝てしまったが、広澤は面白そうに会話に加わってきた。

「そうか。議論を吹っかけて騒ぎを起こし、安房(あわ)殿の耳に入るようにするのだな」

安房殿とは、藩主の鍋島直正(なおまさ)の庶兄で筆頭家老兼弘道館長の鍋島安房守茂真(あわのかみしげまさ)のことだ。

「そうでもしなければ、わしのような者の話を聞いてもらえぬ」

「文悦にとっては、いい迷惑だな」

「そんなことはない。十年後、いや五年後には感謝しているはずだ」

大隈は大股で部屋を出ていった。

すると廊下に一人の巨漢が立っていた。

「なんだ、高木(たかぎ)さんか」

立っていたのは「佐賀藩一の怪力」と呼ばれた高木長左衛門(ちょうざえもん)だった。さすがの大隈も、二歳年上で体格も同等の高木には一目も二目も置いていた。

ところが高木は、予想もしないことを言った。

「うるさいから怒鳴り込みに来たのだが、坂本文悦と聞いて立ち聞きさせてもらった」

「高木さんも質(たち)が悪いな」

「奴(やつ)にいじめられた者は多くいる。いつかとっちめてやろうと思っていたが、ちょうどよい。助太刀（すけだち）いたそう」

大隈は一瞬同意しかけたが、考え直した。

「高木さんを護衛役に殴り込みを掛けたとあっては、男がすたる」

「では、一人で行くのか。それでは袋叩きに遭って負けるだけだぞ」

――それも一理ある。

顎（あご）に手を当てて少し考えた末、大隈は一計を案じた。

大隈の計画を聞いた高木は「分かった」と言うや、「戦支度（いくさじたく）だ！」と喚き、寝ている者たちを起こし始めた。


大隈が北寮に乗り込むと、大半は寝静まっていた。すでに丑三つ時（うしみつどき）（午前三時頃）を回っているはずなので、勉強熱心な者たちも、翌日の課業を考えて眠っているのだ。

大隈は「坂本はおるか！」と喚きつつ、坂本の眠る部屋を探り当てると、蒲団を蹴って叩き起こした。こうなれば、もはや議論を吹っかけるまでもない。二人は取っ組み合いの喧嘩を始めた。

それに驚いて止めに入った北寮の者たちは大隈に殴る蹴るの暴行を働いたので、大隈は血まみれになった。

そこに南寮から使者が遣わされ、「大隈を引き渡せ」と言ったので、大隈が返されてきた。

血だらけの大隈が南寮に担ぎ込まれるや、たすき掛け姿の高木は怒り狂い、「戦だ！」と言って火鉢を頭上に掲げた。いかに武器がないとはいえ、物置小屋から引っ張り出した火鉢を持っていけば、喧嘩になるのは目に見えている。

高木が北寮の出入口を火鉢で破壊するや、合戦さながらの大乱闘が始まった。

血だらけの大隈も再び立ち上がり、坂本文悦を見つけるや先ほどの続きを始めた。

やがて笛の音が聞こえ、宿直の役人や鍋島安房の家人たちが駆け込んできた。それで喧嘩は収まったが、双方の寮舎は破壊され、校庭には多数の怪我人が横たわっていた。

大隈は昏倒した文悦の上に腰を掛けていた。

そこに久米が現れたので「勝ったぞ」と言うと、「これはやりすぎです。下手をすると切腹もんですよ」と言われ、さすがに青くなった。

翌日、鍋島安房はすべての内生を集めて訓辞を垂れた。

その結果、喧嘩の当事者となった大隈と坂本は退学、南寮生は三日の禁足（弘道館の外に出られないこと）、北寮生は自宅謹慎となった。

だが事件のほとぼりが冷めた頃、鍋島安房が大隈と坂本を自邸に呼んだ。

大隈が待っていた時が訪れたのだ。

三

佐賀藩の教育制度は矛盾と混乱の中にあった。

そもそも藩校制度を整えたのは古賀精里という江戸時代中期の儒学者で、四十七歳の時に昌平黌の儒官（教授）となり、「寛政の三博士」の一人に数えられるほど著名だった。そのため精里は、朱子学を重んじる幕府の代弁者的立場となり、自ずと佐賀藩の藩学は、朱子学を中心的教義に据えた。大隈の少年時代まで、弘道館では朱子学以外の学問を学ぶことを厳しく制限され、私学私塾は排斥の対象となっていた。

精里の跡を継いで弘道館の教授（学長）となった息子の穀堂は、父親とは打って変わり、再三にわたって藩に蘭学の研究を勧めた。後に江戸に行き、世子の直正の侍講（家庭教師）に任命されるや、西洋の科学技術ばかりを学ばせた。そのおかげで直正は、他藩に先駆けて鉄製大砲の鋳造と蒸気機関の開発に取り組むことになる。また穀堂は『葉隠』を批判し、「それだけで事足りる時代は終わった」と公言してはばからなかった。

だが穀堂が世子の侍講、そして直正の藩主就任と同時に年寄相談役に就き、藩政に関与していくことで、弘道館の教育改革はなおざりにされ、従前と変わらぬ朱子学の教育が続けられていた。

かくして弘道館の改革は進まず、それを筆頭家老兼弘道館長の鍋島安房が守っていくという体制が続いていた。

鍋島安房邸の軒先から滴る雨を見つめながら、大隈と坂本文悦は安房を待っていた。

「文悦、退屈だから何か話でもしろ」

「何を言ってやがる。そなたのせいで、わしはこんな目に遭わされたのだぞ」

坂本が父親から大目玉を食らい、切腹までさせられそうになったのを、大隈は風の噂で聞いていた。

「今更、それを言っても始まらぬ。人は過去を書き換えられぬ。書き換えられぬなら、次にどうするかを考えるべきだ」

「屁理屈ばかり並べやがって。そなたの言うことは理解できん」

坂本が呆れたようにため息をついたが、大隈は悪びれずに言った。

「わしの言っていることは、そのうち分かる。此度の一件も、そなたは五年後には感謝しているはずだ。尤も、そなたの心がけ次第だがな」

「そなたごときに感謝してたまるか」

「いや、感謝する」

大隈が確信を持って言ったので、坂本は呆気に取られながら問い返した。

「どうしてそれが分かる」

「これからの医は西洋だ。これを機に、そなたも蘭方医に宗旨替えすればよい」

佐賀藩では、天保五年（一八三四）に西洋医術を教える医学寮（後の好生館）が創設されている。

「馬鹿を申すな。さようなことをすれば、わしは父から本当に腹を切らされる」

「それなら脱藩して浪人となり、長崎に行くがよい。長崎に行って蘭方医になるのだ。このままここで漢方医を続けるよりも、その方が面白いぞ」

「勝手なことばかり申すな。わしにも立場がある」

坂本が泣きそうな顔でそう言った時、近習が入ってくると、安房の入室が告げられた。

直正より一歳年上の四十一歳になる安房は、体格が力士のように大きく、いつも穏やかな笑みを浮かべていた。しかし一度怒れば、その怒声は有明海まで届くと言われていた。

安房が垂れ下がり気味の頬を震わせて問う。

「そなたらが事件の発端となったのだな」

即座に「仰せの通りです」と答えた大隈に対し、坂本は不承不承「はい」と答えた。

「なぜ、さようなことをした」

坂本が言う。

「それがしは寝ているところを蹴られたので、喧嘩に応じたのです」

すでに取り調べは終わっているので、安房も経緯は承知しているに違いない。

「では、そなたには何の落ち度もなかったと申すか」

「いえ、いかに寝ていたとはいえ、喧嘩に応じたのは間違いでした」

安房が満足そうにうなずく。

「それが分かっているならよろしい。復学せよ」

「ありがとうございます」

坂本が深く頭を下げる。

「次はそなただ」

安房が顎で大隈を指す。

「坂本の言う通りです」

「そうか。では、なぜさようなことをした！」

突然、安房の怒声が安房邸の隅々まで鳴り響く。

——来たな。

まず頭からどやしつけ、生徒を圧倒するという安房のやり方を聞いていた大隈は、物怖(ものお)じせずに返した。

「弘道館の教育方針に物申したかったからです！」

安房の顔色が変わる。

「そのことと坂本の寝込みを襲ったのと、いかなる関連がある」

「寝込みを襲ったわけではありません。『議論したいから起きろ』と言ったまでです」

「丑三つ時にか」

「議論に時は関係ありません」

　安房がため息を漏らす。

「屁理屈は聞きたくない。坂本が、そなたに何かしたわけではあるまい」

「はい。坂本はそれがしに一目置いていたらしく、いつも避けて通るようにしていました」

「さようなことはない！」

　坂本が勢い込んで言う。

「そなたは黙っておれ。それで大隈、教育方針に物申したいなら、なぜ決められた手続きを踏まない」

「これまで幾度となく弘道館改革の上申書を提出しましたが、安房守様に至る途中で握りつぶされた模様です」

「握りつぶされたと申すか」

「はい。担当の教諭に提出しても何の返答もなく、催促しても『上申書は回した』と答えるだけでした。これでは埒(らち)が明かないと思い――」

「それで騒ぎを起こしたのか」

この時代、まともな経路を使って何かを献言しようとしても、途中でうやむやにされるのが落ちだった。

「仰せの通り。このくらいの騒ぎにならないと安房守様に会うことは叶わぬと思いました」

「ということは、わしは、まんまとそなたの罠にはまったのだな」

「そういうことになります」

大隈が頭をぺこりと下げる。その仕草に愛嬌があったのか、安房の頬も緩む。

「よし、分かった。その弘道館改革とやらの話を聞こう」

大隈は大きく息を吸うと弁じ始めた。

「第一に現行の弘道館の教育、すなわち服従の義務のみを教訓とする朱子学や『葉隠』を神仏のように重んじる教育は、極めて古びている上に保守的であり、活学（実生活に役立つ学問）としての値打ちを見出し得ません。しかもほかの学問を排斥し、ひたすら朱子学を学ばせる弘道館の姿勢は、幾多の俊秀を凡庸にする元凶としか思えません。これだけ西洋諸国の蒸気船の来航が頻繁になれば、有為の材が学ぶべき学問は明白です。ここにいる坂本は――」

大隈が顎で示したので、坂本が畏れ入ったように青畳に額を擦り付けた。

「漢方医の息子です。将来は藩の医を担う重大な仕事に就きます。それが十代後半という大切な時期を朱子学に費やしているのです。この年齢こそ、真綿に水がしみ込むように学問が浸透する大切な時期です。坂本のような有為の材を蘭方医として養成すべく長崎に学ばせれば、藩にとって大いなる利となるでしょう」

安房は黙って大隈の話を聞いていたが、その内心は煮えくり返っているかもしれない。というのも弘道館は、安房が手塩にかけて育ててきた藩校で、これまで藩主の直正から、批判の一つも受けたことがなかったからだ。

大隈が滔々（とうとう）と弁じ続ける。

「第二に、成績によって禄を半減するなどといった課業制度は実情に合いません。いかにも勉学に励むことは大切です。しかし朱子学が将来役立ち得る仕事など、藩内には弘道館の教諭くらいしかありません」

安房の背後に控える小姓（こしょう）の顔に笑みが浮かぶ。

「学問とは自由なものです。学びたい者が学ぶ。これが西洋における学問の基本です。学問嫌いに無理に学ばせても、弘道館を出れば学ぼうとはしません。つまり死にもの狂いで学んだことが無に帰してしまうのです。それでも先祖代々の知行を確保できたからよいと考える馬鹿どもが、どれほどいるかご存じですか」

安房の答えを待たずに大隈が続ける。

「第三に、いつまで『葉隠』を信奉させるのですか。『葉隠』は、天下泰平の時代に有益なもので、今のような乱世には不要なものです」

安房の眼光が鋭くなる。それでも大隈は物怖じせずに弁じ続けた。

「いかにも『葉隠』の精神は大切です。しかし藩士から天下国家の視点を見失わせ、お家大事に走らせることになります。われらの殿も薩摩公（島津斉彬）も、すでに視点は藩にありません。お二人の視点は、この国をどうするかにあります。『葉隠』の考え方、すなわち『武士たる者は、ただ一死をもって佐賀藩のために尽くすべし』という思想は、もはや殿のお考えとも齟齬を来しているのです」

大隈は一息つくと、「結論として」と言って声を大にした。

「人の自由な思想と、それに基づく行動を、狭い一藩の教育方針によって規制、拘束するなどもってのほか！」

しばし瞑目していた安房が、ゆっくりと切り出す。

「では、そなたはどうすればよいと思う」

「弘道館を廃して蘭学寮を拡充し、全生徒を移すべきです」

その言葉に室内は凍り付いた。弘道館の教育に心血を注いできた安房にとって、それを否定されることは、己の存在意義を否定されたに等しいからだ。

――下手をすると切腹だな。

調子に乗りすぎてしまったがゆえに、大隈は切腹さえ覚悟した。尤も「これで切腹を命じられるくらいの拙い運なら、もはやこの世に用はない」とも思っていた。

安房が口を開く。その口調は案に相違して弱々しかった。

「もはや時代は、そなたのような者が担っていくのだな」

「えっ」と驚いたのは大隈の方だ。

「そなたらに『弘道館への復学を許す』と言えば泣いて喜ぶかと思っていたが、どうも思い違いのようだ」

「はい。それがしは復学するつもりはありません」

「では、どうする」

「蘭学寮に入れて下さい」

「そういうことか」

大隈がにやりとする。

「それで、それがし一個のことは片付きます。しかし弘道館の課業を変えていくことは、ご家老御自らがなさねばなりません」

大隈が安房に白刃を突き付けた。

安房が「やれやれ」といった調子で言う。

「そなたの赤心は分かった。すぐにすべてを変えることは叶わずとも、徐々に変えていく」

「それで当面はよろしいかと」

無理押しすれば、藩内の保守派老人から猛反発が出る。そのため彼らに気づかれないように、徐々に改革していくことが上策だと大隈も思っていた。

「そなたは――」

安房が目を細める。

「どうやら才気がありそうだ。向後も、こうしてここに談話をしに来てくれぬか」

大隈は内心では快哉（かいさい）を叫んでいたが、それを気取られないように返した。

「蘭学寮に入れば死ぬ気で勉学に励まねばなりません。ましてや長崎に出向くことも、しばしばありましょう。安房守様のご希望に沿えられるかどうか分かりません」

自分の価値を高めるために、大隈は大きく出た。

「そうか。それなら仕方ない」

「ただし――」と、大隈がもったいを付けるように言う。

「われら同志の集まりに来ていただければ、それがしがおらずとも、有為の材から様々な意見を聞くことができます」

「集まりとは」

大隈が胸を張って言う。

「枝吉神陽（えだよししんよう）先生の義祭（ぎさい）同盟です」

「あの楠公（なんこう）を祀（まつ）る結社か」

「そうです」

「そんな国学者の結社に入っている者どもが、どうして教育や天下国家を語れるのだ」

安房は、弘道館の教育が国学に染められるのを警戒しているらしい。

「心配には及びません。まずは話を聞きに来て下さい」

「分かった。そうさせてもらう」

——よかった。

大隈の体から力が抜けた。

同時に安房の度量の大きさにも感じ入った。

——人の上に立つ者は、下の者の言葉に耳を傾けねばならぬのだな。

大隈は一つ学んだ気がした。

一つ咳払いした安房が威儀を正して告げる。

「坂本文悦、そなたには弘道館への復学を許す。大隈重信、そなたには蘭学寮への入学を許す」

「お、お待ち下さい」

その時、弱々しい声が聞こえた。声の主は意外にも坂本だった。

「弘道館への復学を許された件、まことにもってありがたいのですが、実はそれがしにも——」

坂本が思い切るように言う。

「それがしに長崎での遊学をお許し下さい」

大隈と安房が驚いて顔を見合わせる。

「どうか、ぜひ——」

坂本が平伏する。その肩は震えていた。

——五年後どころか、もう効き目があったか。

時代は沸騰し始めており、坂本のような医者坊主の息子も、そうした熱気に煽られていたのだ。

大隈が口添えする。

「差し出がましいことかもしれませんが、それがしからも坂本の希望を叶えていただけますよう、お願い申し上げます」

「そなたらには呆れた」

安房の顔に笑みが浮かぶ。

「好きにせい」

「ありがとうございます！」

二人の声が、雨音の激しくなった安房邸の庭に響き渡った。

四

佐賀城下の南に梅林庵という小さな寺がある。そこで五月二十五日、義祭同盟による楠公祭が行われていた。ちなみに五月二十五日は楠木正成の命日にあたる。

この寺には楠木正成・正行の木像が祀られており、国学者の枝吉神陽の主宰で嘉永三年（一八五〇）からこの祭祀を行っている。安政元年（一八五四）からは参加者が増えたため、木像を龍造寺八幡宮の祠堂に移し、その境内で行われることになる。

神陽は弘道館教諭として名を成した南濠の長男で、父の唱えた「神州日本において君とは天皇だけで、将軍や藩主は主にすぎない」という「日本一君主義」を発展させ、佐賀藩内において、尊王論の先駆け的存在となっていた。

後に大隈が「容貌魁梧（魁偉）にして才学ともに秀で、夙に学派の範囲を超脱し、また国学に通じて、尊王の論、国体の説等、皆その要を発見せり」と記した神陽は、藩命で昌平黌に留学し、奥州や北陸へも学問の旅に出かけたこともある佐賀藩随一の顕学だった。

その後、佐賀に戻り、国学指南として弘道館で国史や律令を講じ、若者たちに尊王思想を植え付けていった。

今年で六回目となるこの催しに、初めて大隈は参加した。これまでも義祭同盟に出入りはしていたが、十七歳になり、ようやく正式な加盟を許されたのだ。しかも鍋島安房を参加させたことで一躍、大隈は注目を集めることになる。また坂本文悦も大隈に誘われて参加するようになった。

この時の参加者は二十八人で、四十一歳の安房を筆頭に、主宰者で三十三歳の神陽、同い年の島団右衛門（後の義勇）、島の実弟で三十歳の重松基右衛門、二十三歳の大木民平（後の喬任）、二十一歳の江藤新平、二十歳の中野方蔵らが参加していた。神陽の長弟で二十六歳の二郎（後の副島種臣）は、藩命で京都に留学中のため参加できなかった。

幕末の佐賀藩の石高一覧によると、枝吉神陽三十五石、大木喬任四十五石、島義勇二十五石、久米邦武三十五石にすぎず、大隈の百二十石を別にすれば、下級藩士に属する者たちが義祭同盟の主体となっていた。

枝吉神陽自らが書いた祭文を読み上げ、楠木父子の勲功をたたえると、それで祭祀は終わった。その後、直会と呼ばれる食事会が寺の講堂で行われる。

出される料理は、きゅうりの塩もみ、おばやき（鯨の皮）の膾、塩鯛、塩鮑の水漬しといった質素なものだが、楠公父子に捧げた酒を皆で回し飲みすることで、父子の魂を受け継いでいくという大事な会だった。

最上座に着いた鍋島安房と枝吉神陽が向き合い、加盟者たちは左右に居並ぶ形になる。義祭同盟は藩内の序列を度外視しているため、安房を除けば座次などない。皆、来着した順に奥から詰めていった。

まず安房が祭祀に参加させてもらったことを神陽に感謝し、今後も参加していきたい旨を話すと、皆はどっと沸いた。これで義祭同盟が藩の公認を得たも同然となったからだ。

安房と神陽は旧知ながら、その身分差からか親しく歓談したことがなかったという。

安房が神陽に言う。

「こうして楠公の遺徳に触れたことで、心が洗われる思いです」

「仰せの通り、楠公こそ尊王の象徴であり、今後のわれらの指針としていくべき人物です」

「やはり、われらは一君を仰ぐべしとお思いか」

安房の問い掛けに、座は緊張する。

藩主絶対主義が浸透している佐賀藩において、それを否定するかのような尊王思想は、これまで忌避されてきた。

神陽の父の南濠は、弘道館の教諭ながら朱子学を重んじず「日本一君主義」という尊王思想を唱えた。それもあってか、藩は息子の神陽を江戸の昌平黌に留学させ、朱子学を徹底的に学ばせようとした。しかし神陽は国学に傾倒し、「皇国の古典籍こそ学ぶべき」と唱えていた。

神陽が悠揚（ゆうよう）迫らざる態度で答える。

「この国において、『君』と呼べる存在は主上（天皇）を措（お）いてほかなく、武士の君臣関係は主上との間にだけ存在します」

「では、大名と家臣の関係は何とする」

「大名は幕府を通して天皇から拝受した禄を、家臣に再配分する役割を担う機関です。それゆえ主従関係となりますが、この関係は契約を基にする一時的なものです」

「君臣関係を一時的なものと申すか」

「はい。あくまでこの国の政治の中心は天皇であり、執政権を徳川家に預けているという形になります」

「なるほど、そういう考え方もあるのだな」

安房が腕組みして考え込む。

——さすが神陽先生だ。

いかなる問いにも鮮やかに切り返せる神陽の賢さに、大隈は感心した。

「こうしたことは、わが国古来の史学を学べば自ずと分かります」

神陽は義祭同盟に加盟する若者に対し、『古事記』『日本書紀』『大日本史』といった純粋な史書から、『大宝令（たいほうりょう）』『職原抄（しょくげんしょう）』といった法律や官制の文献まで読むことを勧めていた。

「そこから何が得られる」

「日本人としての誇りや結び付きです。現行の体制の弊害として、われわれは一藩主義を貫くことになり、また鎖国を行うことで、概念としての外国の存在は意識できても、実害を及ぼす存在として意識したことはありませんでした。すなわち諸藩士にとっては、オランダやイギリスも薩摩や肥後も変わらないのです」

「その意識を変革させるために、国学が必要だと説くのだな」

「その通りです。もはや現行の体制では外夷の侵攻に対抗できません。ご家老は薩摩公が唱える『日本一体一致の兵備』をご存じですか」

安房が力強くうなずく。

「ああ、知っておる。『国家が一丸となって富国強兵と殖産興業に邁進すべし』という思想のことだろう」

「その通りです。もはや藩や家中といった意識を取り払い、日本国が一体となる時なのです。そのために必要なものは、精神的柱石としての天皇、誇りとすべき歴史、そして若者の力です」

神陽は「若者の力」という部分に、ことさら力を入れた。

――われらが新しい日本を作るのか。

神陽の言葉は大隈を鼓舞した。それは皆も同じようで、目を爛々と輝かせ、神陽の話に聞き入っている。

「わが国は四囲を海に囲まれており、海防は最重要課題です。しかし諸藩が個々に防備を整えていては、笊で水をすくうようなもの。われらが殿の英断により、長崎の警備は万全ですが、その他の国の港はどうでしょう」

天保十三年（一八四二）、阿片戦争に敗れた清国が、イギリスによって半植民地化されたという情報が入り、佐賀藩の鍋島直正、薩摩藩の島津斉彬、宇和島藩の伊達宗城、土佐藩の山内容堂といった西国諸藩の優秀な藩主たちは、危機感を募らせていた。

とくに直正は新たに長崎港防衛構想を立案し、防衛線を沖へと広げるよう幕府に提案した。すなわち湾口の外側にある伊王島と神ノ島に台場を築き、鉄製大砲百門余を配備するという案だ。ところが幕府は江戸湾防備に財力を注がねばならず、その反応は鈍い。それに痺れを切らした直正は、島々が佐賀藩領なのをいいことに、自腹で長崎港防衛構想を実現することにした。その費用には二十万両もかかったが、直正はやり遂げた。ペリー来航の三年前、嘉永三年（一八五〇）のことだった。そしてプチャーチンがやってくる一年前の嘉永五年（一八五二）、台場が完成した。

「とは申しても、他藩のことに口は挟めぬ」

「それを西洋諸国が斟酌してくれますか」

神陽が力を込めて続ける。

「佐賀と薩摩がいかに海防に力を入れようと、肥後国に上陸されては手も足も出ません」

熊本藩細川家五十二万石の肥後国には、横井小楠や宮部鼎蔵といった傑物がいるものの、藩論の統一ができておらず、自ずと海防意識も低かった。

安房があきらめたように言う。

「熊本藩の大砲は青銅砲のままで、砲台はいまだ少ないという」

その一方、鍋島直正は天保十五年（一八四四）、藩に「火術方」を創設し、船来品の鉄製大砲の研究に乗り出した。それまでは鉄よりも融点が低く鋳造が容易な青銅製大砲が主力だったが、強い火薬にも耐えられる（遠くまで飛ばせる）鉄製大砲の導入は海防上、必須だった。そして「火術方」は嘉永五年七月、試行錯誤の末、西洋の鉄製大砲に比肩するものを造り上げた。

「つまりそなたは、『日本一体一致の兵備』を行わない限り、海防に意味はなく、今のように諸藩が独立した組織のままでは、外夷の侵攻を防ぐことは難しいというのだな」

「はい。すみやかに雄藩連合による公議政体に移行し、中央集権化を図り、国家が一丸となって富国強兵と殖産興業に邁進する以外に、外夷から日本を守ることはできません」

こうした説は、すでに諸藩の有志の間で唱えられていることで、神陽が創案したわけではない。すなわちこれは、現行の体制を維持しつつ徐々に中央集権制に移行していくという漸進的（ぜんしんてき）な国家改造案で、幕府老中の阿部正弘も認めるところだった。

「なるほど、やはりそなたは傑物だ」

安房がため息交じりに言う。

「それがしはいいとして、大隈のことですが――」

突然、飛び出した自らの名に、大隈は驚いた。

「この者は極めて優秀ですが、口が達者すぎます。此度はご迷惑をお掛けしました」

「いや、わしの見えていなかったことを教えてもらい、たいへん役立った」

「では、この者の言うような教育改革を実践いただけますか」

大隈が息をのむ。

「もちろんそのつもりだ。しかし事を急げば、反発する者も出てくる。それゆえ徐々に進めていこうと思う。とくに『文武課業法』は改めていくつもりだ」

実際にこの四年後の安政六年（一八五九）、次第に緩められた「文武課業法」は全廃されることになる。

「それであれば、何も申し上げることはありません」

神陽の顔に初めて笑みが浮かんだ。

「此度は、義祭同盟に加盟できて本当によかった。まずはまいろう――」

「ありがたきお言葉」

それぞれの盃に自ら酒を注いだ安房と神陽は、盃を掲げて飲み干した。

これはある意味、佐賀藩内の学問における主流派と反主流派の手打ち式のようなものだった。それを取り持った大隈は、内心鼻高々だった。

少し歓談した後、安房が皆に向かって言った。

「わしがいては、皆もくつろいで飲めんだろう。そろそろ帰るとする」

「お待ち下さい」

立ち上がろうとする安房を、大隈が呼び止めた。

「ぜひ一献、捧げさせて下さい」

安房の視線が大隈に据えられる。

――わしのような若造の盃は受けられぬか。

だがしばしの沈黙の後、安房が言った。

「よかろう」

大隈は膝をにじって安房の前に出ると、その盃に酒を注いだ。

それを飲み干した安房が無言で盃を差し出す。

「ご無礼仕ります」

それを受け取った大隈は、安房が注いだ酒を一気に飲み干した。

佐賀藩三十五万七千石の筆頭家老が、十七歳の一藩士に酒を注ぐなど前代未聞だった。

皆で境内まで出て安房を見送ると、神陽が落ち着いた口調で言った。

「これで義祭同盟は藩の公認を得たも同じだ。これからは皆、一藩士ではなく一日本人として振る舞うように」

「日本人、ですか」

誰かの問いに神陽が答える。

「そうだ。われらは日本人だ。同じ家中ということ以上に、同じ日本人だという自覚が、この国には必要なのだ」

――日本人か。いい言葉だな。

この時、大隈は新たな時代の到来を感じた。

五

幕府直轄領の長崎に近いこともあり、佐賀藩には外国の文物がよく入ってきた。それが開明的な藩風を形成する因となったのだが、痛みを伴う経験を経たことも、その藩風に寄与していた。

この時をさかのぼること二百十余年ほど前の寛永十七年（一六四〇）、ポルトガル船が通商を求めて長崎に来航してきた。幕府は前年、第五次鎖国令としてポルトガル船の入港を禁じたばかりだったので、使節一行六十一名を処刑した。

そのため報復を恐れた幕府は筑前（福岡）藩黒田家に長崎港警備を命じる。これが「長崎御番」の始まりとなる。ところが、筑前藩だけでは負担に耐えられないという泣きが入り、寛永十九年、佐賀藩鍋島家にも「長崎御番」が命じられた。両藩は一年交代で御番を務めることになり、それぞれ当番年には、一千余の兵を長崎に駐屯させねばならなくなった。これにより両藩は、藩財政が傾くほどの過大な負担を強いられていく。

それでも百六十年余にわたって長崎は平穏無事で、御番も形式的なものになっていく。

その平穏が吹き飛んだのが、文化五年（一八〇八）のイギリス軍艦フェートン号の来航だった。

イギリスはナポレオンの支配下に入ったオランダと交戦状態となったことで、アジア各地のオランダ商館を接収し、また商船を拿捕するなどしていた。その一環として、長崎におけるオランダの権益を奪おうとしたのだ。

長崎奉行は、この年の当番だった佐賀藩にフェートン号の追い出しを命じるが、警備の対象となるオランダ船が帰ったばかりで、佐賀藩兵の大半が帰国しており、すぐに命令に応じられない。そのためフェートン号に水と食料を供給し、なだめすかして帰ってもらった。つまり長崎奉行自ら国禁を犯したのだ。

この不始末の責任を取って奉行が切腹したことで、佐賀藩の番頭二名も腹を切ることになる。また当時の佐賀藩主・斉直は、幕府から百日間の逼塞（日中は屋敷から出られないこと）に処された。

この事件が起こった時、佐賀藩が当番年だったことで、藩士全員に危機感が行き渡り、それが藩を挙げての洋式技術の習得につながっていく。

さらに直正が藩主となった十年後に遭遇した阿片戦争（一八四〇〜四二）は、直正のみならず藩士たちに海防の重要性を再認識させた。

天保十五年（一八四四）、オランダ国王の使節が日本に開国を要求すべく、軍艦で長崎に来航した折、直正は自らそれに乗り込み、大名として初めて鉄製大砲で装備された蒸気船を見学した。これに驚嘆した直正は、反射炉の建設と鉄製大砲の製造を急ぐことになる。

さらに嘉永五年（一八五二）には精煉方を創設し、佐野常民や「からくり儀右衛門（田中久重）」といった異能の才を起用し、蒸気機関、雷管、電信機、火薬、金属、ガラスといった軍事に直結した技術の開発に従事させた。それが安政五年（一八五八）の御船手稽古所（後の三重津海軍所）の創設へとつながっていく。

こうした最中の安政元年（一八五四）、蘭学寮が火術方の下部組織となった。その蘭学寮に、安政三年（一八五六）十月から大隈は通い始める。

しかし大隈は途中編入という形を取ったため、授業を聞いていても何のことやら分からない。そこで最も優れていると目星を付けた教師の一人と仲よくなり、耳学問で追いつこうとした。

「大庭先生、まずは一献」

大隈が大庭雪斎の茶碗に酒を注ぐ。大庭は酒に目がない。

「そなたは、よく気がつくな」

大庭はいわゆる医者坊主の出身だが、佐賀藩内の医家の中でも抜群に優秀だった。

「先生のご著作には、あらゆる万物の法則が書かれていますが、あれは本当なのですか」

「そなたは、わしの書いたものを読んだのか」

すでに大庭の呂律は怪しくなってきている。

「読みました。いや、厳密には詳しい者に聞きました」

大庭が「さもありなん」という顔で言う。

「そうだろう。そなたの蘭学の知識では、わしの論文は読めん」

「でも、おおむね理解しております」

「読まんで、どうして理解できる！」

大庭が茶碗を叩きつけたので、見事に茶碗が割れた。

「あっ、物質どうしがぶつかり合って、一方が割れました」

大隈も大庭に負けじと酔っている。

「ああ、本当だ」

割れた茶碗からこぼれた酒が大庭の裾を濡らす。それに構わず大庭が言う。

「固体は、元素の密度が濃い方が固い。だから低い方が壊れる！」

「先生、着物の裾が酒浸しです」

「構わん。液体は元素密度の低い固体に染みこむものだ」

大庭は一張羅の八丈（八丈島産の生地を使った絹織物）をいつも着ており、それが汚れて垢光りしているので、その坊主頭と相まって「光八丈」と呼ばれていた。

大隈が話題を転じる。

「先生、私は蘭語を学ぶのに抵抗はないのですが、窮理（物理）や自然科学について学ぶ意欲が湧いてこないのです」

「うーん、そうなのか。わしには万物の原理ほど面白いものはない。なぜそなたは、窮理を学ぶ意欲が湧かないのだ」

「どうも窮理は、実利には遠いような気がします」

「そこだ」

怒鳴られるかと思いきや、大庭が膝を叩く。

「そなたは早く結果をほしがる」

「人として当然のことでは」

「そうだ。だが迂遠に見えても、窮理の本質を知らずして結果を得ることはできない」

「そうだとしても、どうしても窮理の本質が実利的なものに結び付かないのです」

大隈は原理的なものにはさして興味がなく、実用的なものを好んだ。

「そなたの言うことも分からなくはないがな」

大庭は立ち上がると、部屋の奥から分厚い本を持ち出してきた。その表紙はもとより、天地も小口も手垢で汚れている。

「これはボイスというオランダ人が書いた『ナチュールクンデ』という本だ」

「まさか蘭語ですか」

「そうだ」と言って大庭がにやりとする。

大隈は蘭語を完全に習得したわけでもなく、また根気もないので、「これを読め」と言われることを恐れた。

「今、わしはこの本の日本語訳を進めているが、訳出せずについ読み進めてしまう」

「どうしてですか」

「面白いからだ」

大庭が『ナチュールクンデ』をどんと置いたので、対座する大隈の許まで埃が飛んできた。

「それには、何が書かれているんですか」

大隈が顔をしかめつつ問う。

「この本は窮理から説き起こし、それを蒸気機関に結び付けている。つまり窮理の本質が実利的なものに結び付けられている本だ」

「えっ、それは本当ですか」

「まあ、聞け」

大庭の分厚い手が大隈の眼前に広がる。

「黒船来航以来、蒸気という言葉は開明的な学者たちの合言葉になった。新知識をひけらかしたい者は決まって蒸気と言い、蒸気船の必要性を叫んだ。だが一人足りとも、その原理について知らなかった。石炭を燃料にして軍船を快速で動かし、蒸気が出るという事実は分かるのだが、どうやれば液体や固体が気体になるのか、その原理が分からない。だがここには——」

大庭の声が大きくなる。

「気化、沸騰、飽和（ほうわ）、液化といった概念が書かれている。いかにも、これを読むだけで蒸気船が造れるわけではない。だがその原理を知ることなくして、蒸気船を造ることはできん！」

「至極、尤もなことです」

「そうか、そなたにも分かるか。わしも蘭本を渉猟（しょうりょう）したが、原理の書かれた本と実用的な本が別個になっているものが大半なので、その橋渡しの役割を担うものに出会えなかった。ところがこの本は、そこのところが実によく書かれている。しかも蒸気機関だけではなく西洋の技術全般について窮理から結び付けてくれるので、たいへん重宝（ちょうほう）している」

それこそ大隈が求めているものだった。

「それを貸してくれませんか」

言うまでもなく大隈は自分で読むつもりはなく、蘭語に秀でた者に又貸しして要点を教えてもらうつもりでいた。

「おい」と言って大庭が本を引き寄せる。

「そなたの蘭語の力では、理解するのに一年以上かかる」

大隈が威儀を正して平伏する。

「そこを何とか」

「わしは今、こいつを訳出しようとしている。だから貸せない」

「では、教えて下さい」

「また耳学問か」

大隈の耳学問は、家中で知らぬ者がいないほど有名になっていた。

「残念ながら、わしにその暇はない。だがな――」

大庭が新たな茶碗を出してきたので、大隈はそれを受け取り、酒を注いだ。大庭がそれを一気に飲み干す。

「殿には、この本を二冊買っていただいた」

そう言うと大庭は佐賀城の方を向いて拝礼した。仕方ないので大隈もそれに倣う。

「本の選別と購入はオランダ人に任せているので、こうした良書が入手できたのは僥倖（ぎょうこう）以外の何物でもない」

「それでは、もう一人、『ナチュールクンデ』を持っているのですね」

「そうだ。しかもその者は、わしよりも理解している」

「えっ、先生よりもですか」

佐賀家中で蘭学の第一人者と言われる大庭以上の者がいるなど、大隈には信じ難かった。

「たいへんな逸材だ」

「いったい誰ですか」

大庭の差し出す茶碗に大隈が酒を注ぐと、大庭はもったいぶるような口調で言った。

「精煉方頭人の佐野栄寿（後の常民）だ」

「なんだ」

「何がなんだだ」

「わが友の義兄です」

「だったら、先にそっちに行け！」

大庭に怒鳴られても大隈は物怖じしない。その後も様々な質問をしたが、大庭は酩酊し、やがて膳の上に突っ伏すように寝てしまった。その坊主頭は、すでに朱色を超えて赤黒くなっている。

大隈はその背に回ると、上掛けを肩に懸けてやった。その時、大庭の傍らにある『ナチュールクンデ』にそっと手を伸ばすと、手首を摑まれた。

「まだ眠っておらんぞ」

「これはご無礼仕りました」

「『ナチュールクンデ』は、わしの飯の種だ。佐野を頼れ」

「分かりました。先生、いろいろありがとうございました」

だがその言葉を言い終わる前に、大庭は頭を膳の上に載せたまま大鼾をかいていた。

大隈は苦笑すると、大庭邸を後にした。

六

大隈の親友の一人に空閑次郎八という男がいる。空閑の実父は、藩主直正の剣術指南役を務めるほどの剣の達人として藩内で知られていた。

空閑も父ほどではないものの、相当の腕だった。しかも陽気な上に気宇壮大な人物で、「日本を維持する四柱神」として大隈、島義勇、自分、そして諸岡廉吉の名を挙げていた。諸岡は体格雄偉で柔道の達人として藩内で知らぬ者はいない存在だったが、維新後に中央に出ることはなかった。

その空閑の姉の駒子こそ、佐野栄寿の妻だ。佐野は大隈より十五歳年長の三十三歳で、この頃の佐賀藩で最も多忙な男として精煉方を切り回していた。

佐野の家を訪問した二人が畏（かしこ）まっていると、駒子が茶を持ってきた。

「次郎八、佐野は多忙です。ご挨拶とお話が済んだら早々に切り上げるのですよ」

駒子に釘を刺されても、次郎八は悠然としている。

「分かっております。われわれも忙しい身ですから」

その言葉に大隈が噴き出すと、駒子はため息をついて去っていった。

しばらく待っていると、佐野が姿を現した。

精煉方の頭人を務める佐野栄寿は文政五年（一八二二）、佐賀藩士の下村家に生まれ、その後、藩医を務める佐野家に養子入りしたが、幼少の頃から優秀で、直正の父で前藩主の斉直から栄寿の名を賜るほどだった。

その後、藩費で大坂の適塾に学び、さらに江戸の象先堂（しょうせんどう）（伊東玄朴（げんぼく）塾）の塾頭になっていたが、長崎海軍伝習所の一期生に選ばれ、さらに直正に呼び戻されて精煉方に出仕する。そこで機械、ガラス、化成品、電信などの技術開発で成果を挙げた。その後、直正から蒸気機関に専心するよう命じられ、安政二年には、蒸気船と蒸気機関車の精巧な模型を製作し、直正に献上した。これは、日本人が初めて製作した蒸気船と蒸気機関車だった。

佐野は口数の少ない男で、必要なこと以外は口にしない。だが、その口から出た言葉は貴重なものばかりなので、精煉方では一字一句を書き取る者がいるほどだった。

「佐賀藩の将来を担う俊秀二人が何用かな」

空閑がすかさず言う。

「義兄上（あにうえ）、此度はご多忙中にもかかわらず――」

「挨拶はいい。それより何が聞きたい」

「ここにいる大隈八太郎が――」

空閑が大隈を促す。

「これまでご尊顔を拝したことはありましたが、お話しするのは此度が初めてです。それがし大隈八太郎重信と申します」

「ああ、知っておる」

「えっ、それは本当ですか」

「そなたは悪名高いからな」

佐野の顔に笑みが広がる。

――こいつは参った。

だが、佐野の口調には親愛の情が籠もっていた。

「若い頃は、悪名が高いくらいでないとだめだ」

それは、謹厳実直（きんげんじっちょく）を絵に描いたような佐野の口から出た言葉とは思えなかった。

「われわれは『葉隠』を素読させられ、何事も上の者に素直であらねばならないと教えられてきた。しかし素直なだけでは、新たな時代は切り開けない」

「尤もです」

佐野が空閑を見据えて言う。

「だが、そなたはやりすぎだ」

空閑は肥後に遊学した折、ある肥後藩士と仲よくなり、寝そべって空を見ながら好きな歌や漢詩を吟じたことがある。その時に肥後藩士が、寝たままの姿勢で直正の漢詩を吟じたことに怒り、大喧嘩をしたことがあった。

「いや、あれは肥後藩士が無礼を働いたので――」

「寝たままで詩吟することのどこが無礼だ。本来、漢詩とはそうやって流布していったのだ。そなたこそ『葉隠』の亡霊に囚われている」

「ああ、はい」と言って、空閑が悄然と首を垂れる。

「心のあり方として、『葉隠』を信奉するのは間違ってはおらぬ。だが凝り固まってはいけない」

大隈が同意しようとすると、それに先んじて佐野が問う。

「それで何用だ」

大隈が威儀を正して言う。

「できましたら『ナチュールクンデ』をお貸しいただけないでしょうか」

「それは、蘭学寮の光八丈（大庭雪斎）が持っているだろう」

「いや、今は訳出中とのことで――」

「ああ、そうだったな。だが、こちらにある本は人に貸し出している」

「えっ、誰にですか」

「江藤新平だ」

「あっ」と言って大隈が啞然とする。

「そうか。江藤はそなたらと同じ義祭同盟だな」

二人がうなずく。

「確か江藤は、そなたより四つほど年上ではないか。だったら江藤を手伝い、いろいろ教えてもらえ。今、江藤は何やらいう時事意見書を書いており、その参考に『ナチュールクンデ』を使いたいと頼み込んできたので貸した」

「それが――」

空閑が助け船を出す。

「八太郎は、江藤さんが苦手なんです」

「苦手だと。なぜだ」

大隈が言いにくそうに言う。

「江藤さんは謹厳実直で、曲がったことが大嫌いなので、それがしとは合わないのです」

「そなたは、曲がったことが好きなのか」

「いや、そういうわけではありませんが――」

「だったら頼んでみろ」

「は、はい」

大隈は気が重くなったが、すぐに立ち直った。

「それでは、蒸気機関の話をお聞かせいただけないでしょうか」

「何だと」と言って佐野が噴き出す。

「世間話とは違うんだ。そんな簡単なものではない」

「分かっています。しかし知りたいんです」

「おいおい」と言いながら佐野がため息を漏らす。

「話をするにしても蘭語になる。あちらの窮理の用語に当てはまる日本語がないからな。つまり会話だけで、あんな複雑なものを理解できるはずがない」

「いや、分かります」

大隈は耳学問に自信がある。

「なぜ、そんなことが言える」

「それがしには志があるからです」

「志だと――」

佐野が首をひねる。

「はい。蒸気機関を国産化して他藩に売れば、佐賀藩は潤います」

「そういう志か」

佐野が呆れたように言う。

「それなら窮理まで学ぶ必要はない」

「では、どこまで学べばよろしいので」

「それは江藤に聞け」

「いや、しかし――」

大隈はまた気が重くなった。

「わしは、もう精煉方に行かねばならぬ。これでよいか」

大隈には「結構です」と答えるしかない。

「江藤が意地の悪いことを言ったら、またここに来い」

そう言い残すと、佐野は座を立った。

佐野の姿が消えた後、大隈が頭をかきながら言う。

「困ったな」

「江藤さんのことか」

「うむ。『虎穴に入らずんば虎子を得ず』なのは分かるが、わしは虎穴に入ることを好まん」

「そうは言っても、いつまでも逃げ回っているわけにもいかんだろう。この機を捉え、あの堅物と親しくなればよい」

「他人事のように言うな」

「だって他人事じゃないか。此度だけは、わが義兄だから付き合った。江藤さんの許には、そなた一人で行け」

　空閑の言うことは尤もだった。

「仕方ないな」

　その時、駒子が姿を現した。

「二人とも、まだいたのですか」

　空閑が慌てて答える。

「あっ、もう行きます。われらも多忙な身なので――」

　慌てて立ち上がった二人に、駒子が言う。

「佐野が『二人に素麺でも振る舞ってやれ』と言い残していきましたが、お召し上がりにならないんですね」

　二人が顔を見合わせる。

「お忙しいんじゃ、仕方ありませんね」

　大隈がきまり悪そうに答える。

「いや、せっかくですから――」

「そうですか。では用意いたします」

駒子が、さも当然と言わんばかりの笑みを浮かべた。

七

「ご無礼仕ります」

開け放たれた表口で怒鳴ると、「誰だ！」という声が返ってきた。

「大隈八太郎です」

さすがの大隈も声が震える。

「何、大隈だと――。入れ」

江藤は佐賀藩の長屋に一人で住んでいる。そこは手明鑓と呼ばれる下士層の長屋なので、足軽長屋と広さはほとんど変わらない。

江藤の属する手明鑓という階層は、手明という言葉からも分かるように、平時に決まった役はなく、有事に槍一本に具足一領で出陣せねばならない人々のことだ。その俸禄は一律切米十五石なので、足軽と紙一重の扱いだ。

大隈が框に腰掛けようとすると、短い廊下の左右に、雪のような白い埃が積もっているのが見えた。真ん中だけ足跡が付いているのは、そこだけしか使っていないからだろう。

草鞋を脱いだ大隈が、廊下の真ん中を恐る恐る通って奥の間に至ると、江藤は蓬髪をかきむしりながら何かを書いていた。

「そなたが来るとは珍しいな」

「は、はい。江藤さんのお話をぜひ伺いたく、罷り越したる次第」

「そう固くなるな」

「はい。では――」と言って大隈が正座から胡坐に座り直すと、厳しい声音で江藤が言った。

「そこまで礼を失するな」

「申し訳ありません」と答え、大隈が正座に戻る。

江藤は儀礼を重んじることでは、人後に落ちないところがあった。

「そなたは、わしを避けていただろう。それが此度は、どういう風の吹き回しだ」

「避けていたわけではありません。江藤さんはお忙しく、われら後進を相手にする暇などないと思っていました」

江藤は自分の関心のあること以外は眼中にない雰囲気を漂わせており、四歳も年下の大隈についても、全く関心を示したことなどなかった。

――人とは本来そういうものだ。

だが江藤はとくにその傾向が顕著で、年下の者を歯牙にも掛けないところがある。

「それで何用だ」

江藤が吐き捨てるように問う。

「蒸気です」

「蒸気だと。そなたは、わしと禅問答でもしに来たのか」

大隈は次第に開き直ってきた。

「はい。大砲では買い手が限られるので、さほどもうかりません。しかし蒸気だと、需要が無限にあるような気がします。だから蒸気の原理を教えていただきたいのです」

「その通りだ。しかし需要の観点から、蒸気と鉄製大砲の違いについて語った者はいない」

大隈は褒められたと思い、礼を言った。

「ありがとうございます。もちろん鉄は産業の基本です。鉄製大砲の鋳造は、将来的な製鉄技術につながります」

「うむ。だから殿は、鉄と蒸気機関に藩の財の選択と集中をしたのだ。そこが薩摩藩とは違うところだ」

江藤が胸を張って両藩の違いを説明する。

薩摩藩の島津斉彬は集成館事業を行うにあたり、将来的な産業の育成を見据え、製鉄・造船・紡績（木綿帆）を殖産興業の中心に据えた。斉彬は反射炉と溶鉱炉の建設を皮切りに、工作機械製造施設、ガラス製造施設、洋式艦船造船所などを次々と設立し、産業全体を網羅しようとした。

一方の鍋島直正は「選択と集中」を旨とし、海防の目的から鉄製大砲の鋳造と蒸気機関の開発に財を集中した。むろん工作機械やガラス製造など間接的に海防に寄与する産業の育成には務めたものの、鉄製大砲と蒸気機関の研究だけが突出することになった。

「われらが殿は、物事がよくお分かりですね」

「そうではない。殿は分限をわきまえておるのよ」

「分限――」

「そうだ。島津の殿は七十二万石と言われているが、密貿易などで実収は百万石にのぼる。それに比べて当家は三十五万七千石。張り合っても勝てないのは明白だ」

――だから殿は偉いのだ。

直正は常に冷静で身の丈に合ったことを好む。それが近代化事業の方針にも表れていた。

「それでは問わせていただきますが、江藤さんの考える近代化とは何ですか」

頃合いよしと見た大隈が本題に入る。

「ははは、早速核心を突いてきたな。では、逆に聞く」

江藤が机を叩くと、埃が飛び散った。

「夷狄（欧米諸国）どもが日本にやってくる理由は何だ」

「日本に通商を求め、また鯨船（捕鯨船）のために薪水を供与してもらおうという狙いからではありませんか」

大隈は即答した。ここで気の利いた答えを考えるより、江藤に否定させ、気分よくしゃべらせた方がよいと思ったからだ。

「違う！」

江藤の唾が大隈の手元まで飛んできたので、大隈は慌てて手を引っ込めた。

「彼奴(きゃつ)らが日本近海に出没しているのは、われらの状況を探るためだ。内海の深浅を測ることで、大型船がどこまで近づけるかを見極め、諸港の砲台を観察することで、どこから上陸すれば最も損害が少ないかを考えているのだ」

——少し意識過剰ではないか。

大隈はそう思ったが、江藤の話の腰を折ることはしない。

「そうだったんですか。気づかなかったな」

「今、気づいたならそれでよい」

江藤は腕を組み、悲憤慷慨(ひふんこうがい)するように語った。

「日本は島国なので、すべての港を守ることはできない」

「もちろんです。日本は海に囲まれているだけではなく、藩ごとに海防意識がまるで違います。意識の低い藩の港から上陸されれば、海防に力を注いでいる藩の砲台も、意味を持ちません」

「その通りだ。彼奴らの力をもってすれば、わが国など赤子同然だ」

江藤が口惜しげに唇を噛む。

「では、なぜ夷狄たちは、さっさと上陸してこないんですか」

「そんなことも知らんのか。彼奴らは彼奴らで牽制（けんせい）し合っており、互いに喧嘩せずに獲物を分かち合おうとしているのだ」

「ははあ、なるほど。では江藤さんが将軍様なら、いかがいたしますか」

「将軍様か。そいつはいいな」

いつの間にか江藤は上機嫌になっていた。

「わしの考えを教えてやろう」

「ぜひ」と答えて大隈が身を乗り出す。

「まずは彼奴らをだます」

「だますって、夷狄をですか」

大隈は唖然とした。

驚く大隈を前にして、江藤が得意げに言う。

「そうだ。わしが将軍様なら、夷狄たちに対し、蕎麦屋（そばや）のように『いらっしゃい』と言って和親を結び、軍艦の一つや二つも買ってやる」

「蕎麦屋ですか」

大隈が笑いを堪える。

「それは物の喩えだ。夷狄は蕎麦など食わん」

その言葉に、つい大隈は噴き出してしまった。江藤は堅物なので、こうした戯れ言を得意としていない。

――存外、気難しい御仁ではなさそうだな。

大隈は『これなら何とかなる』と思った。

「つまり江藤さんは開国派なんですね」

「いや、そうではない」

「しかし夷狄と通商するのではないんですか」

「水戸や長州の連中のように、『夷狄は気に入らんから、戦って打ち払う』といった小攘夷はだめだと、わしは言いたいのだ」

「ははあ、では攘夷は攘夷でも――」

「わしのは大攘夷だ」

「開国ではなく大攘夷ですか。その真意はいずこに――」

「開国した上で夷狄の軍艦や蒸気機関を購入する。それを天下の賢才たちが分解し、日本でも造れるようにする。それで十分に軍備が整ったら、気に入らん夷狄に三行半を突き付けてやるのだ」

「ははあ、ずるいですね」

江藤が顔を赤くして言う。

「ずるいのではない。武略のうちだ」

「武略と来ましたか」

「そう、武略だ。まず通商を開始して夷狄を安堵（あんど）させ、各分野の才人を招き、指導に当たってもらう。通商で潤沢に資金ができたら軍艦を買う。それから夷狄を選別し、傲慢な夷狄に対して攘夷を行うのだ」

「ははあ、それが武略というものなんですね」

江藤は得意の絶頂だった。考えてみれば狷介固陋（けんかいころう）を絵に描いたような江藤なので、誰も寄り付かない。それで話をしたくてうずうずしていたのかもしれない。

「わしが考えているのは、攘夷を目的とした開国だ。それゆえ大攘夷なのだ」

「ははあ、なるほど」

なぜ「大」なのかはさっぱり分からないが、大隈は感心してみせた。

江藤が口角泡を飛ばして続ける。

「考えてもみろ。幕府の開国策が嫌で、『攘夷、攘夷』と小攘夷を唱えている連中は、要するに幕府の海禁政策を後押ししていることになる。そんな矛盾にも気づかぬのだ」

江藤が一呼吸置いた。大隈はこの好機を逃さない。

「江藤さんのご意見は尤もです。そのためにも、われらは学ばなければなりません」

「その通り！」

「私は『ナチュールクンデ』という本に興味がありまして、それを学びたいのです」

「よき心がけだ」

江藤が積み上げられた書籍の中から『ナチュールクンデ』を取り出す。

「その本には、窮理の原理が実利を生み出すもの、例えば蒸気機関について詳しく書かれていると聞きました。それで、その最も大事な部分を教えてはいただけないでしょうか」

「そなたは、蘭語ができぬのか」

「はい。まだ未熟なので、それを読んでも分からず、時間がもったいないと思いました」

——来るか。

大隈は「馬鹿野郎！」という江藤の罵声を覚悟した。だが江藤は平然として言った。

「若いくせに、時を節約しようとしているのか」

「いえ、はい」

江藤が座り直す。

「見上げた心がけだ。人は己がすぐ死ぬとは思わぬ。だから何をするにしても、のんびりしている。だが命なんてものは、いつ失うか分からぬ。だからこそ何事も早め早めに行うことが大切だ」

「仰せの通りです。男子として生まれた以上、生きた証、すなわち事績を残さねばなりません」

うなずきながら聞いていた江藤が問う。

「明日の朝は暇か」

「あっ、明朝に出直してこいと仰せですね。分かりました。それでは――」

「馬鹿野郎！」

江藤の怒声が、周囲に降り積もった埃を舞い上げる。

「今から教えてやると徹夜になる。だから明日の朝、お前はここで寝込んでいることになる。だから明朝に用事がないか問うたのだ」

「あっ、恐れ入りました」

こんな埃の中で人が眠れるのかと思ったが、耳学問で『ナチュールクンデ』の重要部分が学べるなら、それも我慢できると思った。

大隈は江藤に感謝の言葉を述べながら、その垢で黒ずんだ畳に額を擦り付けた。

安政三年（一八五六）、江藤は、こうした己の考えを『図海策』にまとめた。

江藤はこの論文集で攘夷思想を排斥し、攘夷戦争の愚を説いた。その一方、開国によって貿易を盛んに行い、西洋諸国の優れた人材を招聘し、指導に当たってもらうことを主張した。

そうした努力によって産業を振興し、海軍を強化する。同時に蝦夷地開拓によって新たな財源を確保し、それをもって外貨の流出を防ぐという独自の開国・経世論こそ、『図海策』だった。

こうした開国論は島津斉彬や福井藩士の橋本左内も建白書や著作で唱えていたが、江藤が『図海策』を提出したのはほぼ同じ時期なので、江藤がいかに先進的だったか分かる。『図海策』には、「積極的開国により通商を盛んにし、富国強兵によって西洋諸国との間に対等の関係を築く」という江藤の考えが理路整然と記されており、鍋島直正も目を通すほど高く評価された。これにより江藤は、佐賀藩内でも一目置かれる存在になる。

八

大隈は蘭学寮に通い、真面目に蘭語を学んでいた。でもそこは大隈だ。耳学問で済ませられるものは済ませ、そうはいかないものだけを懸命に勉強したので、極めて効率よく知識を吸収していった。

とくに語学は耳学問ではできないので、大隈は力を注いだ。そして先輩から優れた蘭学書の要旨を聞き、蒸気機関の原理から仕組みまでも理解できるようになった。

こうして効率性を重視した学習法によって、大隈は優秀な者たちを抑え、蘭語では蘭学寮一と言われるまでになった。単語を覚えるのは苦手だったが、蘭語の文法と構文は得意で、日常的な会話文なら蘭語の文章が書けるまでになった。

「やめた」

安政七年（一八六〇）三月、桜が満開の多布施川河畔を久米丈一郎と歩きながら、大隈が唐突に言った。

「今度は何をやめるんですか」

久米はもう驚かない。何事にも飽きっぽい大隈に慣れているのだ。

ちなみに昨年、久米も晴れて蘭学寮の生徒となった。また義祭同盟にも加盟し、まさに大隈の後を追うようになっていた。

大隈が河畔の斜面に寝転がったので、久米もそれに倣った。

「どうも人には、得手不得手があるらしい」

「それはそうでしょう。私の場合、学問は得意ですが、武芸は苦手です」

「そういうことだ。ひとくくりで武芸と言ってもいろいろある。刀と槍だって得手不得手があるだろう」

「そうですね。で、此度は何をおやめになるのですか」

久米が興味津々に問う。

「窮理よ」

「ああ、窮理ですか。あれは難しい」

「うむ。わしは、計算は得意だが、何やら複雑な数式をこねくり回すのは好きではない」

「しかし窮理は、すべての根源を成すものではありませんか」

「そこよ。わしもそれを信じ、窮理だけは懸命に学んできた。だが、ふと気づいたのだ。窮理に関しては十人並みだとな」

多布施川を眺めると、すでに散った桜の花びらが、列を成すようにして川面を流れていく。

――人の一生も同じだ。

この世に生を享けても、次の瞬間から時という大河に流され始め、最後は死という大海にたどり着く。死までの年月に長い短いの差こそあれ、行き着く場所は誰もが同じなのだ。

――人生の長短は誰にも分からぬ。だからこそ無駄な時間を過ごすわけにはいかない。

大隈の考え方は終始一貫していた。

久米がポツリと問う。

「十人並みではいけませんか」

「いや、十人並みがよくないというのではなく、十人並みの者が学び続けても、しょせん大きな業績は上げられぬ。だから無駄ではないかと言いたいのだ」

「ははあ、なるほど」

久米は大隈独特の理屈に慣れている。

「でも窮理の基本は大切でしょう」

久米が首をかしげる。

「その通りだ。それが分からなければ、佐野さんのような窮理の英才と話しても理解できず、また諸外国から軍艦を買う際にもだまされる」

久米が笑う。

「ははは、八太郎さんは、もう軍艦を買う時のことを考えているんですか」

「当たり前だ。大丈夫（だいじょうふ）は常に大舞台に立った時のことを考えるものだ」

「でも蘭学寮は、火術方や精煉方の人材を育成するところですよ」

「それは分かっているが、それらを学ぶ人材がすでにいるなら、わしは別のものを学ぶ」

「例えば――」

「法だ」

大隈は科学関連の書籍に紛れて入ってくる法学書を読み、西洋諸国の法体系の精緻さに感銘を受けていた。

「そうは言っても、法を作ったり改正したりするのは幕府ですよ」

「今はそうだが、この先はどうなるか分からぬ」

「それはそうかもしれませんが――」

久米が沈黙する。おそらく己の適性について考えているのだろう。

「丈一郎、そなたは負けず嫌いだから、人に劣っている分野の学問があれば、そればかり懸命に勉強するだろう」

久米が素直にうなずく。

「当然のことです」

「それが間違っているんだ」

「何が間違っているんですか。学問とは、そういうものではありませんか」

「では、ここを読んでみろ」

大隈が抱えていた蘭書の一冊を開き、それを久米に示す。

そこには「人の長を長なりと認め、己が短を補う。人間の発達とは、そこから始まる」と書かれていた。

「つまり、不得手なものを捨て、得手なものに力を注げというのですか」

「そうだ。己が不得手と思うものは他人の頭で補う。さすれば、不得手なものを学ぶことに使う時間を得手なものを伸ばすのに使える」

久米が渋い顔で言う。

「何だか言い訳じみていますね」

「言い訳ではない。要は無駄を省き、得意に力を注ぐことで、その分野で突出できる。それは、わが藩の姿勢と同じだ」

佐賀藩では、持てる資源を鉄製大砲と蒸気機関の製造に集中させることで、他藩に卓越する技術を身に付けることができた。

「なるほど。だとすると、一概に否定はできませんね」

「そうだ。人の一生など高が知れている。われらは若いゆえに己が死ぬとは考えない。だが四十を過ぎれば、自ずと死と向き合わねばならない。それほど天がわれらに託した時間は短いのだ」

大隈の脳裏に、父の面影が浮かんだ。父は大隈が十二歳の時、剣術稽古の最中に脳出血で倒れ、そのまま帰らぬ人となった。数えで四十七歳だった。

――さぞかし無念だったろうな。

大隈の父は石火矢頭人という長崎御番の要（かなめ）となる仕事をしていた。技術者ではないが、人生を断ち切られるように終わらされたことに、無念の思いを抱いたことだろう。

「久米よ、そなたは長く生きたいか」

「そいつは無理でしょう。私は幼少の頃から蒲柳（ほりゅう）の質（しつ）で、片息（かたいき）（喘息（ぜんそく））という持病もあります。たいして長くは生きられないでしょう」

久米が皮肉な笑みを浮かべる。

「だったら得意に力を注ぐのだ。そなたは何を得意としている」

「私の得意というか好きなことは地誌ですね。地誌を学ぶと世界の広さが実感できます」

地誌とは、特定の国や地域の自然から人の気質といった雑多な情報を丹念に収集し、それを研究分析していく学問で、郷土史の基礎になる。

「それなら、地誌については誰にも負けないほどの知識を付けるのだ。そのうち殿が海外渡航させてくれるやもしれぬぞ」

「そうですね。蘭語で書かれた海外の地誌を縦横に読みたいものです。そしてそれを日本語に訳し、世界のことを伝えていきたいと思っています」

久米の顔が輝く。

「つまりそなたは教師になりたいのか」

「今のところ、そう考えています。八太郎さんは先ほど法を学びたいと仰せでしたが、どんな将来を思い描いているのですか」

「わしか」

唐突な問い掛けに、大隈は戸惑った。

「窮理を学ぶのをやめるということは、火術方にも精煉方にも入れませんよ。一方、西洋の法を学んでも、家中で何かの仕事にありつけるわけではありません」

「そんなことは分かっている」

「では、どうしますか」

「分からん。とにかく得意とするものを見つけ、それを極めたいのだ」

「八太郎さんは、まだ得意を見つけていなかったんですね」

久米が笑ったその時だった。

「おーい、八太郎さん！」と大声を上げつつ、空閑次郎八が堤を駆けてきた。

「騒がしいぞ！」

大隈が横たわったまま怒鳴る。

二人のいる場所に着いた空閑が、息を切らしながら言う。

「中野さんが江戸から戻った。急ぎの話があるとのことだ」

「中野さんが帰ってきたのか！」

中野とは、江戸の昌平黌で学んでいる方蔵のことだ。大隈より三歳年上の中野は、足軽鉄砲組頭の家の次男という貧しい境遇に生まれたが、「気概・経綸(けいりん)共に図抜けた逸材」と言われ、江戸の昌平黌に藩費で留学していた。後に大隈は中野のことを、「資性敏活にして、諸先輩中でも第一流の人士」と極めて高い評価をしている。

「それで義祭同盟の面々に召集が掛かった。枝吉先生の家に集まれとのことだ」

「よほどたいへんなことのようだな」

「ああ、そのようだ」

「よし、すぐに行こう」

三人の若者が桜並木の下を疾走していく。道行く人々は「何事か」と振り向くが、誰もが若者の気まぐれだと思ってか、茫然と見送っていた。

――何が起こったのだ。

大隈は走りながら、得体の知れない胸騒ぎを感じていた。

九

大隈ら三人が枝吉邸に駆け込むと、神陽たちは車座になって深刻な顔をしていた。

――やはり変事が起こったのだ。

そこにいたのは、神陽を中心として、弟の二郎、大木民平、島団右衛門とその弟の重松基右衛門、江藤新平、そして旅姿の中野方蔵だった。大隈、久米、空閑の三人は義祭同盟では若手なので、縁先に腰掛けた。

この年の一月、長らく病床に臥していた神陽と二郎の父・南濠が亡くなった。そのため二郎は一時的に帰国していた。すでに二郎は副島家に養子入りし、種臣と名乗っている。

中野方蔵は優秀さを見込まれ、藩費で昌平黌に入学したが、それと並行して諸藩の動静を探るという密命を帯びていた。そのため長州藩の桂小五郎（後の木戸孝允）や久坂玄瑞とも交友があり、儒者の大橋訥庵の影響を受けて尊王攘夷思想に目覚めていた。

大隈らの後にも、枝吉邸に駆け込んでくる義祭同盟の加盟者が後を絶たない。遅れてきた者たちは、そのまま庭に立って話を聞いた。

「中野君、もう一度、皆に話を聞かせてやれ」

神陽の依頼に「はい」と答えた中野は、遅れてきた面々に向かって言った。

「この三月三日、井伊大老が江戸城の桜田門外で殺された」

「あっ」という声の後、どよめきが広がる。

――事態はそこまで進んでいたのか。

大隈にとって暗殺の善悪よりも、これで時代が音を立てて動き出す予感がした。

「下手人は誰ですか」

誰かの質問に中野が答える。

「水戸藩脱藩浪士十数人と薩摩藩士一人だ」

この事件は、関鉄之介をはじめとした水戸藩尊攘派の脱藩浪士十七人と薩摩藩脱藩浪士一人によって行われた。

方蔵が事件の概要を説明する。

安政五年（一八五八）、幕府は日米修好通商条約を締結し、開国路線をひた走っていた。それを主導していたのが大老の井伊直弼だ。しかし安政七年（一八六〇）三月三日（万延元年は三月十八日から）、江戸城桜田門外で井伊が殺害されることで、にわかに情勢は不安定になる。

江藤が間髪を容れずに問う。

「この事件で何が変わる」

「まず一橋派が復権するだろう」

一橋派とは、徳川斉昭、徳川慶勝（前尾張藩主）、松平春嶽、伊達宗城、山内容堂ら、将軍継嗣問題で一橋慶喜を次期将軍に推していた一派のことだ。彼らは現将軍の家茂を推していた井伊直弼と対立し、隠居や蟄居謹慎処分とされていた。

「一橋派が復権するとどうなる」

江藤が鋭い眼光で問うと、中野が腕組みしつつ答えた。

「今更将軍を代えるわけにはいかないので、家茂公はそのままとしても、一橋派が周囲を固めるだろう。とくに水戸斉昭公が幕政への発言力を回復させ、場合によっては攘夷の方針を打ち出すかもしれん」

「となれば、われらはどうする」

江藤の質問は端的で分かりやすい。

「わが殿は井伊殿と親しかった。つまり開国派と目されており、水戸藩系の浪士に狙われるかもしれぬ」

中野の言葉に邸内は騒然とした。それを神陽が抑える。

「このことは藩の重役たちも気づいている。それで国元から腕の立つ警固役を三十人ほど選抜し、江戸に派遣することになった。今はその人選に入っているという」

島団右衛門がここぞとばかりに提案する。

「でしたら、われらからも誰か潜り込ませましょう。さすれば江戸の情勢と殿のお考えが、われらにも伝わってきます」

「それは妙案だが――」

神陽が義祭同盟の面々を見回すと、首を左右に振った。

「義祭同盟には、殿の警固役が務まるほど腕の立つ者はいないだろう」

大隈が遠慮がちに言う。

「空閑次郎八がおります」

神陽が膝を打たんばかりに言う。

「そうだったな。空閑なら腕が立つ。どうだ空閑、江戸に行ってみないか」

空閑が顔を紅潮させながら言う。

「喜んでお引き受けいたします。しかし決めるのは、重役の方々ではありませんか」

「二郎、何とかならぬか」と神陽が弟を促す。

「お任せ下さい。うまく潜り込ませます」

副島は優秀な上に生真面目なので、重役連中から信頼されていた。

「それで——」と中野が続ける。

「これを機に幕府の力は弱まるでしょう。もはや力で諸大名を抑えていくことはできません。となれば主上を中心にした国家体制へと移行する好機です」

神陽が感慨深そうに言う。

「そうだな。王政復古を成し遂げる日が近づいている。長らく続いた武士の時代を終わらせ、楠公が夢見た主上を中心とした国家を打ち立てるのだ」

神陽の言葉に、そこにいた者たちがうなずく。

——天皇を中心にした国家になれば、列強と伍していける強国になり得るのか。

大隈はそこに疑問を抱いた。義祭同盟の思想は尊王だが、それが富国強兵策とどう結び付くのか、大隈には分からない。

「先生、問うてもよろしいですか」

神陽がうなずいたので、大隈はその疑問を口にした。

「八太郎の言うことは尤もだ。われらは既定の事実のように論じていたが、八太郎のように疑問を抱く者もいるのだろう。では説明してやろう」

神陽は咳払いすると語り始めた。

「幕府ではなく主上を中心にすることで、挙国一致の体制が築ける。さすれば諸藩ごとに分離独立していた支配体制から、財力も軍事力も主上の下に集中できる。これまでわれらは佐賀藩の稼いだ金で、佐賀藩兵を養い、領内に自前の砲台を築いてきた。だが王政復古が成れば、諸藩の富を集めて国家の富とし、いまだ青銅砲しか持たない弱小藩の砲も、鉄製に一新できるのだ」

「何やら佐賀藩の損になるような話ですね」

それは雄藩や大藩に属する藩士たち共通の認識だった。

「豊かな藩にとっては損になるだろう。だが藩という枠組みを取り払えば、損も得もなくなる」

「ははあ、少し分かってきました」

大隈の反応に皆が哄笑（こうしょう）する。

大隈は、こうした場で「至らぬ者」を演じることができる。人というのは皆、自分が優秀だと他人から見られたい。だが「至らぬ者」を装うことで、周囲から好感を持たれることを、大隈は知っていた。

「そうした思想に対し、幕府はどう思っているのでしょうか」

「厄介なのはそこだ。人には代々受け継いできた権益というものがある。先祖代々何もせずに禄を食（は）んできた旗本などは、国家体制を変革するなどと言ったら猛反発するだろう」

大隈が声をひそめる。

「つまり戦になると仰せか」

神陽が渋い顔で返す。

「それは分からんが、徳川家に意趣返しをするために、われらは国家体制を変えようとしているわけではない。外夷の圧力を跳ね返し、日本の独立を守るためだ。それゆえ幕府という統治組織は否定しても、それに所属してきた者たちとは融和を図らねばならん。膝を詰めて話せば、分かってくれるはずだ」

神陽は倒幕を考えてはいても、討幕までは考えていなかった。それはこの時代の知識人の共通認識でもある。

「それゆえ王政復古と言っても、そう簡単なことではない。幕府の中には反対勢力もあり、これから、いくつもの波乱があるだろう」

神陽が遠い目をした。その目は、これから始まるであろう動乱の世を見据えているかのようだった。

十

神陽邸での会合が終わり、皆はそれぞれの思いを抱いて散っていった。

大隈はさらに詳しい話が聞きたいと思い、中野方蔵の後を追った。中野は旅慣れしているためか歩くのが速い。後方から小走りになって追いついたが、中野が歩度を緩めないため、大隈は息を切らしながら問う形になった。

「中野さん、井伊大老と親しかったというだけで、殿は水戸藩士や不逞浪士に狙われるのですか」

「親しかったどころではない。肝胆相照らす仲と言ってもよい」

直正と直弼は人間的にも気が合ったらしく、気宇壮大な海軍国構想を描いていた。天草島を一大造船・海軍基地とし、そこを日本艦隊の根拠地とし、アジア諸国に乗り出していこうという事業計画や、蝦夷地と樺太を開発する件などを大いに語り合っていた。

「井伊大老が殺されたことは、実に残念ですね」

「井伊大老にも悪いところはあったが、ほかの老中連中に比べれば、しっかりと先々を見据えているお方だった」

「今、中野さんは『井伊大老にも悪いところはあった』と仰せでしたが、それはどのような点ですか」

中野が歩度を緩めず答える。むろん息は切れていない。

「開港策はよき点ばかりではない。安政五年（一八五八）の通商条約締結による開港で、外国人商人が生糸を大量に買い付けるようになった。これにより養蚕や製糸を行っている地域は大いに潤った。ところが、それが農産物の価格を上昇させ、下級武士や町人たちの生活を圧迫したのだ。つまり農民たちは開国を悪いものとして憎み、攘夷論に与するようになった。さらに日本では金の価格が銀に比べて安かったので、外国人たちは争うように金を買い付けた。これに慌てた幕府が小判の金の含有量を減じたため、すべての価格が高騰するという悪循環を招いてしまった」

「では、中野さんは開国に反対なのですか」

中野は初めて歩度を緩めると、大隈をにらみつけた。

「わしは佐賀藩士だ。攘夷論にも同情の余地はあるが、藩の方針に逆らうつもりはない」

「尤もなことです」

「だが、このまま開国を進めれば、この国がひどいことになるのも自明の理だ」

――江藤さんと同じ考えだ。

それでも江藤は、中野より漸進的な考えを持っていた。

中野と一緒に歩いていると、中野の家に着いてしまった。中野は足軽鉄砲組頭の次男なので、足軽長屋の一つを与えられ、老母と二人で住んでいる。

「母上、帰りました」

裏の小庭で農作業をしていたらしい母親が、頭の手拭いを外しながら現れた。

「方蔵、突然どうしたのです」

「それは後で話します。それより友人を連れてきたので、上げてもいいですか」

友人と呼ばれて、大隈は少し誇らしい気持ちになった。

「もちろんです。どうぞ上がんなさい」

そう言うと、母親は奥に消えていった。

方蔵が大隈に言う。

「こんな足軽長屋でも構わぬか」

「もちろんです。私は江藤さんの家にも一人で行きました」

方蔵が白い歯を見せて笑う。

「足軽長屋を魑魅魍魎（ちみもうりょう）の住処（すみか）のように思っていたのか」

「いえ、そんなことはありません」

大隈は否定したが、中野は悪びれず言った。

「尤も、江藤の家はそうだがな」

中野に導かれるままに家に入ると、奥にある自室に通してくれた。そこには所狭しと書物が積まれ、その中央に、人が二人向き合う空間だけがある。

――江藤さんのところよりはましだ。

書物の山をまたぐようにして丸茣蓙（ござ）の上に座すと、中野の母が酒と肴（さかな）を持ってきた。

「飲め」と言って、中野が徳利（とっくり）に入った酒を注ぐ。

「何事もそうだが、攘夷と開国という二元論で考えてはいかん」

中野が自らの茶碗にも酒を注ぐ。

「開国によって多くのものが日本に入ってくる。その中には有益なものも多数ある。だが、よいことばかりではない。それによって一時的に損害をこうむる人々が出てくる。そうした者は開国に反発し、攘夷に賛同する。つまり開国にも攘夷にも、一長一短があるということだ」

中野の口調が強まる。

「幕府の開国とは、まやかしの開国だ。幕府は諸藩や商人が勝手に貿易すること、すなわち私貿易を禁じ、すべての物資の流出入を幕府が管掌しようとしている。つまり自らが外交主権を握っていることを列強に示し、交易で上がる利益を独占しようというのだ」

「そんなことでは、潤うのは幕府ばかりではありませんか」

「その通りだ。開国とは名ばかりで、実際は幕府の財政再建を交易に託そうというのだ。こんな虫のよい話はない」

「では、やはり攘夷すべしと仰せか」

「そこが難しい。下手に攘夷などすれば、列強に進駐の口実を与えてしまう」

「江藤さんは大攘夷と小攘夷は違うと言い、闇雲（やみくも）な小攘夷を否定されていました」

大隈が江藤の思想を語る。それを中野は腕組みして聞いていた。

「わしも江藤の『図海策』は読んだし、江藤の考え方も分かる。だが大攘夷への道のりは遠い。その間に列強は日本をしゃぶり尽くす」

「それほど外夷とは恐ろしいものなのですか」

　中野が顔をしかめつつ言う。

「恐ろしいも何も、自らの利になることなら何でもやる連中だ。彼奴らに武士の情けなどという言葉はない。清国を見ろ」

　阿片戦争の結果、清国は実質的に列強の植民地となり、その弊害はいたるところに出ていた。貧困にあえぐ人々は太平天国の乱に与したので、内乱によって国力はさらに疲弊していった。しかし平和裏に開国したところで、さして変わらない状況に陥るのは目に見えている。

「だからこそ、わが殿はいち早く富国強兵策を推し進めた。しかしその危機感を共有できているのは薩摩藩くらいで、残る諸藩はいまだ太平の夢を貪っている」

「それを打破するためには、やはり国家体制の刷新が必要なのですね」

「そうだ。諸藩の有志は、誰もが口をそろえてそう言っている。ただ幕府を倒すとなると、抵抗勢力も出てくるだろう。内乱でも起これば列強の思うつぼだ。それゆえ守旧派と妥協しつつ国家体制の刷新を図っていくしかない」

　中野は酒を飲み干すと、煙管（キセル）を取り出した。これまで遠慮していた大隈も、それを見て自らの煙管を取り出し、細刻みを詰め始めた。

「そなたは国事に関心があるのか」

「いえ、窮理を学び、それを殖産興業に結び付けていく仕事に従事したいのです」

「この国家危急の時に何かしたいのだな」

「はい。私で役に立つなら、何とかこの国のために尽くしたいと思っています」

「そうか」と言って、中野が煙を吐き出す。

「そうした者は脱藩して志士となる」

「はい。そう聞いております」

「そなたに、その覚悟はあるか」

「では、中野さんにはありますか」

中野の顔が怒りに歪む。三歳年下の大隈に問い返されたからだ。

「ある」と答えると、中野が再び茶碗酒を飲み干す。

「ご無礼仕りました」

「わしは、ほどなくして死ぬだろう」

「えっ」

その言葉に、さすがの大隈も息をのんだ。

中野が遠い目をして言う。

「わしのやっていることは、ここでは明かせない。だが、誰かがやらねばならないことだ。

それゆえ明日死を迎えることになっても、生涯に悔いはない」

「それほどの覚悟を決めているのですね」

「そうだ。わしは次男で兄上も健在だ。母上の面倒も見てくれるだろう。それゆえ心置きなく死ねる」

大隈に言葉はなかった。

「それで、そなたの答えをまだ聞いていなかったな」

「脱藩し、国事のために奔走できるかどうかということですね」

中野がうなずく。

「やります」

大隈はきっぱりと答える。

「佐賀藩からも、いつか二の矢、三の矢が放たれる。そうした矢を放っていくうちに、どれほど堅固な岩盤だろうと崩れるだろう」

煙管を置くと大隈が威儀を正す。

「私が中野さんの後に続くことになったら、佐賀藩士の名に恥じない最期を遂げます」

「その意気だ。だがな――」

中野が大隈の茶碗に酒を満たす。

「先のことは誰にも分からん。十年後に、こうしてそなたとまた酒を酌み交わしているかもしれんからな」

中野が屈託のない笑みを浮かべる。それを見て大隈は少し安心した。

十一

桜田門外の変の動揺も収まってきた四月、藩主の鍋島直正が国元に帰ってきた。

井伊直弼と親しかったことから命を狙われる危険があったため、万が一に備えて国元に戻ることにしたのだ。国元から送り込んだ「腕の立つ警固役三十人」も一緒だ。その中には空閑次郎八もいた。

空閑は初めての江戸を楽しむことも、直正と言葉を交わすこともなく、とんぼ返りさせられたという。

何を思ったのか、直正は帰国早々、蘭学寮へ行くと言い出した。そのため教師も学生も総出で校舎の隅々まで掃き清め、整列して直正を出迎えた。

大隈はこれまで何度も直正の姿を見ているが、言葉を交わしたことはない。

直正の背後からは小姓、重臣、近習に続き、弘道館の生徒らしき十代半ばから後半の者たちが五十人ほど続いている。

蘭学寮の前庭に設えられた床几（しょうぎ）に座した直正は、居並ぶ者たちを前に訓辞を垂れた。

「今この国は未曽有の国難に襲われている。皆も知っての通り、不逞浪士によって井伊大老が殺され、幕閣も動揺している。だがこうした時だからこそ、有為の若者たちは肚を据えて勉学に励んでほしいのだ。藩の舵取りは、われら老人の務めだ。若い者たちは次の時代の担い手となることを忘れるな。とくに蘭学は最も大切な学問だ。蘭語と蘭学を学ぶことで、藩の未来が開けてくる。これからも、いっそう奮励努力してほしい」

直正に続いて、鍋島安房が話を替わった。

「向後、蘭学寮を弘道館の傘下に収め、さしあたり諸組侍（手明鑓より上の藩士）の若者のうち十七歳から二十五歳の者を五十人ばかり、二年間ほど移すことにした」

どよめきが起こった。そして皆の視線が大隈に向けられた。

――ようやく分かってくれたか。

かつて大隈が主張していたことが、現実となったのだ。

傍らにいる久米が肘でつつく。

「八太郎さんの望みが叶いましたね」

「ああ、当然のことだ」

これにより佐賀藩の藩学方針は、一気に洋学へと傾いていく。

――もはや朱子学や『葉隠』の時代ではないのだ。

精神修養も大切だが、より実践的な学問が重視される時代になったのだ。

その時、直正が手にしていた扇子で前方を指した。

「大隈を呼べ」

突然の直正の言葉に、大隈は息をのんだ。

「大隈、こちらへ来い」と安房が大隈を手招きする。

大隈は呼吸を整えて一歩ずつゆっくりと進むと、直正から三間（約五・五メートル）ほどの距離で跪座（きざ）した。

「大隈八太郎に候」

胸の鼓動は激しくなり、脂汗が出てきた。だが大隈は、そうした態度を気取られまいと、平然とした顔をしていた。

「そなたが大隈か。優秀だと聞く」

「ありがとうございます」

「弘道館の改革案は目を通した。そなたの言う通りだと思った」

「恐悦至極に候」

「これからも励んでくれ」

「はっ、ははあ」

直正との初めての会話は、それで終わった。大隈にとってこれほど緊張した時間はなかった。その後、直正は蘭学寮を見学し、教師たちと懇談して帰っていった。

皆で直正を見送った後、鍋島安房が再び生徒たちを集めた。

「さて、もう皆も気づいていると思うが、蘭学寮は弘道館の組織に入ったが、これはあくまで藩学の管掌を一貫させるためだ。具体的には蘭学寮が主であり、これまでの弘道館の教育が従となる。つまり、これまで別個の組織として独立していた二つの藩学を融合させ、弘道館教育を短期間で済ませ、優秀な者をできるだけ早く蘭学寮へと進ませようと思っている。そうなると指南役、いわゆる教師が足りなくなる。そこで成績優秀な者を教師としたい。役料（役職手当）も付ける。これから名を呼ぶ者は前に来てくれ」

何人かの名が呼ばれた。その中には大隈の名もあった。職種は語学教師だった。

もちろん名誉な仕事なので断る者などいない。

「此度の藩学改革は殿肝煎りの大事なものだ。皆も覚悟を決めてほしい」

最後に安房が訓辞して、この日は散会となった。

早速、久米が駆け寄ってきた。

「八太郎さん、凄いじゃないですか」

「まあな」と返しつつも、大隈はまんざらでもなかった。

――わしが教師か。

人にものを教える経験など大隈にはなかった。

「丈一郎よ、わしは人に何か教えたことなどない。何を教えればよい」

「えっ、蘭語じゃないんですか」

「いや、そうではなく――」

その時、少し前を坊主頭の大柄な人物が歩いているのに気づいた。

「大庭先生――」

「あっ、大隈先生」

「先生はやめて下さいよ」

さすがに大隈も照れ臭い。

「ははは、悪かったな。いずれにしても、おめでとう」

大庭が大隈の肩を痛いほど叩く。

「ありがとうございます。それで――」

「役料の話か。最初なので、さほどもらえぬとは思うが――」

「いや、それはそれでいただきますが、教師とは何かをお伺いしたいのです」

「教師とは何かか――。わしと禅問答がしたいのか」

「まあ、そういうことです」

大庭が分厚い唇をなめると言った。

「人様に何かを教えるということは、人様を導くということだ。朱子学だろうと語学だろうと、それは同じだ。それゆえ語学を教えようなどとは思うな」

「では、何を教えるのです」

「だから人に道を説くのだ」

大隈が首をひねる。

「何の道ですか」

「森羅万象（しんらばんしょう）だ。一言では言えん」

「よく分かりませんが、人の道ばかり教えていたら、蘭語の授業にならないではありませんか」

「それはそうだ。だから蘭語も教える」

「やはり、よく分かりませんが」

「分からん奴だな。では、例に出して説明してやる」

大庭は小枝を拾うと、その場に腰を下ろした。大隈も着物の裾を端折（はしょ）ってしゃがんだ。校舎に向かっていた生徒たちも、何が始まるのかと立ち止まって注視している。

大庭は小枝の先で「Stoom」と書いた。

「よいか。ここにスツーム、すなわち蒸気という蘭語がある。この蘭語を生徒に教えるだけで、語学教師が務まるわけではない。スツームのからくりから、それによって何がもたらされるのかを説明する。すると生徒はスツームに興味を持つ。そして蘭語だけでなくスツームの勉強もする。もしかすると、そなたの教えることが端緒となり、佐野のような窮理の英才が生まれるかもしれないのだ。つまり、そなたは語学を通じて人の道を説くことになる」

「ははあ、なるほど。教師というのは面白い仕事ですね」

「ああ、面白いがたいへんだ。知らんことを知らんとも言えぬし、何があっても間違えられんからな」

「ありがとうございます。何か分かった気がします」

この時から大隈は、教育というものに強い関心を抱いた。

十二

井伊大老が襲撃される二カ月ほど前の安政七年（一八六〇）一月、不平等条約として悪名高い日米修好通商条約の批准書を交換すべく、幕閣は新見豊前守正興（しんみぶぜんのかみまさおき）を正使とした遣米使節団七十七人をアメリカに向けて出発させた（護衛艦の咸臨丸（かんりんまる）の乗員まで含めると百七十人余）。万延元年の遣米使節団である。

この使節団は、諸外国と条約締結後、幕府が初めて正式に海外に派遣したもので、批准書の交換のほかにも、未知の西洋文明を知り、それを日本国内に持ち帰るという重大な使命が託されていた。

使節団の中には七人の佐賀藩士がいた。運用方として蒸気船の運航知識を学ぶために派遣された本島喜八郎（もとじまきはちろう）ら五人と、佐賀藩出身ながら幕府御雇医師の川崎道民（かわさきどうみん）、そしてアメリカの政治体制や諸制度を学ぶために派遣された小出千之助（こいでせんのすけ）のつごう七人だ。

九月、使節団は訪米の目的を達成して帰国し、翌月には小出も国元に帰ってきた。鍋島直正や重臣たちへの帰国挨拶と報告が終わった後、小出の家には土産話を聞こうという連中が引きも切らず押しかけていた。

その中の一人に大隈もいる。

小出は天保三年（一八三二）の生まれなので二十八歳。大隈より六歳年上になる。小出は蘭学寮指南役に就いており、蘭語については大隈よりも数段上だった。

小出家には、すでに三十人ほどの老若男女が詰め掛けていた。その中には近所の子供も多数交じっていたが、彼らは話が聞きたいわけではなく、何やら賑（にぎ）やかそうなので集まってきたようだ。

やがて城から戻ってきた小出が、自宅の外まで遠巻きにしている者たちを見て驚いた。

「おいおい、少し休ませてくれないか。後で弘道館の講堂に集まってくれ」

その言葉でいったん散会になったので、大隈と久米は大隈家で昼飯を食い、弘道館へと向かった。その途次も多くの若手藩士たちが、列を成して弘道館を目指していた。その中には商人や農民らしき者までいる。武士階級以外の者たちも、藩主直正の勉学奨励策によって、こうしたことに関心を持ち始めたのだ。

弘道館の講堂には、三百余の人々が集まっていた。

「こいつはまいったな。座る場所もないぞ」

「それだけ皆、小出さんの話を聞きたいのです」

二人がようやく座に着くと、登城した時と変わらぬ裃（かみしも）姿の小出が現れ、教壇に立った。

「まずは、これを見てくれ」

小出が従者に衣紋掛け（えもんかけ）を持って来させると、そこに見慣れない絵地図を掲げた。

「あっ、あれは世界地図だ」

世界の地誌に関心があるためか、久米は即座に世界地図だと指摘した。大西洋が中心の地図なので、日本は右隅に小さくある。

「日本は随分と小さいの」

「八太郎さん、日本が小さいのではなく、世界が大きいんですよ」

小出が日本を指差すと言った。

「これが、われらが住む日本だ」

どよめきが起こる。初めて世界地図を見る者にとって、日本の小ささは衝撃以外の何物でもないのだろう。

「この辺りの点が佐賀だ。日本も佐賀も何ともちっぽけだとは思わぬか」

「アメリカという国は、どこにありますか」

誰かが問う。

「ここだ」と小出が指し示す。それは一点を指すというより、大きな弧を描くような感じだ。すでに大隈や久米は知っていたが、知らない者の間からどよめきが起こる。

「私はここに行ってきた。むろん全土をくまなく回ったわけではないが、アメリカという国の中心部は回ってきた。そこで分かったのは――」

皆が固唾をのむ。

「幕府や諸藩が束になっても、アメリカには敵わぬということだ」

皆が私語を交わすので、そのざわめきで耳が痛くなるほどだ。

「小出先生！」

誰かが立ち上がる。

「人の数はどれくらい違うのですか」

「日本人の総数は三千万人と言われている。それに対し、アメリカは三千万人を少し超えた程度だ。というのもアメリカは若い国だからだ。そのため欧州から積極的に移民を受け容れている。つまりアメリカという国は、移民によって支えられていると言ってもよい」

皆が少し静まるのを待ち、小出が強い口調で言う。

「欧州と新大陸の間に横たわる大海を渡ってきた移民が、西へ西へと移動して作られた国家がアメリカだ。だが西方の陸地にも限りがある。その後は海に出るしかない」

――それで、われらが東海と呼んでいる海へと漕ぎ出したわけか。

東海とは太平洋のことだ。

「その先の先にポツンとあったのが、わが国というわけだ」

誰かが問う。

「アメリカは何のために東海に漕ぎ出したのですか」

「まずは清との交易だ。その中継基地として日本を利用したいのだろう。そして次に鯨船が薪水を供給してもらうためだ」

次第に大きくなるどよめきを制するように、小出の声がひときわ高まる。

「ただし、それ以上にアメリカが目指しているのは、清やわが国を属国とし、思うがままに搾取することだ」

それを聞いた若者の何人かが立ち上がり、何事かを喚いている。ほとんど聞き取れないが、「攘夷だ！」という言葉だけは聞き取れた。

両手を広げて喧噪を制しつつ、小出が続ける。

「だからといって、私は攘夷を是とするつもりはない。現状ではアメリカにとても敵わぬ。それゆえ、われらが西洋諸国と対等に話し合えるまで隠忍自重し、力を蓄えねばならない」

「なぜだ！」「打ち払え！」といった怒声が飛ぶ。

「よいか。鉄製の大砲、造船、機械、金属加工技術などあらゆる分野で、わが国は西洋諸国の後塵を拝している。それらすべての分野で追いつかない限り、彼らは対等の立場で交渉などしてくれない」

小出は、各分野でいかに日本が立ち遅れているかを語った。それは皆も分かっていることだが、実際に現地を見聞してきた小出の口から、あらためて現実を突きつけられ、意気消沈する者が多かった。

――小出さんに「たいしたことはない」「数年で追いつく」とでも言ってほしかったんだろう。だが現実は甘くはない。

分かってはいたものの、大隈も少し落胆した。

――使節団というのは、攘夷を主張する連中に冷水を浴びせる効果がある。

今回アメリカを見聞してきた使節団は百七十人余になる。その人々が日本各地に散り、小出と同じ話をすれば、攘夷を主張する者は激減すると思われた。

「ただ一つ言えることは――」

小出が最後に声を大にする。

「これからは蘭語よりも英語が大切だ。今やイギリスとアメリカは世界における二大国であり、その世界における影響力は、オランダの比ではない。あの広大なインドがイギリスの支配下に入ったほどだ。幸いにして英米二国は共にアングロサクソン民族で、同じ言葉を話す。このまま英米両国が勢力を伸ばしていけば、世界の言語はすべて英語になるかもしれん。口惜しいことだが、われらの孫の代には、日本語を話す者がいなくなり、英語が公用語になるかもしれない」

小出の言葉は皆に衝撃を与えた。これまでなら血気盛んな若侍が立ち上がり、拳を振り上げて抗議したものだが、そうした連中も蒼白になって黙っている。それだけ小出の話は、皆の心胆を寒からしめるものだった。

だが大隈は英米の脅威よりも、別のことを考えていた。

——これからは英語か。時代を牽引していくのはオランダではなく米英だと、小出さんは見極めたのだ。

「以上だ」と言って小出の話は終わった。

だが若者たちはそれに飽き足らず、その日の夜、「小出先生帰国祝賀会」と称し、樽酒を抱えて再び小出家に押し寄せた。

「何とも頼もしい連中だな」

小出は疲れているはずだが、平気な顔で盃をあおっている。すでに小出は妻帯しているので、本来なら皆も気を利かすべきだが、若者たちの情熱はとどまるところを知らない。副島を筆頭に、江藤、島、大木ら義祭同盟の面々も顔をそろえている。その中に大隈と久米の姿もあった。

「まあ、飲め」と言って副島が酒を注ぐ。

「すみません」と言って小出が酒を受ける。小出は副島より四歳年下だ。

「私も洋行は初めてなので不安でした。二度と日本の土は踏めぬという覚悟でおりましたが、百七十人余の者たち全員が無事帰国できました」

　この時の使節団に参加した者で、現地や船中で病死した者はいなかった。この時代において、これは稀有なことだった。

「そいつはよかった。でも幕府の役人どもの頭の固さには、アメリカ人も驚いただろう」

「はい。正使の新見豊前守や副使の村垣淡路守様は典型的な幕吏で、ひたすら寡黙を押し通し、必要以外の会話を慎んでおられました。しかし監察の小栗豊後守（後の上野介）という方は、あらゆることに関心を示し、矢継ぎ早に問いを発するので、通詞が難渋しておりました」

――小栗豊後守か。そんな幕吏もいるのだな。

　幕吏だからといって、堅物か俗物しかいないわけではないのだ。

　小出は船中や途中に立ち寄ったハワイについて面白可笑しく語った後、いよいよワシントンに上陸してからの話に移った。

　皆はアメリカの発展ぶりや歓迎ぶりにも驚いていたが、最も関心を示したのはワシントン海軍工廠（造船所）のことだった。

「造船所の門をくぐると、砲兵と軍楽隊が整列しており、祝砲と奏楽で迎えられた」

小出が遠くを見るような目をして言う。

「造船所の敷地は広大で、中には煉瓦造りの大きな建物が十棟ほど立ち並んでおり、そのうち五カ所で蒸気機関の製造をしていた。また大小いくつもの船渠があり、そのうちのいくつかでは、新たな船が造られていた」

そこにいる者たちは水を打ったように静まり返り、小出の話に耳を傾けている。

「アメリカの造船所では、船に関するものはすべて造っており、小さなものでは雷管や船釘の工場まであった。とくに驚かされたのは船舶用の鉄板だ。それは一辺が五間から七間（約九～十三メートル）くらいのものまであり、よくぞこれだけ重いものが海に浮くと感心させられた」

佐賀藩随一の英才がそう言うのだから、大げさなことは一切なく、すべて事実なのだろう。

――アメリカを敵にはできん。

小出の話を聞けば聞くほど、彼我の実力差を痛感させられた。

――そうしたことに耳をふさぎ、闇雲に相手を拒否するのが小攘夷の徒なのだ。われらはアメリカの優れた技術を取り入れ、いかに早く対等の関係を築くかに力を注ぎ、そして大攘夷を行うべきだ。

話を聞きながら、大隈は己の考えが凝固していくのを感じていた。

「とくに驚くべきは溶鉱炉と反射炉だ」

小出も次第に興奮してきた。

溶鉱炉とは鉄鉱石から鉄を取り出す施設で、耐火煉瓦で造られた円筒形の炉のこと。反射炉とは、金属などを溶かして大砲などを鋳造する溶解設備のことだ。

「わが藩も反射炉を持っているが、アメリカの反射炉は規模が違う。しかも鉄が鋳型に流し込まれるだけで、瞬く間に大砲の筒部分ができる。これに空洞を開ける設備も優秀で、たちまち大砲が完成するようになっている。残念ながら、われらの設備とは比べ物にならない。続いて驚かされたのは船渠だ」

小出がアメリカの巨大な船渠について語る。しかも鉄製大砲を二十門以上備えた三千トン級の鉄製大型蒸気船の場合、着工から一年もあれば進水できるというのだ。

「案内してくれた造船所長によると、どんどん工期は短くなっているという。忘れてはいけないのは、試行錯誤や失敗の経験は無駄にならず、進歩のための血肉となっていくことだ」

それこそは、佐賀藩が自前の反射炉で鉄製大砲を完成させるまでの過程で学んだことだった。

――失敗は糧になるのだ。だから失敗を恐れてはいけない。

　それが工業立国の基本だった。

「これらの施設を見学し終わった時、造船や金属加工技術に明るい者たちは頭を抱えていた。だが一人だけ――」

　小出が初めて笑みを浮かべる。

「『よし、やろう！』と言った御仁がいる。小栗殿だ」

「何をやるんですか」と誰かが問う。

「アメリカ一の規模と言われるワシントン海軍工廠の設備を、そっくりそのまま日本に持ってこようというのだ。気宇壮大なことよ」

　わずか五年後の慶応元年（一八六五）、横須賀製鉄所（後の造船所）が着工されることで、小栗の言が現実になることを、さすがの小出も想像できなかった。

「いずれにせよ、これからは英語だ。あらゆる新技術は英語で書かれている」

　副島が腕組みしつつ問う。

「つまり、まず第一歩として英語を学ばねばならんということだな」

「その通りです。英語の読み書きができる若者の育成こそ喫緊の課題です」

「分かった。わしは英語を学ぶ！」

　副島が死地に赴くかのような顔で言う。

「副島さん、やりましょう。私も英語を学びます」

小出が声を合わせると、多くの者たちが「私も」「それがしも」と賛意を示した。

「よし」と言って副島が立ち上がる。

「まず藩公認の英語学校を作ろう」

「おう！」と皆が応じる。

「わしと小出君が発起人だ。小出君、よいな」

「もちろんです」

「では、わしと小出君は藩内の周旋に入る。いろいろ金もかかる話だ。まずは殿を説得してからだが、小出君、殿の様子はどうだった」

直正の話が出たことで、小出が城の方に一礼する。それに皆も倣った。佐賀藩に限らず、多くの者がいる場で藩主の話題を出す時は、城や屋敷に向かって一礼する習慣があった。

「殿は慎重なお方です。儀礼的な報告でしたので、私の話を黙って聞き、その時は何も仰せになりませんでした」

「つまり、これから頻繁に呼び出しがあるということだ」

そう言うと、副島が勢いよく立ち上がった。

「家中には小出君とわしが根回しする。それがうまくいけば、英語学校の創設となるが、それから動いたのでは遅い。先んじて教師の候補者を見つけておかねばならぬ」

副島がそこにいる者たちを見回す。

「そうした周旋を誰がやる」

間髪を容れず大隈が立ち上がる。

「わしがやります！」

「大隈か――。大丈夫か」

副島が不安そうな顔をする。というのも大隈は優秀だが、こうした地道な仕事は向いていないと思われていたからだ。

「お任せ下さい」

手を挙げたからには、そう答えるしかない。

「分かった。では、そなたに任せよう。となると、今の仕事から別の仕事に替わらねばならんな」

「どうしてですか」

「長崎に滞在せねばならぬからだ」

――長崎か。

大隈の目の前で、突然前途が開けてきた。

第二章　意気軒昂

一

人との出会いは不思議だ。何かを求める者の前に、天はその求めに応じられる人を連れてくることがある。

大隈がそれを痛感し、その後の人生においても人との出会いを大切にするようになるのは、佐賀という狭い世界を抜け出し、長崎に来てからだった。

――何をどうすればよいのだ。

万延二年（一八六一）の一月下旬、飛び出すようにして長崎に出てきた大隈だったが、何をすればよいか分からない。副島からは、「先々創設する英語学校のために、外国人教師を探せ」という指示を受けているが、その方策までは聞いていない。

餞別（せんべつ）を皆からもらったが、全部で一両にもならず、どれだけ過ごせるか分からない。

大隈は東古川町の高橋啓次郎宅の二階に間借りした。副島が手を回してくれたのだ。

これで雨露を凌げるし、飢え死にすることもなくなった。大隈は、それだけで気が大きくなっていた。

「何事も待っていてはやってこない。足で稼ごう」と思った大隈は、とりあえず長崎の町をぶらつくことにした。

長崎の地は佐賀藩領と国境を接しているが、日本の表玄関ということもあり、幕府は長崎奉行所を置いてオランダとの貿易を管理させていた。そのため江戸時代を通じて、長崎での貿易は幕府が独占することになる。しかし安政六年（一八五九）六月、安政五カ国条約に基づき長崎が開港場となってからは、諸藩も独自の交易ができるようになった。

それ以来、長崎には諸藩士や外国人がやってきて、あたかも国際都市の様相を呈すようになっていた。

来日した外国人には、居留地内での信仰の自由が許されたため、多くの宣教師が海を渡ってきた。それでも布教活動は許されていないので、彼らは医療活動や語学教授を通じて、日本にキリスト教を浸透させようとしていた。例えば英語のテキストに聖書を使うといったことで、うまく布教に結び付けようというのだ。

――たいそうな賑わいだな。

長崎港付近の雑踏を歩きながら、大隈はさらに強く英語を学ぶ必要性を感じていた。というのも周囲から聞こえてくる言葉は、蘭語ではなく英語だからだ。

――さて、どうする。

大隈が長崎の花街として著名な丸山をぶらぶらしていると、しばしば妓楼の女から声が掛かる。

「金はない」と答えると、たいていの女郎は、「じゃ、ある時に来てね」と応じるが、一人だけ「あんたいい男だから、持っているだけで構わないよ」と言ってくれた女がいた。年増の上にさしていい女ではないが、そこまで言われたら登楼しないわけにもいかない。そんな経緯から引田屋という妓楼の暖簾をくぐったが、内部を見て引田屋が丸山でも有数の妓楼だと分かった。このままでは、一晩でなけなしの一両を使い切ってしまうことになるかもしれない。

しかし大隈は常に楽天的だ。「これも流れだ」と自分に言い聞かせると、胸を張って登楼した。

「金はない」と言ったので、女が通してくれたのは、蒲団をしまっておくような二階の小部屋だった。

早速、誘ってくれた女郎を相手に飲み始めたが、外がやけにうるさい。

「これでは、うるさくて気分が出ない」と思った大隈は、女郎が酒を取りに行った隙に廊下に出てみた。引田屋には中庭があり、回廊式になっているが、うるさいのは向かいの広い部屋のようだ。中から歌声と手拍子が聞こえてくる。

「土佐の高知のはりまや橋で、坊さん簪買うを見た。よさこいよさこい」

だみ声で調子も外れている上、歌い方に品がないので、大身の武士とは思えない。

——たいした奴ではあるまい。

この手の店は登楼する際、店に大小を預けるので、斬り合いにはならない。

——せいぜい殴り合いだな。

それなら負ける気がしないし、藩に知られても腹を切らされることもない。

「おい、うるさいぞ！」

大隈が勢いよく障子を開け放つと、男が一人、四人の女郎を侍らせて飲んでいた。

男は黒々とした八字髭を生やし、目つきが鋭い。

——相当羽振りがよさそうだな。

「無礼な奴だ。貴様は何者だ！」

男が立ち上がると、女たちが悲鳴を上げて外に逃げていった。

「よし、名乗ってやるから、そなたも名乗れ」

「よかろう」

男は中肉中背だが、恰幅がいい。

——組み合いになればやられるかもな。一発殴って逃げるか。

大隈ほどの喧嘩の手練になると、まず相手の大きさから、どういう戦い方をするか見極める。だが考えてみると、金を払わずに逃げ出せば、誘ってくれた女に迷惑が掛かる。

「わしは鍋島家中の大隈八太郎だ」

「ああ、佐賀藩か」と言った後、その男は大声で名乗った。

「山内家中の岩崎弥太郎！」

「ああ、土佐藩か」

「悪いか」

「別に悪くはない。で、どうする」

自分でも間抜けな問い掛けとは思いつつ、ついそんな言葉が口をついて出てしまった。

「どうするはよかったな」

岩崎は大笑いすると言った。

「殴り合いはいつでもできる。まずはここに座って飲め」

意外な展開になったが、大隈は岩崎に勧められるまま、その場に座した。

「あんたは土佐藩士か」

「まあ、厳密に言えば、そうではない」

「でも山内家中なんだろう。ああ『一領具足』か」

「一領具足」とは土佐藩独自の呼び名で、別名「郷士」とも呼ばれ、慶長六年（一六〇のことを言う。

「郷士」は山内一豊が土佐に入部する前から土佐に土着していた長宗我部侍のことを言う。

有事にだけ甲冑を抱えて参陣するところから「一領具足」と呼ばれた。

「郷士」は山内氏の家臣にあたる「上士」の下位に位置付けられ、平時は農事を専らとし、

「わが岩崎家は、地下浪人と呼ばれる家格になる」

「地下浪人とは聞いたことがないな」

「土佐藩では、郷士株を売ってしまった家はそう呼ばれる。曽祖父が放蕩者で、身上をつぶしちまったんだ」

岩崎がきまり悪そうに言う。

「で、その地下浪人のお方が、なぜかように高い店に登楼できる」

「いいではないか。まあ、飲め」

岩崎が差し出した朱色の大盃を大隈が受けると、岩崎はそこになみなみと清酒を注いだ。

「葉隠武士の飲みっぷりを見せてもらおう」

大隈は平然と大盃を飲み干した。

「さすが葉隠武士だ。では、土佐のいごっそうの飲みっぷりもご披露いたそう」

大隈が求めずとも、岩崎は自ら大盃に清酒を注ぎ、飲み干してしまった。

「お見事。で、さっきの問いだが――」

「ああ、そのことか。教えてやろう」

岩崎は土佐藩の特産品の和紙、塩、樟脳、鰹節、鯨油などを長崎で販売したいので、その伝手を探しに来ているという。

――わしと似たようなものだな。

大隈は岩崎に親近感を抱いた。

「ということは、その入前（経費）で飲んでいるのか」

「人聞きの悪いことを言うな。これも仕事だ」

「まあ、他藩のことに口は挟まぬ。それで、そうした交易はもうかるのか」

長崎が開港されたのが一昨年なので、ちょうど西国諸藩は調方を派遣し、交易の方策を探り始めていた。佐賀藩も原五郎左衛門や横尾文吾といった上士を派遣して調査に当たっていたが、英語の通詞が少なく、思うように進んでいなかった。

「交易はもうかる」と岩崎は力強く言った後、「だが言葉が通じぬ」と肩を落とした。

「蘭語ではだめか」

「これからは英語だ」

――やはりそうか。

長崎で聞こえる言葉は英語ばかりで、もはや蘭語の時代は終わったと言ってもよかった。だが通詞不足から、諸藩も交渉事が遅々として進んでいない。

「で、行き詰まって登楼したというわけか」

「いや、そういうわけでもない」

「では、なぜ登楼したのだ」

「女が好きだからだ」

これには大隈は膝を打って喜んだ。

「そなたは正直だ。気に入った」

「気に入るのは、そなたの勝手だが、公金に手を付けているので、下手をすると切腹を言い渡される」

「仕事をすればよいだけの話ではないか」

「でも沙汰書（報告書）を書かねばならぬ。わしは筆無精なので、それを思うと憂鬱になる」

岩崎が頭をかきむしる。

「そんなものは書いてやる」

「えっ、本当か」

「ああ、任せろ」

「すまぬな。実に助かる。今宵の酒代は、わしが持つ」

「当たり前だ。それとだ」

大隈が笑みを浮かべて言う。

「こちらにも頼みがある」

「金以外のことなら聞いてやる」

「英語の教師を探しているのだが、誰か適任者はおらぬか」

「なんだ、そんなことか。明日にでも紹介してやる」

「本当か。大いに助かる。では酔いつぶれるまでに、これまで調べたことを聞かせろ。誰と会ってどんな話をしたかとか。土佐の産品について、どれだけ需要があるかとかだ」

「いや、それが――」

岩崎が首の後ろを叩く。

「もうこちらに来て一月ほどだが、何もやっておらぬのだ」

「何もやっておらぬということは、ずっと登楼していたのか」

「ああ、そういうことになる」

岩崎は自慢の八字髭に手を当て、ばつが悪そうに笑った。

二

岩崎から聞き出したわずかな話を大きく広げて、大隈は沙汰書らしきものを書いてみた。しかし「誰に会い、どういう話を聞いた」といったことが書けないので、どうにも具体性がない。

肝心の岩崎はその場に酔いつぶれ、大鼾をかいている。

大隈はそれを横目で見ながら、「英語ができないので通詞が必要だが、腕のいい通詞が雇えない」といった言い訳がましいことを書かざるを得なかった。

それでも、これまでの諸外国の知識を動員して体裁を整えたので、そこそこの出来にはなった。

沙汰書を書き終えると、机に突っ伏したまま大隈も眠ってしまったらしい。遠方で「強飯（こわめし）、強飯いらんかね」という声が聞こえたので目が覚めた。

——もう朝か、いや「おこわ売り」が回ってくる時間帯なら昼前だ。

大隈は岩崎を蹴って起こした。

「行くぞ」

「えっ、どこに」

「英語教師を紹介してくれるはずだろう」

「わしが、そんな約束をしたのか」

「ああ、した。その仲介料がこれだ」

大隈が沙汰書を渡すと、岩崎はがばと起き上がり、それを黙読した。

「ありがたい。実にありがたい」

「では、いいな」

「もちろんだ」

岩崎は両手で頬っ面を叩くと起き上がった。

「で、英語教師がいるのはどこだ」

「鍛冶屋町にある崇福寺だ」

岩崎がお代を払っている間に引田屋を飛び出すと、ちょうど「おこわ売り」が回ってきていたので、笹の葉に包まれた強飯を二つ買っていると岩崎が出てきた。

「食え」と言って一つを放ろうとすると、岩崎が首を左右に振った。二日酔いで食欲がないのだろう。大隈は笹の葉を取り去ると、早速かぶりついた。

「そなたには常に生気が漲っておるな」

「それしか取り柄はないからな」

そんな会話を交わしながら、二人は昼過ぎの丸山を歩いた。

岩崎は大あくびをしながら伸びをしている。顔は脂で光り、着物の襟部分の垢染みが目立つ。だが岩崎は、そんなことをいっこうに気にしていないようだ。

丸山の遊廓には昼客がいないのか、女郎が蒲団を干し、下男らしき老爺が打ち水をしている。そんなのどかな光景を眺めながら、二人は鍛冶屋町に向かった。

父の生前、長崎には何度か連れてきてもらったことがあるので、土地勘はある。だが主に砲台に用があったので、崇福寺という寺には行ったことがない。

鍛冶屋町への途次、岩崎の頼りなさそうな背中を見て、大隈は少し不安になった。

「おい」と言って大隈が先を行く岩崎の肩を押す。

「なんだ」

迷惑そうな顔で岩崎が振り向く。

「その英語教師の腕は確かなんだろうな」

「いや、アメリカ人なので剣術はやらんだろう」

大隈は英語教師がアメリカ人と聞いて安心したので、会話が成り立っていないことは気にしなかった。

やがて竜宮城を思わせる朱塗りの楼門が見えてきた。岩崎は構わず進んでいく。

「おい、ここはどこだ」

「だから崇福寺だ」

「長崎には、こんな寺があるのか」

岩崎が勝ち誇ったように笑う。

「ここは大陸の様式を大幅に取り入れた寺だ。長崎には、華僑(かきょう)のお布施(ふせ)によって開山した大陸風の寺がいくつかある。そんなことも知らんのか」

今度は大隈が黙る番だった。

奇妙な楼門をくぐって奥に向かうと、戸が開け放たれた講堂で、講義が行われていた。

後ろ姿から推察すると、生徒はどうやら商人の子弟のようだ。

講義をしている西洋人は、長身痩躯(ちょうしんそうく)で見るからに頭のよさそうな姿形をしている。

「随分と男前だな」

「でも宣教師だから、宝の持ち腐れだよ」

岩崎が下卑た笑みを浮かべる。

雑談しながらしばらく待っていると、ようやく講義が終わった。

生徒たちが寺を後にするのを見た岩崎は、下駄を放り出すように脱ぐと講堂に上がった。

「フルベッキ先生」

「ああ、岩崎君」

「お久しぶりです」

「ここのところ来ていませんが、英語は続けないと身に付きません」

フルベッキと呼ばれた男は流暢(りゅうちょう)な日本語を話した。

「いやー、申し訳ありません」

岩崎が大げさに頭をかく。

「今日は友人と一緒ですか」

「えっ、友人——。まあ、そんなようなものです」

銀縁眼鏡(ぎんぶちめがね)の奥にあるフルベッキの目は、青々としていた。

大隈はペコリと頭を下げる。

「佐賀藩の大隈八太郎と申します」

「ハ、ッ、タ、ロ、ウですか」

「いえ、はったろうです」

「日本語は難しい」

その言葉に三人は笑った。

ひとしきり笑った後、フルベッキが二人に座すことを勧めた。フルベッキも小器用に胡坐をかく。

「岩崎君、私のことをどれほど話したのですか」

「いや、まだぜんぜん」

「そうですか」と言いながら、フルベッキが簡単に略歴を話す。

グイド・フルベッキは一八三〇年の生まれなので、今年で三十一歳。大隈より八つ年上になる。生まれはオランダでアメリカに移民し、プロテスタント系キリスト教の宣教師として日本にやってきた。来日したのは一八五九年十一月なので、来日してから一年余になる。しかし幕府の禁教令で布教活動ができないので、崇福寺に起居しながら英語を教えて生計を立てているという。

しばし雑談をして打ち解けてきたところで、大隈が威儀を正す。

「今日は、お願いがあって参りました」

大隈のあらたまった様子を見て、フルベッキも正座した。岩崎も「致し方なし」といった顔で正座する。

「英語のことですね」

「はい。われら佐賀藩士は、これまでオランダ語を主に学んできましたが、これからは英語だと痛感し、英語を学ぼうと思っています」

「それはよいことです」

「それで、先生の塾に入れていただきたいのですが――」

「もちろん歓迎します」

大隈は英語学校の構想をまだ語らなかった。フルベッキの人間性には問題なさそうだが、どれだけ覚悟を決めて日本に滞在し続けるか見極めがつかないからだ。

「先生は、まだ日本にいらっしゃいますか」

フルベッキが穏やかな笑みを浮かべて言う。

「私はこの国が気に入りました。ここでずっと過ごしたいと思っています」

「ずっとと言われると――」

「死ぬまでです」

フルベッキの青い瞳が光った。

「今日はお会いできてよかったです。明日から通わせて下さい」

「もちろんです」

フルベッキが岩崎に目配せしたので、岩崎がフルベッキに代わって束脩（入学金）や講義代について説明する。

「これから何人か連れてきますので、よろしくお願いします」

それで初対面の挨拶は終わった。

岩崎にも礼を言い、大隈は下宿へと帰っていった。

――物事は何とかしようとすれば、何とかなるものだ。

徒手空拳で長崎に出てきた大隈だが、天に導かれるようにして貴重な人材と知り合えた。

――一人ができることは限られている。だが人の力を結集していけば、大きなことができる。

それは大隈の生涯を通じての指針となっていく。

大隈にとって長崎での長期滞在は、まさに人と出会うためのようなものだった。とくに岩崎弥太郎とフルベッキとの出会いは、その後の人生にも大きな影響を及ぼしていく。

三

文久元年（一八六一）二月、長崎にいる大隈の許に、母の三井子から「縁談が調ったので、至急国元に帰ってくるように」という一報が届く。

多忙を理由に断ろうとしたが、遅れて長崎にやってきた副島が、いったん戻れと言う。それで致し方なく戻った大隈は縁談の相手と会ってみた。ところがこれが美人の上、家柄も釣り合っていた。考えてみれば大隈も二十三歳だ。断る理由もないので、この縁談を進めてもらうことにした。

この時の縁談の相手が、江副美登（えぞえみと）という大隈の最初の妻になる女性だった。美登は文久三年（一八六三）に大隈唯一の子の熊子を生むことになる。

またこの時、大隈は正式に藩から英学伝習生に任命され、長崎に駐在する許しを得た。これにより長崎にいる大義名分を得たことになる。大隈を長崎に先行させ、その間に副島が重役たちに手を回してくれたらしい。

大隈は英語を学ぶ傍ら、藩の「代品方（かわりしなかた）」という諸外国との取引を担う部門を支援する役割も課され、また「長崎聞役」という非公式の情報収集役も担うことになった。

長崎に赴任する直前、大隈は隠居したばかりの鍋島直正あらため閑叟（かんそう）に「御前講義」をするという栄誉にも浴した。

これは蘭学寮を閑叟が視察した折に行われたもので、大隈は「オランダ王室における摂政についての憲法の規定」という題名の講義をした。閑叟たち賢侯の間では、政治体制が変わった際、天皇の摂政についてどうするかに関心が高まっており、時宜を得たものになった。むろんそれを見越して、大隈はこの題材を選んだ。

講義が終わった時、閑叟は「はなはだ善かりき」という感想を側近に漏らしたという。


「そうか。藤花っていう源氏名なのかい」

丸山の賑わいが障子越しに聞こえる中、大隈が問うた。

「そうだよ。あん時、あんたは消えちまったから、どうしたのかと思ったよ。それでもこうして、また来てくれたからうれしいよ」

大隈は引田屋に再び登楼し、あの時、誘ってくれた女郎を買った。岩崎の部屋に行き、自分の部屋に戻ってこなかった詫びをしたかったからだ。またあの時と違い、正式な役職に就いて、予算も付いたので、懐に余裕ができたこともある。

「あんたは義理堅いんだね」

「それしか取り柄はないからな」

腹這いになった大隈は、西洋商人の店で買ったばかりの延べ煙管に細刻みを詰めた。

延べ煙管は、それまで使っていた竹製の羅宇（ラウ）煙管よりも手触りがいい。早速吸ってみると、同じ煙草（タバコ）でも味がよくなった気がする。

「確かあんたは佐賀藩士だったね」

「そうだよ」

「やはり仕事は交易かい」

「そんなもんだ。詳しく話してやろうか」

大隈が煙を吐き出す。自分の仕事の話を女にするのも億劫（おっくう）だったが、とくに秘密でもない上、女は事情通のようなので、逆に何か聞けるのではないかと思い、話してみる気になった。

「話したくなければ別にいいよ。お武家さんは、すぐに『密命を帯びている』とか何とか言ってさ、自分を大きく見せようとする。でも、こないだ客で来た福岡藩士なんか小荷駄（こにだ）方（かた）で、荷を載せた大八車を連ねてこの下を通っていったよ。荷を運ぶのが密命なのかね」

　藤花が陽気に笑う。

「俺は密命など帯びていない。ただの英学伝習生さ。でもな、仕事はそれだけじゃない」

「へえ、そうなのかい」

　女は関心なさそうに鏡台に向かっている。

「俺の仕事は、諸外国の物産を買い入れ、藩の特産品を売りつけることだ」

「特産品て、何さ」

「例えば白蠟、素麺、切干大根だ」

「へえ、そんなもので軍艦が買えるのかい」

「そこが頭の痛いところだ」

「以前ここに来たお客さんも、あんたと同じような仕事だと言ってたよ」

大隈はそれが誰か、すぐに分かった。

「それは土佐藩の岩崎弥太郎だろう」

藤花が首を振る。

「違うよ。長州藩の伊藤俊輔という人さ。あんたと違ってしつこくてさ——」

伊藤俊輔とは後の博文のことだ。

「伊藤というのか。聞いたことはないな」

「なんだかよくしゃべる男だったよ」

「その伊藤というのは、交易に精通していそうだな。何か面白いことを言ってなかったか」

藤花がけらけらと笑う。

「覚えてないね。でも『兵庫の北風家と大きな仕事をするんだ』とか何とか言っていたけど、江戸に行っちまったね」

「そうか。兵庫の北風家か」

大隈も北風家の名は聞いたことがある。兵庫を本拠とする名だたる豪商として、南北朝時代から続く老舗（しにせ）の一つだ。

「何でも、当主の荘右衛門（そうえもん）（後の正造（しょうぞう））さんという方は、真っ正直な商売人で、伊藤さんが『唯一信じられる商人』とか言ってたよ」

「商人に信じられる奴なんているもんか」

「ははは、あんたの方が伊藤さんよりすれてるね」

藤花が甲高い笑い声を上げる。

「その北風家は長崎にもあるのかい」

「出先が東築町（ひがしつきまち）にあったね。俵物（ひょうもつ）役所の近くに大きな看板を出しているよ。確かご主人も、大半は長崎にいるという話を聞いたことがある」

俵物役所とは、幕府直営の海産物の輸出拠点のことだ。

「まあ、行ってみるか」

そう言うと大隈は煙草盆に灰を落とし、煙管を拭き始めた。

四

大隈は思い立ったらすぐに行動に移す。何事も後回しにすると情熱が薄れてきて、行動に移さない理由を考えてしまうからだ。

翌朝、大隈は丸山の引田屋を出ると東築町に向かった。

――ここがそうか。

東築町に着くと、北風家はすぐに分かった。

さすがに豪商だけあり、長崎の出店といっても、店の間口は優に五間（約九メートル）はある。

店の前で打ち水をしていた小僧に名乗って案内を請うと、中に通してくれた。

「佐賀藩のお客様でござい」と小僧が奥に声を掛けると、番頭が出てきて「何用で」と尋ねてきた。大隈が来訪の目的を告げると、番頭は「しばしお待ちを」と言って奥に戻っていった。

――北風家か。

畿内を中心に手広く商いをしている北風家は、江戸時代には主要七家に分かれるほど繁栄し、とくに廻船業を主業とした宗家は、「瀬戸内海の支配者」と言われるほど隆盛を極めていた。この頃は幕府御用達の廻船問屋という表看板の裏で、尊王攘夷派の浪人たちを助けることもしていた。要は二股掛けていたのだ。

「お待たせしました。私が北風荘右衛門です」

荘右衛門は二十代後半にもかかわらず、大家の主にふさわしい落ち着いた物腰の人物だった。

大隈が名乗り、立場を説明すると、奥の間に通してくれた。

「たいへんな仕事を引き受けましたね」

荘右衛門が、豪奢(ごうしゃ)な模様の銀煙管に国分(こくぶ)煙草らしき高級種を詰める。それを見た大隈は、自分の煙管を出すのをためらった。

「たいへんとは、武器弾薬の買い付けの仕事のことですか」

「いや」と言うと、荘右衛門は火打箱を引き寄せ、小気味よい手つきで火打石を打った。

「武器弾薬や艦船を購入するのは、誰でもできます。外国人は売りたくてしょうがないわけですから」

「では、何がたいへんなんですか」

「支払いですよ」

荘右衛門が、さもうまそうに煙を吐き出す。

「なるほど。支払う金がなければ何も買えませんからね」

「その通りです。土佐のお方を除いてね」

「土佐のお方――」

「ああ、ご存じありませんか。もう土佐に帰国された岩崎弥太郎という御仁です」

大隈は戸惑った。

「岩崎殿は存じていますが、支払うあてがないのに、高価なものを購入していたんですか」

「長崎では知らぬ者がいないほどの話です。そのうち外国人に殺され、死骸が長崎湾に浮かぶんじゃないかと噂されていました」

「それはまた物騒な話ですが、どういうことですか」

荘右衛門が呆れたように首を振りながら言う。

「どうもこうもありゃしません。土佐藩は十八万両もの借金を抱え、実質的に破綻していま す」

文久年間の一両を現在価値に換算すると、おおよそ一万五千円になる。つまり十八万両は二十七億円に上る。

「破綻しているとは、つまり支払いの目処が立っていないのですか」

「そうです。諸藩は今後何があるか分からないので、武器弾薬や艦船を購入したい。しかし薩摩や貴藩のように裕福な藩を除けば支払う金がない。土佐も特産品と言えば樟脳、鰹節、鯨油くらいしかなく、台所事情は苦しい。それでも岩崎殿は、藩命と称して闇雲に買い付けを行っていた。しかも支払う方策など考えず、外国人商人たちを妓楼漬けにして説得してしまうんです。月払いで払うと言って先に商品を納入させ、支払いを催促すると、それなら返品すると言って息巻いたり、わざと月払いを滞らせて借金を踏み倒すぞと脅し、代金を大幅に値切ったり、無茶苦茶なやり方をしていました」

荘右衛門は、煙草の灰をポンと落とすと再び国分を詰め始めた。大隈は煙草が吸いたかったが、意地になって我慢していた。

「そんなことが、ここではまかり通っていたのですか」

「まかり通るも何も、武器弾薬や艦船は購入したらすぐに土佐に送ってしまうので、外国人商人たちは差し押さえられないんです」

「しかし、そんな強引な手は何度も使えるもんじゃないでしょう」

「さすがに外国人の間でも、『土佐の岩崎』の悪名は知れわたりましたが、欧米諸国というのは互いに反目しており、横のつながりが薄いので、次から次にだまされるのです」

——畏れ入ったな。

大隈は妓楼で女郎を侍らせ、悠然と飲んでいた岩崎の度胸に啞然とした。

「私はそこまでできません」

「佐賀藩さんなら当然のことです。長州藩の伊藤さんもそう仰せでした」

——また伊藤か。

長崎で聞こえてくるのは、長州の伊藤か土佐の岩崎の噂ばかりだ。しかもよい噂は伊藤で、悪い噂は岩崎と決まっている。

「しかし、わが藩も無尽蔵に金があるわけではありません」

「分かっています」

――しかし購入を急がなければ、一朝事ある時に備えられない。

武器弾薬や艦船がほしいのは、佐賀藩も土佐藩と同じだ。

「では何かの手を使って、資金を増やしていくしかありませんね」

「言うは易しだが、どうすればよいのですか」

「利殖です」

「そうは言っても、そんな容易なことではないでしょう」

「もちろんです。しかしやり方次第です」

荘右衛門がにやりとする。

どうやら北風家は、佐賀藩のような裕福な藩の者が来た時に何を提案するか、事前に考えていたようだ。

「よき知恵があれば教えて下さい」

大隈が威儀を正す。

「分かりました」と言って、荘右衛門が煙管を置く。

「藩札というものをご存じか」

「わが藩ではやっていませんが、諸藩が発行する領内だけで効力のある紙幣のようなものですね」

「そうです。大きな取引だと銭貨や銀銅を運ぶのが厄介な上、船が難破したらおしまいです。それゆえ諸藩は、藩札によって取引を活発化させました。藩札は藩外でも兌換保証されているので、藩札を大坂に持っていき、札元で銀か銅に両替します。札元は、その交換手数料をもらうことによって利益を得ます」

「なるほど。支払い能力のない藩や、改易の恐れのある藩の藩札を受け取るのは危ういので、商人たちは直接取引された金額に何割も乗せた藩札でないと、取引しないわけですね。それで貧しい藩は、さらに貧しくなっていくというわけですか」

「仰せの通り。藩札は紙切れのようなものですから、藩の役人たちは値切りもせず商人の要求する額の藩札を発行します。商人たちはそれを大坂の札元に持っていき、銭貨や銀銅に両替してもらいます。むろん札元は手数料を取るので、割り引かれる形になります。札元は月次に大坂屋敷に行き、藩の金蔵から藩札に応じた銭貨や銀銅をもらうという仕組みです」

荘右衛門の話に熱が籠もってきた。

「そこで佐賀藩の藩札を、金に困っている藩に貸し付けるのです」

「えっ、何の取引もなしでですか」

荘右衛門の説明に熱が入る。

「そうです。取引ではなく貸し付けるのです。つまり喉から手が出るほど銭貨や銀銅がほしくても、信用のない小藩には誰も貸してくれません。しかし佐賀藩が利息付きの藩札を貸せば、小藩は長崎で武器弾薬を購入したり、大坂に行って銭貨や銀銅に両替したりできます。それで小藩は期限が来たら、佐賀藩に藩札を利息と一緒に返せばよいのです」

「しかし――」

大隈が渋い顔をする。

「それなら銭貨や銀銅を貸せばよいのでは」

「そうした重量物を頻繁に運んでいては、経費もかかる上、様々な危険が生じます」

「ああ、そうか。だから藩札なのですね」

「そうです。藩札なら大坂屋敷の留守居役が朱印を捺すだけです」

それでも大隈は納得できない。

「しかし小藩が返せなくなったらどうします」

「大坂屋敷に入る米や産物を差し押さえればよいのです」

「それでは戦になります」

荘右衛門が笑う。

「誰が佐賀藩と戦をするんですか。しかも、さようなことで小競り合いが生じて損をするのはどちらですか。幕府は借金を返せない方が悪いという裁定を下します。さすれば小藩は改易される恐れさえあります」

――力の論理か。

確かに、それができるのは、九州では佐賀か薩摩くらいしかない。

――うまくいけば打ち出の小槌（こづち）だな。

大隈が金融というものに強く惹（ひ）かれた瞬間だった。

「分かりました。藩の蔵方（経理部）に掛け合ってみます」

「それがよろしいかと。もちろん――」

荘右衛門の目が光る。

「当家が札元になり、すべて取り仕切らせていただきます」

「いいでしょう」

大隈は荘右衛門の提案に賭けてみる気になった。

これにより「佐賀藩用意金運用利殖の儀」が動き出す。

五

長崎にあっても、大隈は動くことをやめない。英語を学び、佐賀藩の交易を活発化させることが当面の目的だが、何をするにしても先立つものは金だ。どのような事態が起こっても「金さえあれば乗り切れる」というのが、生涯を通じての大隈の持論だった。

大隈は次々と藩の富国策について提案していく。

藩の代品方を増員すること、長崎と大坂に商館を設けて諸外国との貿易を盛んにすること、さらに兵庫が開港するので、今のうちに海に近い土地を買い占めることなどを唱え、そのために閑叟が藩主時代に貯め込んだ四十万両を使うべしと主張した。

文久年間の一両は現在価値に直すと一万五千円前後なので、実に六十億円に上る。それを一藩士の大隈が出せというのだ。

大隈の書状でこの仕組みを知った閑叟も乗り気になり、貯め込んだ資金を神戸や須磨の土地買収に使った。

また大隈は、北風家が蝦夷地にも行き来しているところに目をつけ、蝦夷地へも進出しようとした。さらに事業を大きくすべく、佐賀藩の出入り商人たちにも声を掛け、来る者は拒まずの姿勢で参画を促した。そのため佐賀藩御用達商人の大半が蝦夷地交易で大きな利益を上げ、中には本拠を箱館に移した商人もいた。

大隈が商人たちを巻き込んだのには、明確な理由があった。交易で得た利益の何割かを商人たちに寄付させ、英語学校設立の資金にしようとしたのだ。大隈は商人たちから「接待する」と言われると、「その分を寄付しろ」と言って商人たちを驚かせた。

また外国船が入ると、配下を走らせ、高価な書物を手あたり次第に買いあさった。とくに『英蘭対訳書』『英蘭対字書』『和漢字彙』といった辞書類を優先的に購入し、佐賀の蘭学寮に送り続けた。

さらに佐賀に帰ると、閑叟から領内の鉱脈を探査するよう命じられた小出千之助の手伝いに奔走した。小出、大隈、久米の三人は領内の山々を跋渉(ばっしょう)し、金・銅・鉄の鉱脈を発見した。しかしどれも痩せた鉱脈だったので、事業化には至らなかった。

ちなみに「佐賀藩英学の祖」とまで言われた小出は、英語学校ができた後、フルベッキと共に佐賀藩士の英語教育に力を注ぐが、落馬事故により三十六歳で他界する。

かくして大隈は長崎で外国人商人と交渉し、佐賀に戻って鉱脈を探し、兵庫に行って諸外国の公使らに商談の直談判をしていた。その間に北風家を窓口にして、「佐賀藩用意金運用利殖の儀」を進めていた。

いつの間にか、大隈自身が佐賀藩の打ち出の小槌となっていたのだ。

東奔西走の日々を送るうちに、英語は自然に身に付いていった。

『葉隠』には「七息思案(しちそく)」という言葉がある。「七つ呼吸する間に決めろ」という意味で、長く思案してもろくなことはないという教えだ。大隈はこの教えに従い、何事も即決を旨としていた。

まさに八面六臂(はちめんろっぴ)の活躍をする大隈だが、時代はさらなる速度で激変していた。

八月、大隈が佐賀に帰郷している時、副島の遣わした小者が大隈邸に走り込み、「神陽先生がお呼びです」と告げていった。これまでもこんなことは幾度もあったので、大隈は下駄をつっかけて走り出した。すると四方から江藤、大木、久米、中野、空閑、島兄弟らが同じように走ってくる。皆はいつものように中木戸から庭に入り、神陽の居間の前庭に集まった。

「皆、そろったようだな」

神陽が笑みを浮かべると、背を向けていた人物を促す。

神陽に一礼した後、痩せぎすの男が皆の方を向いた。

「それでは平野（ひらの）先生、お願いします」

総髪で無精髭を顔一面に生やしたその男は、威儀を正すと名乗った。

「福岡藩脱藩、平野国臣（くにおみ）！　以後、お見知りおきを」

神陽が重々しい口調で言う。

「此度、平野殿は遊説の旅で佐賀を訪れたという。それでわが邸に寄っていただいた」

平野が慌てて神陽に頭を下げる。

「遊説などとんでもない。それがしは浅学の身ゆえ、諸国の有志にご高説を賜るために旅をしております」

副島が付け加える。

「皆も知っての通り、平野先生は学識高く、また高い志をお持ちで、これまで東奔西走の日々を送ってきた。此度は、皆にも先生のご高説を聞いてもらいたいと思い、集まってもらった」

文政十一年（一八二八）に福岡藩士の次男として生まれた平野は、副島と同じ三十三歳。安政五年（一八五八）頃から志士活動に身を投じ、尊王攘夷志士の先駆けとなった。だが桜田門外の変にも関与していたことで、福岡藩のお尋ね者となり、各地の有志の間を転々としていた。

「世の中は変わる」

平野が第一声を発する。

「嘉永六年（一八五三）の黒船騒動以来、幕府は開国へと舵を切り、諸藩もその動きに同調するようになった。貴藩はいち早く鉄製大砲を鋳造し、外夷の侵攻に備えようとした。その考えは実に天晴れ！」

平野が一拍置く。その呼吸は、遊説に慣れた者特有の間の取り方だ。

「しかしながら、何事も夷狄の風習に倣うのは間違っている。古代から日本には美しき風習がある。そうした古式を尊ぶ姿勢なくして夷狄の風習を取り入れれば、皇土が穢され、日本人は魂を失うことになる。主上を頂点とした新たな国家を築く上でも、古式を重んじることは何よりも大切だ」

平野は尚古主義を掲げ、純度の高い尊王攘夷思想を論じた。

神陽が常になく神妙な態度で問うた。

「ご高説、傾聴に値します。では、諸国の事情に精通している平野殿は、今後の世の中の動きをどう見ていますか」

「幕府はなくなり、主上を頂点とした政体に取って代わられるでしょう。もちろん主上は象徴ゆえ、執政の座に誰が就くかが重要です。将軍はもとより公家（くげ）連中で、その任に堪え得る者はおりません。強いて挙げれば、松平春嶽公、伊達宗城公、そして貴藩の鍋島公でしょう。ただし大名出身者は細かいことに精通しておらぬので、執政には適していません」

すでに島津斉彬は鬼籍に入っており、文久年間初頭は、この三人が賢侯と目されていた。

「では、平野殿の見立てでは、誰がその任に堪えられるとお思いか」

「おそらく」と言って遠い目をした平野は、ゆっくりと腕組みすると続けた。

「この皇土に住まう者すべてが、その威風に服すのは一人しかおりません」

「一人と仰せか。いったいどなたですか」

平野は大きく息を吸い込むと言った。

「薩摩の西郷吉兵衛（さいごうきちべえ）」

「おお」というどよめきが起こる。

西郷吉兵衛とは後の隆盛（たかもり）のことだ。

——西郷吉兵衛か。

大隈もその名は聞いたことがある。

「その御仁は、よほど頭が切れるのでありましょうな」

「いや」と言って平野がにやりとする。

「なまくら、と言ってもいいでしょう」

「えっ、なまくらと――」

神陽が啞然とする。

「はい。なまくらはなまくらでも、一度鞘から放たれると、鉄でも断ち切ります」

「いったいどういうお方か」

西郷という男の面影を思い出すかのように、平野が瞑目して言った。

「黙って相手の話を聞き、時にはうなずくだけで己の考えを述べず、『ご高説、たいへん役立ちもした』と言って頭を下げることもあります」

「では、どのような考えか分からないではありませんか」

「はい。天を行く雲のように摑みたくとも摑めない、そういうお方です」

「お待ちあれ」と江藤が身を乗り出す。

「さようなお方が、なぜ天下を切り盛りできるのですか」

「逆に、それほどの大度量がなければ、天皇の執政は務まりません。皆さんも吉兵衛どんに会い、その謦咳に接すれば分かります」

――それほどの男なのか。

大隈は、西郷吉兵衛という名を覚えておこうと思った。

副島が問う。

「確か平野殿は、その西郷殿を助けたとか」

「はい。勤王僧として名高い月照殿が安政の大獄で幕府に追われる身となった時、それがしも手伝い、月照殿を京から薩摩に逃がしました。西郷殿は月照殿を匿おうとしますが、薩摩藩は月照殿を斬るという断を下します。それで西郷殿は進退に行き詰まり、月照殿を抱いて錦江湾に飛び込んだのです。その時、それがしも二人と同じ船にいましたが、まさか二人が心中するとは思っておらず、慌てて飛び込み二人を助けました。しかしながら、月照殿は息を吹き返しませんでした」

平野が肩を落として唇を噛む。

「それでも西郷殿を救ったではありませんか」

「それだけがせめてもの救いです。かの御仁は、これからの日本にとって必要な人物です。あの時は、わが命を捨てても構わぬと思いました」

平野が天を仰ぐ。その瞳はこの国の未来を見据えていた。

――志士、か。

これまで大隈は、佐賀藩士という視点で物事を考えてきた。しかし平野に接し、国家という観点から物事を考えねばならないと思った。

——大局に立つのだ。

佐賀藩の禄を食んでいる限り、佐賀藩の利益を追求するのは当然だ。しかしそれが国家の利益と矛盾する場合、迷わず後者を優先せねばならない。

——それが志士なのだ。

大隈はまた一つ学んだ気がした。

この後、尊王攘夷思想を各地に広めるべく、平野は東奔西走する。しかし文久三年（一八六三）に勃発した八月十八日の政変（文久の政変）によって三条実美（さんじょうさねとみ）ら尊攘派公家が失脚すると、平野も追われる身となった。それでも尊攘派の勢力を挽回すべく「生野（いくの）の変」を起こすが、幕命を奉じた近隣諸藩に鎮圧されて囚われの身となった。そして元治元年（一八六四）七月、平野は斬罪に処されることになる。

六

安政七年（一八六〇）に井伊直弼が桜田門外で暗殺された後、幕府の実権を握ったのは老中の安藤信正（あんどうのぶまさ）だった。井伊の強硬策が裏目に出たと判断した安藤は朝廷との融和を目指し、将軍家茂と皇妹和宮（かずのみや）の婚姻を進めた。だが、こうした公武合体策は「朝廷をないがしろにするもの」として尊攘派志士らの怒りを買い、文久二年（一八六二）一月、安藤は水戸藩尊攘派らに襲撃される。坂下門外の変である。

この時、安藤は一命を取り留めたが、背中に傷を負ったため、「武士にあるまじきこと」として老中を罷免させられた。

直接の下手人にあたる水戸藩尊攘派浪士ら六人は、その場で斬殺されたが、関係者として捕縛された者には、著名な儒学者の大橋訥庵とその弟子たちも含まれていた。

その中には、江戸昌平黌に留学中の中野方蔵もいた。中野は訥庵に弟子入りし、尊王攘夷論者となっていたからだ。

これに佐賀藩首脳部は動揺した。これまでは政治活動に関与する者はいても、佐賀藩士から政治犯を出したことはなかったからだ。しかし真偽は定かでなく、取り調べの結果を待つという形になった。江戸藩邸と国元の間を頻繁に使者が往来し、藩庁は対応に苦慮していた。

中野は義祭同盟の中心人物の一人なので、枝吉神陽をはじめとした義祭同盟の面々は、何としても救い出そうということで一致した。

中野の親友の江藤が中心になり、藩庁に中野の助命嘆願と佐賀召還を申し入れるよう働き掛けたが、幕威を恐れる藩庁は静観していた。

その後、中野が伝馬町の獄舎に入れられたと聞いた江藤らは焦った。というのも伝馬町の獄舎の衛生状態は劣悪で、入牢者の多くは半年から一年で病死すると伝え聞いていたからだ。

そして最悪の事態を迎える。

度重なる嘆願に藩庁がようやく動き出そうとした六月、中野の死が伝えられた。二十七歳だった。これまでも政治犯として幕府に捕まり獄死させられた者は多いが、佐賀藩士としては初めてで、佐賀家中に衝撃が走った。

大隈の回顧談によると、「（中野は）余の先輩中において実に第一流の人士」であり、「学問あり、見識あり、資性敏活にして儕輩（仲間）に数歩を抜く」といった人物だった。

むろん義祭同盟の面々の怒りと嘆きは並大抵ではなく、とくに唯一の理解者を殺された江藤は自暴自棄になっていた。

江藤の家は、以前に来た時にも増して薄汚れていた。何かが腐ったような匂いが立ち込め、柱の根元はカビで白く変色している。どうやら白蟻にやられているらしく、大隈が框を見ると、多数の小さな影が隙間に逃げ込んでいくのが見えた。

「入ります！」と大隈が言うと、奥から「おう、入れ」という声が返ってきた。

塵の積もった廊下を進むと、江藤は蓬髪をかきむしりながら、机に向かっていた。

「用件は分かっている。何も言うな」

「そんなことを言われても、私は神陽先生から仰せつかった使者です。何も言わずに帰るわけにはいきません」

「分かった。まずは口上を聞こう」

「脱藩すると聞きました。義祭同盟の総意として翻意することを促します」

「口上はそれだけだな。終わったら帰れ」

江藤が筆を振って追い払うような仕草をしたので、大隈は鼻白んだ。

「お待ち下さい。大恩ある神陽先生に対して、伝言もないのですか」

「恩は恩。志は志だ。男子一生において、師への大恩と世話になった傍輩(ほうばい)への義理よりも、志を貫くことが大切だ。神陽先生なら分かって下さる」

「承知しました。先生にはそう伝えます」

「そうしろ。用が済んだら帰れ」

大隈が正座から胡坐に足を組み直す。

「ここまでは使者としての仕事です。ここからは同志としての話です」

「まだあるのか」

江藤がうんざりしたような顔をする。

「藩庁に決意書と脱藩届を出したと聞きました」

大隈が問うと、江藤があっさりと答えた。

江藤は藩庁にあてた決意書の中で、「朝廷が攘夷論に占拠され、全国が攘夷の風潮に覆われていることは天下万世の大不幸であり、今は航海と造船の術を学び、時宜を見て通商交易の計略をめぐらすべし」といった開国通商論を述べていた。つまりこの考えを天朝に伝えることこそ「当世の先務」なので、脱藩させてもらうというものだった。

「これまで、佐賀家中で脱藩した者はいません」

「それがどうした。先駆けとは武士の誉れではないか」

「脱藩は大罪です。場合によっては死罪となります」

「分かっている」

江藤は、大隈を見ずに何かを書くことを続けている。

「しかも脱藩届を出した上で、脱藩する者など聞いたことがありません」

「だろうな」

「江藤さん、切腹の命が下るかもしれないんですよ」

江藤が筆を擱くと言った。

「そんなことは百も承知だ！」

雷鳴のような怒号が家を軋ませる。

「わしは、こそこそ逃げるように脱藩するのは嫌だ。脱藩する日時を藩庁に明らかにし、お城の前まで行き、拝礼してから出ていく。その前に切腹を申し付けられたら、腹を切るまでだ」

「何という頑固者か」

「何だと！」

江藤の平手が飛んできた。大隈はよけられると思ったが甘んじて受けた。

さすがに凄い衝撃で、背後の襖の辺りまでのけぞった。

――全く厄介な御仁だ。

口の中は切れ、血の味がする。

「こんなくだらん問答をしている暇はない。死罪を申し渡されれば、残された時間はわずかだ。さっさと帰れ」

「まだ話は終わっていません！」

「お前も頑固だな。よいか、このまま誰も遺志を継がずば、中野は浮かばれぬ」

「そんな理由で遺志を継ぐなど、中野さんに無礼です」

もう一度、平手が飛んできた。大隈が腕をついて体を支える。顔の左側ばかりが熱い。

「わしはわしのやり方を通す。神陽先生には申し訳ないが、わしにはわしの考えがある」

言葉が出にくいと思ったら、唇が切れたようだ。

――これは引き止められないな。

江藤の脱藩の意志は固く、さすがの大隈もあきらめざるを得なかった。

「趣意は分かりました。もう止めません」

「分かればそれでよろしい」

江藤が首に掛けていた手巾を投げてきた。もちろん汗染みで汚れている。だが大隈は、江藤のせめてもの厚意なので、それを唇に当てた。

「飲むか」

「はい」

手元の割れ茶碗に徳利の酒を注ぐと、江藤が差し出してきた。それを大隈が一気に飲み干す。茶碗は一つしかないらしく、大隈から茶碗を奪った江藤は手酌で酒を注ぎ、同じように飲み干した。

「これから切腹を命じる使者が来なければ、明朝には京へ向けて発つ。これが今生の別れになる」

京に行くだけで死ぬとは思えないが、その先には何が待っているか分からない。

大隈は、脱藩して広い世界へ飛び出していく江藤が少し羨ましかった。

「飲め」

「いただきます」

二人の男は黙って酒を飲み続けた。

この後、藩庁から上使が来なかったので、江藤は宣言した通り、堂々と佐賀を後にした。京都に着いた江藤は、かねて中野から「会うべし」と言われていた久坂玄瑞に会おうと長州藩京都屋敷を訪れる。しかし久坂は不在で、代わりに桂小五郎が会ってくれた。ここで桂と意気投合し、桂の紹介で勤王公家として有名な姉小路公知にも面談させてもらった。姉小路は江藤を大いに気に入り、家臣の列に加えると言ったが、江藤はこれを固辞し、書いてきた『密奏の書』を孝明天皇に奉じてもらった。

実はこの頃、孝明天皇は兵庫の開港に反対して即時の攘夷断行を唱えていた。それゆえ攘夷反対を説いても受け容れられないと思った江藤は、この書で「攘夷は相手を見極め、無礼な国にだけ仕掛けるべし」という攘夷選別論を論じた。

その後、閑叟が入京するとの一報に接した江藤は、閑叟に国事を周旋させようと、帰藩を決意する。かくして江藤の脱藩はわずか二カ月で終わった。

七

脱藩した江藤が出頭した文久二年（一八六二）八月、佐賀では一大事が持ち上がっていた。義祭同盟の盟主の枝吉神陽が重篤となったのだ。

この前年の文久元年（一八六一）八月、平野国臣が佐賀に来訪したが、その直後の九月、神陽は閑叟（当時は直正）の参府に伴って江戸へ行った。

神陽は江戸藩邸詰めの藩士たちから江戸の情勢を聞き、また国事を熱く論じ合った。ところが翌文久二年一月の坂下門外の変で、神陽を取り巻く状況は一変する。

まず弟子の一人の中野方蔵が捕縛された。これを聞いた神陽は藩邸から出ないようにし、四月、閑叟の帰国の行列から離れず、無事に佐賀に戻ることができた。ところが折悪しく、佐賀ではコレラが流行していた。

まず神陽の妻のしづが罹患（りかん）した。コレラは通常一日の潜伏期間を経て症状が出るので、神陽はしづの罹患に気づかず共に過ごしていた。ところが八月八日、しづに症状が出て、翌日には、神陽も罹患したことが明らかとなった。

十二日にしづが死去し、翌十三日、早くも神陽は立てなくなった。これを聞きつけた知己や弟子たちが駆けつけてきた。

コレラは空気感染しないので、神陽の枕頭（ちんとう）には多くの者たちが集まっていた。義祭同盟の者たちも、収監中の江藤を除き、ほぼ全員がやってきた。その中には帰省していた大隈もいる。

神陽は三歳の嫡男を妹に抱かせ、副島に枝吉家の後事を託すと、集まった者たちに向かい、たどたどしい言葉で語り始めた。

「私はいつの日か、殿を奉じて勤王の旗を掲げようと思っていた。だがその思い叶わず、ここに朽ち果てる。間もなく島津公（久光）が上府し、尊王攘夷の旗を掲げるだろう。それが討幕の旗に変わるかもしれない。薩摩の精忠組はもとより、真木和泉一党、長州の吉田党（松陰門下生）らもこれに呼応するだろう。それゆえ島津公の挙兵が確かなものとなったら、いち早くこれに呼応すべし。何としても老公（閑叟）を説き、老公を奉じて佐賀藩軍の半数を挙げて薩摩に合流するのだ」

閑叟は徳川家と縁戚関係にあることから幕府に同情的で、公議政体という政治体制を目指していた。これは島津斉彬の跡を実質的に継いだ久光も同じだった。

副島が神陽に問う。

「佐賀藩軍の半数で薩摩藩軍に合流せよと仰せですが、残る半数はいかがしますか」

「長崎に回し、内乱に付け入ろうとする外夷を打ち払え」

そこにいる一同が強くうなずく。

「これが最上策だ。しかし老公が動かなければ、老公の黙認を取り付け、家老を大将として有志だけで上府する。これが次善の策だ。それも無理なら、諸子は脱藩して薩摩藩に陣借りすべし」

皆の間にどよめきが起こる。家禄を捨ててお尋ね者になる覚悟までは、誰もしていないのだ。

副島の介添えで上半身を起こした神陽は、茶碗の水を一口飲むと続けた。

「幕府は武によって成り立ってきた政権なので、反旗を翻した者らに融和の姿勢を見せるとは思えぬ。つまり大乱が起こる。その時、戦場には佐賀藩士がいなければならぬ」

副島が問う。

「つまり新たな政体が成立した時、佐賀藩が埒外に置かれてはならないと仰せなのですね」

「そうだ。傍観している者たちに果実は与えられない。果実がほしければ命を張らねばならない。さもないと、佐賀の若者たちの門戸は閉ざされる」

神陽の声音が高まる。

「わしが最後に言い残したいのは、そのことだ。門戸は狭い。出遅れれば閉ざされる。もしも出遅れれば、数十年いや百年後までの痛恨事となるだろう」

――しかし薩摩が幕府に勝てるという保証はない。

薩摩と共に敗れれば、佐賀藩にも改易か減封が待っている。

だが大隈は、これまで堅固だと思ってきた幕藩体制が、音を立てて崩れていく予感がした。

――向後、藩という枠組みはなくなるかもしれない。天皇を中心に据えた新国家が樹立された時、それに功のあった者たちが立身出世するのだ。

「これからの世は――」

神陽が声を振り絞る。

「若い者たちが築いていく。幼い頃から厳しい教育を受けている佐賀藩の若者たちは、とくに優秀だ。さような者たちの才を、あたら無駄にしてはいけない。若者の将来は、君ら二十代から三十代の者たちの双肩に懸かっているのだ」

神陽が目を閉じたので、副島は支えていた体を横たえた。

罹患が分かってから、わずか六日後の八月十四日、神陽はこの世を去った。いよいよ最期を迎えた時、副島の手を借りて身を起こした神陽は、佐賀城、神棚、そして京都の内裏に向かって拝礼し、「草莽(そうもう)の臣それがし、事終われり」と言い、その数時間後に息を引き取った。享年は四十だった。そのあまりの早い死に、義祭同盟の面々ら佐賀藩の有志たちは嘆き悲しんだ。

だが時代は待ってはくれない。

神陽の死をさかのぼること四カ月前の文久二年四月、薩摩藩主の父・島津久光は藩兵一千を率いて入京を果たし、尊攘派藩士や浪士たちを取り締まり（寺田屋事件）、公武合体派の主導権を握った。さらに勅使を連れて江戸に下り、幕政改革を促した上、一橋慶喜の将軍後見職就任と松平春嶽の政事総裁職就任を幕府に認めさせた。

しかし久光の一連の行動は、幕政改革と幕閣人事に終始し、神陽の期待する討幕の挙兵とはほど遠いものだった。それが閑叟も含めた諸藩主の限界だった。

江戸で多大な成果を挙げたことに気をよくし、意気揚々と江戸を後にした久光だったが、その帰途に災難が待ち受けていた。生麦事件である。

武蔵国の生麦村付近で、久光の行列の中に馬を乗りいれたイギリス人たちに怒った藩士数名が、イギリス人一名を無礼討ちにしたのだ。これが、翌文久三年七月の薩英戦争へとつながっていく。

神陽が没した翌月、再び大隈の意欲を挫くようなことが起こった。

その額に冷えた水に浸した手巾を掛けてやると、空閑が薄く目を開けた。

「次郎八、具合はどうだ」

「ああ、八太郎か。よくはない。咳が止まらず体がだるい。この腕を——」

空閑が剣術で鍛えた太い腕を持ち上げようとする。だがそれは、ほんの一寸（約三センチメートル）も持ち上がったかと思うと、力なく蒲団の上に落ちた。

空閑がため息をつく。

「体もだるくて、今日は厠へも行けぬ。それで医家は何と申していた。母上に聞いても教えてくれないのだ」

空閑は自らの病名を知りたがった。

昨日、医家が往診に来た時、高熱で空閑の意識は混濁していた。今は医家の処方した熱冷ましを飲んだので小康状態を保っているが、いつ何時、意識を失うか分からない病状だという。

大隈は迷ったが、このまま空閑が病名も知らずに旅立ってしまっては可哀想だと思い、告げることにした。

「母上から聞いたのだが、医家は麻疹だと言っていた」

「そうか。だったらそなたに感染するので、あっちへ行け」

「いや、わしは童子の頃やったので、耐性（免疫）ができている」

麻疹は一度発症すると、一生免疫が持続する。

「それはよかった。先ほど義兄上と姉上が見舞いに来てくれたのだが、襖越しに話をした」

義兄上とは栄寿（後の常民）のことで、空閑の姉の駒子は栄寿に嫁いでいた。

「そうだったのか。そなたの顔も見られずか」

「ああ、頑として襖を開けさせなかったからな。姉上は――」

空閑が寂しげに笑う。

「姉上は泣きながら『早くよくなって、また喧嘩をしましょう』だと。姉上とは、よく喧嘩をしたからな」

童子の頃、駒子に追われた空閑が、よく大隈の家まで逃げてきた。一度など勝手に厩の藁の中に隠れ、そのまま寝入ってしまい、大騒ぎになったことがあった。その時は若い衆が川まで浚（さら）ったが見つからず、致し方なく家に戻って飯を食っていると、厩から甲高い泣き声が聞こえてきた。

「そなたらは仲がよい。喧嘩くらいこれからもっと――」

出掛かった嗚咽（おえつ）を大隈が堪える。

「やはりだめなのだな」

「何を言う」

「大人になってからの麻疹は治らん」

「さようなことはない！　治った者もいる」

「これまで世話になった。ありがとう」

空閑がしみじみと言う。

「そんなお礼など、してもらいたくない！」

大隈は空閑に背を向けた。とめどなく流れる涙を見られたくなかったからだ。

「八太郎よ、わしは昔からのんきな男だった。剣術もほどほど。勉学もほどほど。いつも『まあ、そのうち』と思いながらここまで来た。まさか自分が早死にするなど考えもしなかったからだ」

空閑が他人事のように言う。

「よせ、聞きたくない！」

耳をふさごうとする大隈を、空閑が制する。

「いいから聞け。つい昨日まで、それでも自分が死ぬなどと思わなかった。きっと快復し、国事に奔走できると信じていた。だがな、今朝方失禁したことで、もうだめだと気づいたのだ」

「失禁したのか。替えの褌を持ってくる」

「後でよい」

腰を浮かせかけた大隈が座に戻った。

「もう腹から下の感覚がないのだ」

「まさか——」

「足も全く動かせぬ」

大隈には言葉もない。

それは麻疹の菌が脳に回り、中枢神経を冒していることの証左だった。

大隈はオランダの医学書を読んだことがあるので、些少なりとも西洋医学の知識がある。

「だから聞いてくれ」

「分かった」

「わしが言い残したいのは、一つだけだ。人生は短い。わしのようにのんきに生きるな。何事も先送りしてはいかん。今日やれることは今日中に終わらせろ」

「ああ、肝に銘じる」

「時を無駄にするな。人の一生は短い」

空閑の顔が悲しげに歪む。

「わしのように――」

空閑が口惜しげに言う。

「大望を持ちながらも、世に何も問えずに死んでしまっては、何のための人生か分からぬ」

「何を言う。そなたは――」

大隈が言葉に詰まる。

「わしは何も成せずにこの世を去らねばならぬ。男子として生まれ、これほどの無念があろうか。わしは死を恐れてはおらぬ。だがな、この世に何の足跡も残せずに死ぬのは辛い。ああ、もっと生きたかった！」

「次郎八、生きろ。生きて共にこの国のために尽くそう」

大隈が言葉を絞り出す。

「そうだな。この国のために、この命を燃やすことができれば、どれほどよかったか。せめて中野さんのように死にたい」

空閑の瞳から一筋の涙が流れた。

坂下門外の変への関与を疑われた中野は、幕府の捕吏に捕まって獄死した。変について中野は知っていたようだが、関与は全くしていなかった。中野は獄死の直前、時論『固本(こほん)盛国策(せいこくさく)』を佐賀にいる大木喬任に託した。この著作には誰よりも早い倒幕論が展開され、後に書かれる大木や江藤の著作中でも引用されることになる。

「八太郎、あれを取ってくれ」

空閑が床の間に置かれた脇差を指差す。

「分かった」と言いつつ大隈が渡すと、空閑は震える手で、刀袋からその刀を取り出した。

「この刀は先祖伝来の名刀で、わしが実家から養家の空閑家に入る時、父上がくれたのだ」

「ああ、知っている。何度も聞いた話だ」

その金の象嵌(ぞうがん)が施された脇差は「牛切丸」という銘で、空閑が養子入りする際、父の山(やま)領真武(りょうまさたけ)からもらったものだった。

「あらためて見ると美しいな」

「ああ、そうだな」

空閑がうっとりとした顔で、「牛切丸」を見つめる。

「かつてわしは『四柱神』の話をした」

「ああ、覚えている」

空閑は「日本を維持する四柱神」として、大隈、島義勇、自分、そして諸岡廉吉の名を挙げていた。

「若気の至りだった」

「何を言う。共に『四柱神』になろうではないか」

「ああ、そうありたかった。だが、わしの道はここまでだ。これを――」

空閑が「牛切丸」を示す。

「そなたにやる。だから、わしの分もこの国に尽くしてくれ」

「何だと――。これほどの名刀をもらうわけにはいかん。もしも――」

大隈が言葉に詰まりながらも言う。

「そなたが死したら、実家の兄上に返すよう取り計らう」

「いや、兄上は剣術師範にすぎぬ男だ。この名刀を持っていても役には立たぬ。それよりも、この刀はそなたが持つべきだ。心が挫けそうになった時や『もうだめだ』と思った時、この刀を思い出せ。この刀身を見れば、必ず英気がよみがえる」

大隈の細い瞳から大粒の涙が落ちる。

「そなたは、わしのことをそんなに――」

「これから、わしの魂をこの刀に移す」

そう言うと空閑は、鞘に戻した「牛切丸」を両手で握り、しばし瞑目した。

――空閑よ、なぜこんなことになったのだ。

大隈の双眸からとめどなく涙が流れる。

しばらくして空閑が言った。

「これでよい。この刀を収めてくれ」

「それほど言うなら預かっておく。そして、そなたがよくなったら返す」

「それは、ちと難しいだろうな」

空閑は自らの死を確信していた。

「次郎八、これほどの刀をもらい、礼の申しようもない」

「礼など要（い）らん。わしの方こそ、これで思い残すことはない。わしは、あの世でそなたを待っている。だがすぐには来るな。この世でなすべき事をなしたと思ったら来い。その時は甕酒（かめざけ）を抱えて二人で飲もう」

「おう、倒れるまで飲もう」

空閑の顔が、童子の頃のように明るいものに変わった。

「八太郎、そなたとは佐賀の山野を駆けめぐったな。童子の頃は実に楽しかった」

「ああ、楽しかったな」

二人は声を出して笑った。

その三日後、空閑次郎八はあの世へと旅立っていった。

久米邦武は『鍋島直正公伝』の中で、空閑のことを「藩中第一の壮烈なる士といふべく、状貌（容貌）魁偉、壮髪冠を衝（つ）くのおもむきあり」と記し、これからという時に失われた空閑の命を惜しんでいる。大隈も後年、その手記に「(空閑は)惜しいことに早く病没した。維新頃まで生きておったら、なかなか働いた男であろう」と記している。

空閑次郎八、享年二十五。大隈の親友のあまりにも早い死だった。

かくして少年から青年時代の大隈を取り巻いていた人々の中にも、この世から去っていく者が現れ始めていた。そうした人々の思いを受け継ぎながら、大隈は新たな世界へと踏み出していく。

第三章　疾風怒濤

一

文久二年（一八六二）十一月、孝明天皇の招きに応じ、鍋島閑叟が入京を果たした。天皇は閑叟を御所に招き、自ら天杯を授けるほど歓待してくれた。天皇が一大名に天杯を授けることは異例で、それほど閑叟と佐賀藩を頼りにしている証だった。

この時、天皇から「攘夷実行を将軍に督促してほしい」と頼まれた閑叟は、すぐに江戸に急行した。ところが幕閣は将軍入京の支度で忙しいと言い訳し、家茂に会わせない。だが閑叟の機嫌を損ねたくないのか、閑叟を将軍家茂の「文武修行相談役」なる地位に就けた。それが形だけのものと分かった閑叟は、「長崎御番専心」を建前にして文久三年（一八六三）三月、帰国の途に就いた。

結局、佐賀藩の軍事力は朝廷にも幕府にも頼りにされはしたものの、この時の閑叟の入京と江戸上府は、政治的にほとんど意味がなかった。

これをさかのぼる同年一月、将軍後見職の一橋慶喜は長州藩の朝廷工作に屈し、入京予定の将軍家茂に攘夷を要請すると朝廷に約束した。三月に入京した将軍家茂も、五月十日を攘夷期限とすることに同意する。長州藩の支援を受けた三条実美ら尊攘派公家たちの政治的勝利だった。

攘夷決行日の五月十日、長州藩は馬関海峡を通る外国船を砲撃するという挙に出る（下関戦争）。これにより諸外国が激怒し、全国的な攘夷戦争の可能性が大になった。

長州藩の暴走は大きな危険をはらんでおり、それを憂慮（ゆうりょ）する声が朝廷内でも大きくなりつつあった。それゆえこれを案じた公武合体派公家や会津（あいづ）・薩摩両藩によって、政変が画策される。

この頃、蟄居謹慎していたはずの江藤新平は、情報収集のために大木喬任と共に久留米（くるめ）城下に赴き、高名な志士の真木和泉に会っていた。

真木は救援を求めてやってきた長州藩士に江藤らを引き合わせ、佐賀藩の大砲を売れないかと相談した。江藤らは長州藩士を伴って佐賀に戻って藩庁に談判し、閑叟の許しを得て大砲数門を安価で融通した。

罪人にもかかわらず、江藤は自由に動き回っていた。実は前年、江藤は様々な建議書を閑叟に提出し、他藩に先駆けて公武合体のための「国事周旋」を行うことを説いており、それが閑叟に評価され、自由な行動が許されていたのだ。

文久三年（一八六三）七月、生麦事件の報復でイギリス艦隊が鹿児島錦江湾に来襲し、城下を砲撃した（薩英戦争）。この時、薩摩藩からは佐賀藩に助力を求める使者が来たので、閑叟は快諾して出兵の支度に入ったが、イギリス艦隊が上陸しなかったので、出兵には至らなかった。

こうして薩長両藩に対して恩義を売ることが、後に効いてくる。

八月十八日、会津藩兵と薩摩藩兵が御所の諸門を制圧し、三条実美以下七名の長州派公家を締め出し、長州藩兵も堺町御門警備の任を解かれて追い払われた。

この政変は成功し、京都に駐屯していた長州藩兵は、与党の公家たちを連れて国元に引き揚げることになる（七卿落ち）。

京都政界は、前越前福井藩主の松平春嶽や薩摩藩主後見役の島津久光ら公武合体派が主導権を握り、開国政策を推し進めようとしていた。この時、島津久光から閑叟に入京要請があったが、閑叟は病で動けず、結果的に静観を決め込む形になった。病なので致し方ないものの、中央政界で佐賀藩の地位を築く絶好の機会を逃したのも事実だった。

実は、この頃から胃カタルなどの病に悩まされていた閑叟は、若い頃の英気を失いつつあった。

志を全うできずに旅立っていった中野方蔵、枝吉神陽、空閑次郎八の死に接し、大隈の考え方も変わった。死はいつ襲ってくるか分からず、自分だけが死の魔手から逃れられる理由はない。

大隈は嫌っていた『葉隠』の一節を思い出した。

――「今の今を一心不乱に生きる」、か。

また『葉隠』には、「今という時がいざという時である。いざという時は今である」とも書かれていた。そして「覚の士」「不覚の士」という説明へと展開していく。

「覚の士」とは「事に先立って、それぞれ対処の仕方を検討しておいて、遭遇した時にうまく成し遂げる者」だという。

――志を全うするためには「覚の士」であらねばならない。さもないと、いざという時、「不覚の士」になってしまう。

『葉隠』は武士の奉公の心構えを書いた書なので、すべてが主君への「忠節」や「忠義」に行き着く。そのため初めて読まされた少年時代には、一元的な捉え方しかできなかった。すなわち、すべてを奉公の心構えに結び付けて考えていたのだ。だが今の大隈は、それを時代に合わせて応用していけばよいことに気づいていた。

――志を全うできない生き方をしないためにも、「覚の士」であらねばならない。

若くして亡くなった空閑次郎八の最期の言葉がよみがえる。

「大望を持ちながらも、世に何も問えずに死んでしまっては、何のための人生か分からぬ」

──次郎八よ、わしはそうならぬよう今の今を一心不乱に生きる。そなたの分もな。

大隈は世の動乱を横目で見つつ、飛翔の時が来るのを待っていた。


九月になると、尊王攘夷派の衰勢は覆うべくもなくなってきた。

政変の起こる前日の八月十七日、土佐の吉村寅太郎をはじめとする尊攘派浪士たちの一団・天誅組が決起し、大和国の五条代官所を襲った。しかし近隣諸藩の包囲攻撃を受け、九月の末には壊滅した。

十月には、平野国臣らが但馬国の生野で挙兵するが、こちらもたちどころに鎮圧され、平野も捕縛されて京都の獄舎に送られた。平野は翌年に処刑される。

かくして二つの乱は、大きな成果を挙げることなく終わった。だが今後の動乱の時代への口火を切ったのは間違いない。

尊攘派の衰退により、政治の実権は、参預会議と呼ばれる合議政体へと移行していく。

これは将軍後見職の一橋慶喜、前福井藩主の松平春嶽、前宇和島藩主の伊達宗城、前土佐藩主の山内容堂、薩摩藩主の父の島津久光、そして会津藩主の松平容保という六人の公武合体派諸侯によって運営されていく政体だが、諸侯間の意見が一致するとは思えず、前途は多難だった。

この時、彼らと同じ公武合体派の閑叟は、息子の直大（なおひろ）の参預就任を願ったが、朝廷からお呼びは掛からなかった。

これまで何の政治活動もしていない直大では、力不足と思われたのだ。

十一月、大隈に初めての子が生まれる。元気に育つようにと、大隈は熊子と名付けた。

この時代、赤子が無事に育つように祈念して獣の名をつけることが多かったが、それなら男でも女でも最強の熊にしようと大隈は思っていた。大隈熊子では語呂（ごろ）が悪いが、大隈はそんなことに頓着（とんちゃく）しない。この熊子が大隈唯一の子になる。

大隈家に初めての子が生まれたのと同じ十一月、佐賀を訪れた人物がいた。桂小五郎こと後の木戸孝允だ。しかしこの時、大隈は長崎に行っていて、桂に会っていない。

桂は「長州が諸外国と戦端を開くので、力を貸してくれ」と力説したが、攘夷派ではない佐賀藩が色よい返事をするはずがない。この時、桂に会った大木喬任が藩内に周旋したが、閑叟と佐賀藩首脳部は助力を拒否した。

かくして動乱の文久三年は終わり、文久四年（二月二十日に元治（げんじ）に改元）を迎える。大隈は二十六歳になっていた。

二

元治元年（一八六四）二月、参預会議は呆気ない幕切れを迎える。中川宮を前にして、泥酔した慶喜が島津久光、松平春嶽、伊達宗城の三人を指し、「この三人は大愚物、大奸物」と罵ったからだ。これで参預会議は空中分解した。

かくして改元成ったばかりの元治元年は、波乱含みで始まった。

三月には水戸藩尊攘派の天狗党が筑波山で決起し、徳川家のお膝元の関東でも、動乱の火の手が上がった。長州藩尊攘派が巻き返しを画策しているという噂も流れ、国内は不穏な空気に包まれつつあった。

こうした政情の不安をよそに、大隈は佐賀藩の貿易事業の確立に邁進していた。

風が収まってきた。先ほどまで重そうな黒雲が立ち込めていた空も、はるか彼方で日が差してきている。

「大隈さんは目がいいですか」

北風家の主人の荘右衛門が、唐突に問うてきた。

「ああ、人よりはいいようだ」

「では、あれが見えますね」

「あれとは――、ああ、あれは船団ですか」

「はい」と答えながら、荘右衛門が望遠鏡を渡してきた。

大隈がそれをのぞくと、確かに船団が見えた。

――あれが交易の相手か。

はるか彼方に見えていた黒点は、望遠鏡を通して見ると船の形をしていると分かる。

「そろそろやってきます」

荘右衛門が後方の舵取りに何かを指示すると、船の舳先は船団の方に向いた。

後方には五島列島が見えているので、日本近海なのは間違いない。周囲には多くの漁船が見えるが、北風家の弁財船に近づく漁船はない。

「ついこの前までは、われわれも鰹船などの漁船で来ていたんですが、こうした抜け荷（密貿易）を長崎奉行所が見て見ぬふりしてくれるようになったので、今は弁財船を堂々と連ねてやってきています」

背中に「北」と大書された半纏をまとった荘右衛門が笑う。大隈も同じ半纏を着せられ、北風家の手代に化けている。

「ということは鼻薬を嗅がせているのですか」

「蛇の道は蛇ってことですよ」

荘右衛門がうまくはぐらかす。

「奉行所は見て見ぬふりってことですか」

「ええ、抜け荷を禁じたところで、幕府にとって何の得もないと分かったからです。例えば徳川家の縁戚に連なる方々や大名衆でさえ、内密に朝鮮人参（ちょうせんにんじん）を買い入れ、病人に飲ませていると聞きます」

江戸幕府の全盛時から、鎖国なるものは存在していなかった。江戸幕府は交易のできる相手をオランダと清国だけに限り、幕府の管理する長崎だけで行うという建前だったが、実際は長崎のほかに、朝鮮との対馬（つしま）、琉球（りゅうきゅう）との薩摩、アイヌやロシアとの松前（蝦夷地）の四カ所の窓口が開かれていた。

抜け荷をしているという後ろめたさから、次第に大隈は解放されてきた。

「それで諸外国との通商条約の締結後、諸藩はこぞって開港場に商社を作り、交易を始めたってわけですか」

「はい。そうなれば抜け荷を取り締まることなんてできやしませんよ」

荘右衛門が進行風に抗（あらが）うように笑う。

「商人というのは、抜け目がないものですな」

「うちなんてまっとうな方ですよ。中にはもっと派手にやらかしている商人もいます」

――幕府のたがが緩み始めているんだな。

　荘右衛門の話からも、それは実感できる。

　武士だからといって、ふんぞり返っているだけでは何も得られない時代が、やってきつつあるのだ。

「われら武士も、これからは交易に力を注がねばならぬのですね」

　フルベッキら外国人から諸外国の話を聞くにつれ、武士や商人などという身分の違いが、いかに馬鹿馬鹿しいかを、大隈は痛感し始めていた。

　いよいよ清国船が目前に迫ってきた。荘右衛門が指示すると、丸印に「北」と書かれた旗が揚げられる。それを確かめた清国船が近寄り、双方は太縄を投げ合って接舷した。

　早速、渡し板が架けられ、双方の荷が交換される。手代たちが荷を開けて中身を確かめている。清国船でも同じように荷を検分しているようだ。

　荘右衛門が得意げに言う。

「こちらからは生糸・茶・木綿（もめん）・油・綿・酢・醬油（しょうゆ）。それに佐賀藩の特産品の白蠟、素麺、切干大根などを売り、先方からは麝香（じゃこう）・セメンシナ・規那（キナ）・大黄（だいおう）・朝鮮人参といった薬になる原料を買い入れます」

「まさか物々交換じゃないでしょう」

「そんなようなものです。双方の交易品の相場が決まっているので、双方の荷を確かめてから帳簿上で相殺していき、差額が出たら、どちらかが金か銀で支払います」

すでに手慣れた手順らしく、双方の手代は瞬く間に算盤を弾いて交渉に入っている。

「これからの世は、こうした取引が津々浦々で行われるようになるんでしょうな」

「そうなれば、どれだけこの国が富むことか」

荘右衛門は、交易が莫大な利を生むことを知っていた。

「新しい政体になれば、それも夢ではないはず」

荘右衛門が遠慮がちに問う。

「大隈さんは商人になるおつもりか」

「商人ですか。それも面白いとは思いますが、自分に向いているかどうかは分かりません」

大隈の脳裏に岩崎弥太郎の顔が浮かぶ。

――かの男のように図太い者が成功するんだろうな。

荘右衛門が胸を張って言う。

「商人はもうかります。金があれば、やりたい放題の人生が送れます」

「いかにもそうでしょう。でも人生とは、それだけではない気がします」

多くの知己の死に立ち会った大隈は、自分の命と自分に許された時間を何に注ぎ込むか、慎重に考えねばならないと思っていた。

「つまり志ですね」

「はい。自らの才智（能力）を最も生かせる仕事は何か。それをじっくり考えていきたいのです」

「われわれ商人にも志はあります」

　荘右衛門が真顔になって続ける。

「商人が、利益を追求するのは当然です。しかしそれだけではありません」

「というと――」

「われらも、この国がよりよい方向に向かうよう力を尽くしたいのです。ただ、われらにできることは限られてきます。それゆえ同じ志を持つ武士の方々を助けることに財を惜しみません」

　――つまりそれが、長州の伊藤俊輔やわしを支援するということか。

　大隈は商人の心意気を見た思いがした。

「どうやら私は、商人になるよりも、商人が働きやすい世を作っていく方が向いていると思います」

「ははは、それは大隈様次第です」

　荘右衛門が高らかに笑った。

　しばらくすると、すべての作業が終わったらしく、双方は太縄を解き、それぞれの国に舳先を向けた。

　――人も船と同じだ。進む方向を過たぬよう、常に気をつけていかねばならぬ。

涼やかな初夏の風が吹く中、大隈は自らを戒めた。

後に大隈は、この時期の活動を「暗中の飛躍」と書いている。だが実際に何をやっていたのかは、その晩年になっても語らなかった。ただし交易に関することなのは明らかなので、密貿易だとされている。

この後、北風荘右衛門は長州藩と伊藤博文を資金面で支援し、倒幕を推進する。だが荘右衛門の代で六十万両あったという資金の大半を倒幕運動に注ぎ込み、明治になって家業が傾き、荘右衛門自身も東京で客死する。その死を悼んだ伊藤は、菩提寺に建てられた顕彰碑の文を自ら揮毫した。

三

大隈の八面六臂の活躍により、佐賀藩の交易事業は軌道に乗りつつあった。その一方、英語学校の設立は、政治的混乱が激しさを増してきたこともあり、遅々として進まなくなっていた。そのため大隈ら長崎にいる面々は、藩から経費を出してもらい、崇福寺にあるフルベッキの塾に通っていた。この頃、大隈と共に長崎で英語を学んでいた佐賀藩士は、中牟田倉之助、石丸虎五郎、本野周蔵の三人だ。

七月下旬、藩命で京都方面の事情を探っていた副島が、血相を変えてやってきた。

江戸や大坂からの船は長崎に着くので、長崎にいれば、最新の政治情勢を携えて佐賀城下に向かう者たちの情報を先んじて聞ける。しかも佐賀藩は五隻もの蒸気船を動かしていたので、他藩に比べて情報の入手が早い。

崇福寺の一室を借りた副島は、大隈を含めた四人を集めると戸を閉めきった。

副島の呼び出しに応じ、談笑しながらやってきた四人の間に緊張が走る。

――重大な話だな。

「たいへんなことになった」

副島の眉間（みけん）に深い皺が寄る。

「何があったのですか」

四人が身を乗り出す。

「長州藩が禁裏を攻撃した」

四人が息をのむ。

朝廷のお膝元の京都で戦闘があるなど、大隈は考えてもいなかった。

大隈が問う。

「それでどうなりましたか」

「長州藩は敗れ、多くの藩士や尊攘派志士たちが討ち死に、ないしは切腹を遂げた」

四人の間にため息が漏れる。

副島が経緯を説明した。

前年の八月十八日の政変で、長州藩の尊攘勢力が京都から駆逐され、長州藩は政治力を失った。その巻き返しを図るべく、浪士たちが京都に潜入し、長州藩の京都屋敷と連携して失地回復の機会をうかがっていた。ところが会津藩御預の新選組の探索網に掛かり、六月、旅宿の池田屋に集まっていた者たちが一網打尽にされた。この時、斬り死にした者や捕縛後に獄死した長州藩士や関係者も多く、国元の萩や山口では復仇の声が上がった。

そして翌七月、長州藩軍が入京の途に就く。出兵の大義は「長州藩主父子の入京禁止処分を解くことを朝廷に奏上する」というものだったが、兵を率いていくからには、公武合体派の会津藩や薩摩藩との衝突は不可避だった。

副島が深刻な顔で続ける。

「三方から押し寄せた長州藩軍は御所に向けて発砲したが、最後は会津・薩摩両藩軍によって退けられた」

「つまり公武合体派が主導権を守り抜き、長州藩が巻き返しに失敗したということですね」

「うむ。これにより幕威は上がり、逆に長州藩と尊王攘夷派は追い込まれた」

――小攘夷を防げたのはよかったが、長州藩が潰えてしまえば、幕威が回復する。それもまた困る。

誰かが問うた。

「では、幕藩体制は存続するんですね」

問題はそこだった。

「小さな変革は加えられるだろうが、基本的には続くだろう」

渋い顔の副島に大隈が問う。

「では、今後の動きを副島さんは、どう見ておられる」

「まずは、長州征伐ということになろう」

「長州の穏健派が恭順してもですか」

「ああ、どのみち長州藩が無傷では済まん。よくて大減封、悪くて改易ということになる。それで藩主父子の命だけは助けてもらうしかない」

いつも副島は悲観的に物事を考える。

「しかしそれは、長州が負けるという前提での話ですよね」

「えっ」

副島が珍しい生き物でも見つけたような顔をする。

「まさか大隈は、長州が勝つとでも思っているのか」

「いや、万が一の場合を申しております」

「ちょっと待て――。いや、万が一にも勝つことはない。日本中の大名が長州藩領に攻め寄せるのだ。逆立ちしても勝てまい」

「しかし長州藩を懲らしめるためだけの出兵に、どれだけの藩が力を貸すでしょうか。諸藩は今、洋式軍隊への転換を進めています。そのためには砲も鉄砲も買い入れねばなりません。つまり莫大な資金を必要としています。こんな時に自腹で兵を出せと言われても、出したくないのが本音でしょう」

「うーむ」

副島が顎に手をやりながら考え込む。

「では、逆に問うが――」

副島が鋭い眼光で大隈を見つめる。

「そなたは、わが藩はどうすればよいと思う」

「出兵に応じないのが得策でしょう」

「長州征伐の兵を出さずに傍観せよと言うのか」

「いや、戦う前に老公に仲裁に入っていただきます。さすれば、わが藩の発言力が高まります」

「しかし一橋殿は頑固者だ。老公の言でも聞く耳を持たぬだろう」

「そうでしょうか。賢ければ聞く耳を持つはずです。政局を安定させるには、わが藩の顔を立てねばならないからです」

佐賀藩の軍事力は、一目も二目も置かれるようになっていた。とくにグラバーから買い付け、実戦に投入できるようになったアームストロング砲は、これまでの砲の常識を覆す装塡の速度と射程を誇っていた。だが鉄製砲の製造に必要な反射炉を造るのは難しく、自前のアームストロング砲を造るまでには至っていなかった。

「つまり、われらが臍を曲げたらめんどうだと思わせ、事を穏便に収めるというのか」

「はい。さすれば長州藩にも恩が売れ、その後のわれらとの交流によって、長州藩も小攘夷から大攘夷に藩論を変えていくことでしょう」

　副島が笑みを浮かべる。

「そなたのずる賢さは、童子の頃と変わらぬな。だが、それを老公に話せるか」

「私がですか」

　大隈は正直戸惑った。

「そうだ。かつてそなたは老公の御前で講義をしただろう」

「はい。しましたが――」

「そなたなら、お目通りが叶うかもしれん」

「まさか私が老公に献言するのですか」

「そうだ。それとも手討ちになるのが怖いか」

　その言葉に残る三人が笑う。江戸時代初期ではあるまいし、若い藩士が献言したくらいで、手討ちになるなどあり得ない。

考え込む大隈を見て、副島が言った。

「それができるかどうか探りを入れてみる。だが、あまり時間はない。支度をしておいてくれ」

そう言うと、副島は立ち上がった。

四

閑叟の隠居所「神野のお茶屋」は佐賀城の北西半里ほどにある。ここには閑叟がお気に入りの池泉回遊式庭園もあり、極めて心地よい空間となっていた。とくに茶雨庵（現在の隔林亭）という名の茶室は閑叟に愛され、賓客を迎えた時などに、しばしば使われていた。

茶雨庵は池中の小島のようになっており、架けられた橋でしか渡れない。閑叟は朝餉を済ませると、庭園を散歩するのを日課としていた。その時、必ずお気に入りの茶雨庵に立ち寄り、張り出しのようになった月見台から四季折々の風景を眺めるという。

八月、副島によって藩内の周旋がうまくいった大隈は、茶雨庵の付近で跪座して閑叟を待っていた。

砂利を踏む音が聞こえると、生け垣の向こうから、閑叟一行らしき者たちの歓談する声が聞こえてきた。

図太さでは人後に落ちない大隈も、何の約束もなく一人で閑叟に相見える（あいまみえる）のは緊張する。しかも献言するのだ。背筋に冷や汗が流れる。

次の瞬間、砂利を踏む音が止まると、「おっ」という誰かの声が聞こえた。

「何奴！」

近習が閑叟を守るように前に出る。

「この不届き者め。ここをどこだと心得る。名を名乗れ！」

「はっ、長崎御用役の大隈八太郎に候！」

「大隈だと――」

大隈が顔を上げると、かつて弘道館の寄宿舎で机を並べていた広澤達之進がいた。

「なんだ、あの大隈か」

広澤は一瞬、渋い顔をすると、踵（きびす）を返して閑叟の元に戻って報告した。

「ああ、大隈八太郎なら、わしも知っておる。用件を聞いてこい」

閑叟の声が聞こえる。広澤が大隈の近くにやってきて耳元で問う。

「こんなに早くから何用だ」

「老公に献言したい」

「馬鹿を申すな。さようなことなら、しかるべき筋を通し――」

「さように悠長なことをしている暇はない。この献言には、佐賀藩の、いやこの国の未来が懸かっている」

広澤は呆れたような顔をした。

「そなたは、今でもさような大言壮語を吐いておるのか」

「当たり前だ。『三つ子の魂百まで』と言うだろう」

「それは、ちと使い方が違う気がするが――」

「いいから、まずは取り次げ」

「仕方ない。しばし待て」

広澤が戻って閑叟に耳打ちする。それを聞いてうなずいた閑叟が言った。

「中で茶でも喫しながら話を聞こう」

背後に控える近習たちはその言葉を聞き、茶の湯の支度をするため四方に散っていった。

その簡素な四畳半茶室で茶を点(た)てているのは、何と閑叟だった。かすかに聞こえる茶釜の湯の沸き立つ音の前で、大隈は体を強張(こわば)らせていた。

「身に余る光栄です」

「武士の嗜(たしな)みだ」

閑叟の言葉は常に短い。

こうした間も、閑叟は点前(てまえ)を進めている。茶釜に水を足すと、鮮やかな手つきで帛紗(ふくさ)をさばく。釜から上がる白い湯気が清新の気を室内に満たす中、馥郁(ふくいく)たる香りが漂ってきた。

大隈は目を伏せつつも、上目遣いで閑叟の点前をじっくりと見た。

――わしに茶の湯は分からぬが、随分と慣れた手つきだな。

武芸から芸事まで、閑叟は何をやらせても一流だという噂は聞いていたが、それは本当だった。

「茶の湯は初めてか」

「は、はい」

もちろん茶くらい飲んだことはあるが、こうした閑雅(かんが)な茶室で点てたばかりの茶を喫するのは初めてだ。

「そうか。作法も知らぬか」

「申し訳ありません」

閑叟が簡単に作法を教えると、大隈の前に茶碗を置いた。

「ご無礼仕ります」

大隈が教えられたとおりの仕草で茶を喫する。

「どうだ。苦いだろう。そなたの顔にそう書いてある」

「いえ、ああ、はい」

「苦くなくては茶ではない。だが苦すぎてもまずい。茶はほどよく苦いものがよい」

「ほどよく苦いものと――」

大隈が茶碗を置くと、閑叟の顔に笑みが浮かんだ。

「苦言は苦すぎると取り上げようがない。江藤のようにな」

閑叟の笑い声が格天井に響く。

――つまりあまりに急進的だと、取り上げにくいということか。

江藤は大隈以上に閑叟に献言をしている。だが常に急進的なので、閑叟が容れることは少ない。

閑叟が主座に移り、客座の大隈と対座した。その衣擦れの音で察知したのか、次の間から茶坊主らしき者が「ご無礼仕ります」と言って入ってくると、閑叟に代わって次の茶を点てた。

「ご隠居様、では、献言は苦すぎなければ取り上げていただけるのでしょうか」

それには答えず、閑叟が茶坊主の点てた茶を飲む。

「少斎の点てる茶は、いつもほどよく苦い」

「ありがとうございます」

少斎という名らしき茶坊主が頭を下げる。

「苦すぎても、飲まねばならぬ茶もある」

閑叟が禅問答のように言う。

「仰せの通りです。いよいよその時が来たと思います」

「一橋公に長州の茶を飲めと言うのだな」

閑叟は何でもお見通しだった。それは閑叟が、上方の情勢に精通している証でもあった。

「はい。今こそ一橋公に長州の茶をお勧めすべき時かと」

「一橋公やその取り巻きどもに、それを飲む度量はあるまい」

「仰せの通り。しかし主上の点てた茶なら、飲まねばなりますまい」

閑叟がにやりとする。

「なるほど、主上に茶を点てさせるのか」

「はい。まずは天朝に天機奉伺（てんきほうし）の申請を出し、入京の途に就くのがよろしいかと」

天機奉伺とは、天皇に拝謁してご機嫌伺いをすることだが、むろんこの時代、何の用もなくご機嫌伺いだけで拝謁を願い出る者はいない。

閑叟が確信を持って言う。

「主上は長州を嫌っておるわけではないので、聞く耳は持つだろう」

「はい。主上が嫌っているのは外夷だけ。こんな時に内戦をしていると、阿片戦争で植民地化された清国のように、外夷に付け入られるという話の持っていき方がよろしいかと」

閑叟がうなずく。すでに考えていたことなのだろう。

構わず大隈が続ける。

「長州藩は諸外国の反撃に遭い、赤間関（下関）の砲台を占領されてしまいました。つまり皇土が汚されたのです。おそらく主上もご存じとは思いますが、今こそ諸藩を挙げて長州を助けるべき時なのです」

「分かっておる」と言いながら、閑叟が少斎に目配せする。それを見た少斎は再び点前を行い、二人の前に薄茶を置いた。

「今度の茶はどうだ」

「最初のものと比べると、少し苦みが薄いかと」

「二杯目は薄茶にするのが作法だ」

「そうでしたか。何も存ぜずお恥ずかしい限りです」

「それはよいが、一橋公は主上のお気に入りだ。主上が丸め込まれるやもしれぬ」

「仰せの通りです。その時は、誰かに話をまとめさせねばなりますまい」

閑叟が薄茶を飲み干す。

「誰かとは征長総督の徳川慶勝（元尾張藩主）殿か」

「尾張公は聡明ですが、実際の指揮を執る御仁の方がよろしいかと」

「誰だ」

「征長軍参謀の西郷吉兵衛――」

「ああ、あの薩摩の大人か」

面識はないはずだが、閑叟もその高名は聞いているのだろう。

「ご隠居様が薩摩の手筋を通じて、征長に反対しているという意思を西郷殿に伝えれば、それだけで十分のはず」

「西郷は自藩以外にも同じ考えを持つ藩があると知って自信を持ち、長州と話をつけるというのだな」

「しかり。西郷殿にとって必要なのは、背を押してくれる誰かです」

「わしが、あの大男の背を押すのか」

その有様を想像し、危うく大隈は噴き出しそうになった。

「はい。他藩に賢侯は多かれど、薩摩藩と並ぶ武力を持つのは、ご隠居様だけです」

閑叟が再び薄茶を喫する。

「わしが動けば、尾張公と西郷が何をしようと、一橋公は文句一つ言えぬというのか」

「そうです」

「分かった。今がその時なのだな」

大隈は威儀を正すと平伏した。

「では、行くとするか」

「それがよろしいかと」

閑叟が立ち上がった。

九月二十九日に佐賀を出た閑叟は十月十三日に入京し、同十七日に参内した。

大隈は長崎に戻ったので、この入京には随行していない。

参内した閑叟には、孝明天皇から御剣と天杯が下賜された。この席で閑叟は「長州の暴動は恐懼の次第にて征伐も仰せ付けられし程の儀なれども、願はくは一応の御詰問あらせられて然るべからん」と、遠回しに征長の取り止めを進言した。

閑叟の表立った動きはこれだけで、同月二十三日に退京するが、閑叟が征長に反対したことが公となり、同じ意見の徳川慶勝や西郷隆盛の背を押す形になった。

それでも慶喜は意地になり、征長を強行する。そのため諸藩に出兵命令が届いた。これを無視すれば佐賀藩も朝敵とされる恐れが出てきたため、閑叟は火術組一万二千を筑前まで派遣した。むろん「戦うな」という指示は徹底されている。

この時、義祭同盟は、副島を代表として藩庁に「出兵反対」の意見書を提出したが、藩庁側に取り合ってもらえなかった。藩内の重職には佐幕派もおり、閑叟は妥協しながら事を進めねばならないからだ。

それでもこの頃、西郷隆盛と長州藩との間で和談が成立し、西郷は長州藩軍を率いた三家老の切腹、四参謀の斬首、五卿（病死と脱走で二名減っている）の太宰府への動座という条件で話をまとめた。これらの条件は権限委譲された慶勝の承認で決定できたので、西郷は慶喜に相談しなかった。これを聞いた慶喜は激怒したが、征長総督の徳川慶勝を責めるわけにもいかず、後の祭りだった。

かくして第一次征長作戦は行われず、幕府軍は戦わずして長州藩の降伏を勝ち取った。

同年十二月、水戸藩尊攘派が結成した天狗党が、越前方面から京都をうかがっているという報に接した一橋慶喜は、鬱憤晴らしのように追討軍総督を買って出ると、諸藩軍を率いる形で北上した。結局、天狗党は加賀藩軍の前に戦わずして降伏することになるが、慶喜は追跡してきた幕府軍に天狗党を引き渡してしまい、翌年には三百五十二人が処刑される。この事件は諸国の尊王攘夷志士たちの怒りを買い、慶喜の人望は地に落ちた。

同じ頃、高杉晋作率いる長州藩正義党が赤間関で挙兵し、大田・絵堂の戦いで長州藩俗論党軍を撃破した。これで藩論の流れが変わり、俗論党一派は藩の要路から引きずり降ろされ、正義党が主導権を握った。すなわち長州藩は「純一恭順」から「武備恭順」に方針を転換し、さらに「徹底抗戦」へと進むことになる。さらに大村益次郎を中心として軍制改革にも取り組み始め、洋式兵法の導入と軍備の近代化が急ピッチで進められていく。その背後では、薩摩藩と手を組む動きも進みつつあった。

かくして元治二年（一八六五）は四月七日に改元され、動乱の慶応元年を迎えることになる。

五

慶応元年、京都の政治的な混乱をよそに、大隈は相も変わらず長崎にいた。大隈としては「佐賀藩が藩を挙げて国政改革に乗り出すなら陣頭に立つ」つもりでいたが、閑叟はなかなか動かない。それなら商売に専心し、いざという時に備え、海外の知識を収集しておくに越したことはないと考えていた。

それにしても佐賀藩の動きは鈍い。中央で新たな政治的枠組みができてしまえば、佐賀藩は取り残される。その時こそ枝吉神陽が憂慮していた事態、すなわち佐賀藩が新体制から弾き出されることが、現実のものになる。そうなる前に、大隈のような草莽の士でも新体制に何らかの貢献をすれば、多少なりとも関与を認められる。大隈の脳裏に「脱藩」の二文字が明滅し始めていた。

四月、大隈は油屋町に向かっていた。ある女商人から呼び出しを受けたからだ。

――大浦慶（おおうらけい）か。

大浦慶とは、日本茶の輸出によって一代で巨万の富を築き上げた女傑のことだ。佐賀藩領嬉野（うれしの）産の茶を海外へと販売してもらう窓口の一つが大浦屋だったので、大隈は佐賀藩の会所で一度だけ会ったことがある。

——ここが大浦屋か。さすがに大きな店構えだな。

間口十間（約十八メートル）はある店に入り、手代に取り継ぎを頼むと、すぐに奥へと案内してくれた。

「ここでお待ち下さい」と言って大隈を広い部屋に案内すると、手代は去っていった。

そこには敷き詰められた緋毛氈の上に金屏風が立てられ、伽羅の香りが漂っていた。

——さすが豪奢だな。

金屏風の前には清国風の卓子があり、笠木や背板に見事な象嵌が施された四つの曲彔（僧が用いる椅子の一種）が並べられていた。部屋の四囲には奇妙な置物や地球儀が置かれ、壁には世界地図とおぼしきモチーフのタペストリーが飾られている。

その落ち着きのない部屋は、いかにも世界を股に掛けた商人が好みそうなものだった。

小半刻ほど待たされていると、「お待たせしました」と言いながら、慶が現れた。

慶は藍染めの着流し姿で、裾の部分に青海波と海燕を基調とした文様をあしらった小袖を着ていた。その肩には縮緬模様の薄地の半纏が掛けられ、いかにも小粋に見える。

「お久しぶりです」と言いながら慶が愛想笑いをする。

大隈も「その節は世話になった」と返す。

金唐革の煙草入れを取り出した慶は、銀煙管に細刻みを詰めると、左腕をまくるように出して煙草を吸い始めた。その腕の白さが艶めかしい。

——年の頃は三十代後半だったな。

その熟れ切った女の色気に、さほど色好みでない大隈でさえくらくらする。

「どうかされましたか」

「いや」と答えつつ、大隈は商いの話題に持っていった。

「嬉野茶を西洋人たちに紹介いただき、心から感謝しておる」

「嬉野茶は九州産の茶の中でも絶品ですから、異人に好まれます。うちの等級付けでも特上ですから、売り値がいくらでも買い手が現れます」

煙管を弄びながら、慶が「ほほほほ」と笑う。

「そちらには最優先で茶を回しておるが、とても産地が追いつけぬ。茶畑を広げているので、来年からは収穫も増えると思うのだが――」

「ああ、そのことは、もうお願いしています」

「ということは、今日は別件か」

大隈は、今回の呼び出しが「嬉野茶をもっと回せ」ということだと思っていた。

色香を漂わせたため息をつきながら、慶が言う。

「面白い人がおりましてな。その御仁が、佐賀藩の要職にある方と会いたかと仰せばい」

「要職――、いや、それがしは要職などに就いてはおらぬ」

「それは分かっとります。でも佐賀藩の交易を切り回しているのは、大隈はんでっしゃろ」

慶が妖しく笑う。

「まあ、そういうことになるが——、どのようなお方が面談を望まれておるのか」

「そんお方なら、隣の部屋におらるる」

戸惑う大隈を尻目に、慶が隣の部屋に向かって声を上げた。

「才谷はん」

——あっ、聞いたことのある名だな。誰だったか。

才谷という名字が誰かの偽名だというのは憶えているが、誰だか思い出せない。

「才谷はん、お客さんがお見えばい」

隣の部屋から「ほい」という返事が聞こえると、伸ばし放題の総髪をかきながら大柄な男が入ってきた。相手の身分や立場が分からないので、大隈は立ち上がって頭を下げた。

「佐賀藩の大隈八太郎に候」

「あんたが大隈さんか。わしは才谷梅太郎と名乗っとうが、実名は坂本龍馬ちゅう」

坂本と名乗った男は、擦り切れた仙台袴に、皺の目立つ紋付の黒羽二重を着ていた。

——これが坂本龍馬か。

事情通の大隈は坂本の名を知っていたが、その人物や考えていることまでは知らない。

「ご高名は聞いております」

「たいした名じゃありゃせんよ」

坂本が不愛想に言う。

坂本は神戸海軍操練所で塾頭をしていたくらいの実績しかないが、大隈は諸藩士や商人の間で坂本の名がよく出ることから、その名を記憶していた。

「それで、それがしに何用で——」

「気の利いた佐賀藩士に会いたいので、つないでくれとお慶さんに頼んだんじゃ」

「そうでしたか。それがしは気が利いているかどうかは分かりませんが、話だけなら聞くことはできます」

慶が口を挟む。

「こん人は、やぐらしがって会いたい理由とかゆわんけん、偉い人は会ってくれんでしょ。やけん大隈さんば呼んだん」

「やぐらしがって」とは「めんどうくさがって」という意味だ。

——そういうことか。

しかも坂本は土佐藩を脱藩しており、一介の浪人にすぎないのだ。佐賀藩の重役が会うはずがない。

「それがしでよろしければ、お話をうかがいましょう」

呼び出されておいて「それがしでよろしければ」はないと思ったが、坂本には勝海舟(かつかいしゅう)から西郷隆盛まで人脈が広く、軽視できないところがある。ちなみに坂本は、大隈より三つ年上になる。

「いや、逆に大隈さんに来ていただき、よかち思うちょる。何かの間違いでお偉いさんにでも来られたら、話が進まんと思うちな」

「それがしで進められる話ならいいんですが」

「ああ、適役じゃち思うぜよ」

「で、どのような御用で」

どうも坂本という男を相手にすると、相手の調子に乗せられてしまう。

「坂本さん」と慶が言う。

「うちがおったらお邪魔やろう」

「ああ、そうじゃな」

慶がため息をつく。

「人ん店に来て昼寝ばして、客人が来たら出ていけというのが、こん人たい」

だが慶が坂本に注ぐ眼差(まなざ)しには、親愛の情が籠もっていた。二人が男女の関係かどうかは大隈の与(あずか)り知らぬことだが、少し羨ましい気がした。

「すまん、すまん。この埋め合わせは次にするぜよ」

慶が出ていくと、坂本が身を乗り出した。

「で、用件な」

「は、はい」

気圧(けお)されつつも大隈がうなずく。

「何やら貴藩では、蒸気で動く軍艦を造っていると聞いたんじゃが」

「いや、それは——」

坂本の早耳に、大隈は驚かされた。

佐野常民らが中心となり、三重津(みえつ)海軍所で自製の蒸気船を建造しているという話は、佐賀藩士の間では公然の秘密になっていたが、他藩に漏れているとは思わなかった。

「ぜんぶ知っとるぜよ。そげんなもん造っとったら、どっからかばれるち」

——この男には敵わん。

大隈は覚悟を決めた。

「仰せの通りです。それでわが藩の蒸気船がどうかしましたか」

「完成したら貸してくれんかの」

「えっ、貸すんですか」

大隈が茫然とする。

「ああ、きちんと借り賃は払う」

「いや、突然さようなことを言われても、私の一存では——」

「まずは聞いちくれ」

ほかに誰もいないにもかかわらず、坂本が大隈の肩を摑むと手前に引き寄せる。

「貴藩は、蒸気機関の製造では一日の長がある。じゃから最初の船をわしらが使い、国中乗り回せば、諸藩の者たちが目を見張る。そいから大量に蒸気船を造れば注文が殺到する。そいをわしが売りさばいちゃる」

――なるほどな。

大隈は坂本の商才に舌を巻いた。

「でも、坂本さんは脱藩の身では」

「そうじゃ。そいじゃきカンパニーを作る」

「カンパニーとは、いわゆる商いを目的とした結社のことですか」

翌月に坂本が立ち上げる亀山社中は、厳密には株式会社ではないが、同一の目的を持った者が集まる結社で、また商いを基本としていることから、後の会社組織に近かった。

「そうじゃ。大隈さんはフルベッキさんとこに通っとるから、話が早い」

「よくご存じで」

「ここは狭い町じゃきに」

坂本は大隈を指名したわけではないのに、大隈が来ることを予見していたかのように言う。

「つまりカンパニーを作って商売をするんですね」

「うん。もう長崎の亀山に地所を借りた」

坂本はやることが早い。大隈の考えていることの一歩先を行っていた。

「それで今後、わが藩と手を組んでいきたいというんですね」

「貴藩にとっても、わしのカンパニーにとっても利のあることぜよ」

「それは分かりましたが、わが藩は、すべて老公の判断に委ねられています」

「土佐もそうじゃよ。でもな、時代の流れは待ってくれんち」

土佐には、閑叟以上に独裁的な山内容堂が君臨している。

坂本があくびをしながら言う。

「間もなく戦が始まるぜよ」

「やはり、幕府と長州で戦となりますか」

「そうじゃ。一橋公が再び長州を攻めるんじゃ」

「どっちが勝つと思いますか」

坂本がいたずらっぽい笑みを浮かべる。

「まさか長州ですか」

「ああ、そうなるじゃろな」

坂本はさも当然のように言う。

「どうしてですか」

「皆で力を合わせるち、勝たんわけがない」

「皆というのは――」

「へへへ」と坂本が笑う。

「それは言えんが、佐賀も出遅れんようにせんとな」

――事態はそこまで来ていたのか。

大隈はこの時、自分も時流から一歩遅れていることを知った。

「まあ、蒸気船貸し出しの件は、大隈さんの周旋次第じゃ」

「それは分かっていますが――」

その前に横たわる難題の数々を思うと、とても坂本が望むようには持っていけないと思った。

「蒸気船一つで佐賀藩の位置付けも代わるち」

坂本が伸びをする。

「分かりましたが、この場で約束はできません」

「そいは分かっちょる」

「では、しばしお待ち下さい」

「大隈さんは佐賀藩きっての英才と聞いちょるから、きっとうまい具合に周旋するぜよ」

総髪をぼりぼりかきながら、坂本がにやりとした。

六

五月、閑叟が長崎にやってきた。このところ閑叟は胃の調子が悪く、柄崎(武雄)温泉で湯治していたが、いっこうによくならず、西洋医学に頼ることにしたのだ。

長崎五島町にある深堀屋敷で、蘭医ボードウィンの往診を受けた閑叟は、ボードウィンの処方した薬がよかったのか、次第に元気を取り戻していった。

そうなれば動き出したくなるのが閑叟だ。

突然「長崎に来たのだから、グラバーに会いたい」と閑叟が側近に漏らしたことで、すぐにグラバーに連絡が取られ、面談の段取りがつけられた。この時の通詞には大隈が指名された。

グラバーとはトーマス・ブレーク・グラバーというスコットランド人で、長崎在住の商人たちの中でも、手広く商売をしている一人だった。

安政六年(一八五九)、開港後間もない長崎に、ジャーディン・マセソン商会の駐在員として来日したグラバーは、すぐに独立してグラバー商会を設立、当初は生糸と茶の輸出を行っていたが、最近は武器の輸入に力を入れ、巨万の富を築いていた。

グラバー邸に着くと、使用人たちが左右に列を成して閑叟を迎えてくれた。表口で待っていたグラバーは満面に笑みをたたえて閑叟を迎え入れた。二人は旧知なので、会談は和やかな雰囲気で進んだ。グラバーは閑叟がいかに上客か知っており、終始笑みを絶やさず、佐賀の人材や文物の素晴らしさを語った。それは大隈が訳すのをためらうほどで、褒めるとなったら褒め尽くす西洋商人の徹底ぶりに、大隈は驚きを隠せなかった。

閑叟とて、親交を深めるためだけにグラバーに会いに来たわけではない。そこで商談となり、九ポンドのアームストロング砲二門と六ポンドの同砲一門を買い付けた。

するとグラバーが言った。

「軍艦はどうですか」

閑叟が「今はまだ結構です」と答えると、グラバーは「では、見るだけでも」と粘る。グラバーによると、ちょうど懇意にしている艦長の軍艦が長崎港に入っており、見学したいなら段取りをつけると言う。閑叟の答えは、もちろん「では、頼みます」だった。

早速、使者が走り、見学の要請が艦長に伝えられた。

グラバーの馬車が表口の前に着けられると、閑叟が大隈を手招きした。

――こいつは参った。

そう思いつつも、通詞役の大隈には断ることなどできない。大隈は二人に向き合う形で座り、港まで一緒に行った。

港に着くと、イギリス人水夫たちが整列して待っていた。グラバーは艦長と抱き合うようにして旧交を温めた後、艦長を閑叟に紹介した。艦長は閑叟に「ロード」という尊称を使い、閑叟が見学に来てくれたことは「最上級の栄誉」とまで言った。

大型船は沖に停泊しているので、そこまで小舟で行くと縄梯子しかない。だが閑叟は側近が押しとどめるのも聞かず、縄梯子を伝っていった。大隈もそれに続く。

艦上に上がった閑叟は艦長の説明を聞き、次第に質問までするようになった。

「この砲は、どれくらいの射程があるのか」

艦長が答える。

「この船は十六センチクルップ砲を二十門ほど備えています。クルップ砲は後装式の施条砲なので、有効射程距離としては三千五百から四千メートルほどになります」

大隈はそれを日本の尺に換算して伝えたが、すでにメートル法に慣れている閑叟には、その必要がない。

「円頭弾ではないのだな」

艦長が砲弾を持ってこさせ、閑叟に説明する。

「はい。スピッツァー（尖頭弾）です。砲の内側に刻まれた螺旋状の溝によって回転力が与えられ、長い射程が得られます」

「これは面白い形をしているな。何という名だ」

——どう訳す。実は大隈はスピッツァーという言葉の意味が分からなかった。

致し方なく大隈は、その形状から思いつきで日本語に訳した。

「椎の実弾です」

「なるほどな。いかにも椎の実のようだな」

閑叟が納得したのでよかったが、外国の文物の多くには決まった日本語がないので、大隈は冷や汗の連続だ。

閑叟は軍艦の細部まで見学し、様々な質問を浴びせた。それを大隈が懸命に訳す。だが大隈とて専門の通詞ではないので、正しく訳せているかどうかは分からない。

最後に艦内で晩餐会となった。グラバーは出番が来たとばかりに、懸命に売り込みをかける。

「この同型艦なら十五万ドルで調達できます」

大隈が懐に入れてきた算盤を弾く。

「あー、十一万二千五百両ではどうかと言っております」

「高いな。薩摩は九万両以下で買っておる」

閑叟はさすがに情報を持っている。安政五年（一八五八）に佐賀藩が購入した電流丸は十万ドルだったが、木製のコルベット艦で排水量八百トンなので比較にならない。

それを伝えると、グラバーは身を乗り出すようにして言った。

「この船は同じ三本マストながら、最新のスクーナー型で、鉄骨木皮です。薩摩藩が購入した艦船とは比較になりません」

「そうかな」

閑叟が首をひねる。何か情報を持っているのだろうが、それを言ったところで始まらないので黙っているのだろう。

ちなみに薩摩藩は蒸気船の万年丸を約五万六千両、白鳳丸を約七万一千両、安行丸を約五万六千両で購入していたが、大型船には九万両以上出しているので、必ずしも安物買いとは言えない。

だがその時、グラバーの言った一言に、閑叟は反応した。

「もし最新のスクーナー船を購入いただけたら、イギリスまで一緒に乗っていきましょう」

「それは本当か」

「はい。お約束します」

グラバーは、閑叟がイギリスまで行けない身分だと知っており、社交辞令で言ったのかもしれない。だが閑叟は大乗り気だ。

「ぜひ行きたい」

大隈がそれを訳すと、グラバーが困惑したかのように言った。

「しかし、すぐには難しいのでは」

「難しくはない。大切なのは行きたいという意志だ」

「尤もです。しかし行くとなると、着いて戻ってくるだけで一年はかかりますし、途次に具合が悪くなっても、十分な治療ができるとは限りません」

「それは覚悟の上だ。とにかくわしは、そなたらの国を見てみたいのだ」

　閑叟は真剣だった。

「ご隠居様、エゲレスに行きましょう」

　通詞にもかかわらず、つい大隈が漏らす。

「そなたも来るか」

「はい。ぜひ連れていって下さい」

「そなたのような若い者は見聞を広めねばならん」

「その通りです。どこへなりともお供します」

「ははは、地獄でも行くか」

「喜んで」

　閑叟の笑い声が食堂内に響く。グラバーと艦長は何の話だか分からず、顔を見合わせている。かつて「蘭癖大名」と呼ばれた閑叟の情熱は衰えていなかった。

中央の政局と距離を取る閑叟だったが、それは政治権力を握ることに関心がないだけで、科学技術への情熱は、いっこうに冷めていなかった。こうした閑叟の志向をいかに政治へと向けていくかで、大隈らは頭を悩ましていた。

七

だが事態は、最悪の方向に向かっていた。

慶応元年（一八六五）閏五月になっても、前年の禁門の変から第一次長州征伐の余波は残り、諸藩の尊王攘夷派は鳴りをひそめていた。

というのも第一次長州征伐において、長州藩が戦うことなく幕府軍の降伏条件をのんだことは、幕府の自信を深めさせることにつながり、いったんは降伏を認めたにもかかわらず、追加で毛利父子と五卿の江戸上府を求めてきたのだ。

だが長州藩としては、降伏条件をのんだことで話はついたと思っており、幕府の強引なやり方に反発を強めていた。これに怒った幕府は二月、老中二名が三千の兵を率いて入京した。再度の征長の勅許を得るためだ。しかし薩摩藩に取り込まれた朝廷は、逆に老中二名を叱責して将軍家茂の入京を催促する。

これを受けた閏五月、家茂が入京を果たし、毛利父子が再三の江戸上府命令に従わないことを不届きとし、長州再征の勅許を朝廷に求めた。

こうした動きに幕権が回復されたと見る向きも多く、諸藩では佐幕派が勢いを取り戻しつつあった。その象徴的事件が、土佐勤王党を率いてきた武市半平太の処刑だった。これにより土佐勤王党は瓦解する。だがその生き残りの坂本龍馬は、長州と薩摩に手を組ませるべく奔走していた。

そんな最中、一人のイギリス人が横浜に着任する。その男の名はハリー・パークス。この男が着任から十八年間も駐日イギリス公使を務めることになるとは、日本人どころか本人さえも思っていなかっただろう。

尊王攘夷派にとって逆風の吹く七月、江藤新平は蟄居謹慎中にもかかわらず閑叟に献言書を提出した。それは「今こそ薩摩と結び、長州と筑前（福岡）に合力し、天下の隙を狙い、天下に変化があった時、海陸に軍勢を分かって進み、京師の地を制圧し、皇権を回復すべし」という趣旨だった。つまり江藤は早くも討幕論を唱えていたのだ。

しかし九月、家茂は征長勅許を得るべく大坂から上京し、公家たちに強引な政治工作を行って勅許を取り付けた。佐賀藩にも幕命が下り、閑叟は五千七百（第一次長州征伐の半数以下）の兵を小倉まで出兵させた。

これを聞いた江藤は、年寄役（家老）にあてた書状の中で「今は幕府が強盛に見えるが、間もなく自壊する。薩長は弱小のように見えても、後に強盛になるので撤兵すべし」と献言している。

一方、政局が混迷を極める中、大隈と副島は新たな時代へ向けて「仕込み」をしていた。大隈は佐賀藩の貿易実務に携わりながら、フルベッキとの交流を深め、副島と共に新約聖書からアメリカ憲法まで学んでいた。後に副島は維新政府の「政体書（政治大綱）」の起草にかかわるが、この時の経験が大いに役立ったという。また大隈も、この時の学習が立憲政治家としての基礎を築いたと回顧録に記している。

それだけではない。この時、二人はキリスト教の教義を学ぶことで、欧米人の考え方に精通でき、後に外交面で大いに役立つことになる。

しかし何よりも大きかったのは、欧米の算術を学んだことだった。当時、武士が算盤を弾くことは禁忌で、算術自体を学ぶ者さえ軽蔑（けいべつ）された。だが二人は、そんなことを気にせず西洋算術の習得に没頭した。

第二次征長が決定した九月、パークスら英仏蘭米四カ国の代表が軍艦を連ねて兵庫沖に来航した。これがパークスの仕事始めとなる。

四カ国の代表は幕府に以下の三条件を突き付けた。

・兵庫の開港と大坂の開市
・通商条約の勅許
・輸入関税の引き下げ

これに対して幕府は、兵庫開港だけは孝明天皇が拒否したのであきらめたものの、朝廷に通商条約の勅許と関税率の引き下げを認めさせることで面目を施した。

ここに小攘夷は否定され、江藤らの唱える大攘夷へと日本は舵を切ることになる。だがこの間にも、薩摩藩の水面下での活動は続いており、政局は次第に倒幕へと傾いていく。


十月、三重津海軍所の沖には穏やかな風が吹いていた。

ここには佐賀藩の誇る近代海軍の海軍学寮と海軍所が置かれ、双方を海軍取調方が統括していた。近代海軍の軍港は、軍艦の船入（泊地）だけでなく設備の整った工廠施設が必須だ。三重津海軍所の場合、御修覆場と呼ばれる日本初のドライドックを伴った修船施設や、製作場と呼ばれる部材の加工場まであった。ここではボイラーを製造できるほどの工作機械までそろっていた。

三重津海軍所こそ、大砲鋳造所（反射炉）と並ぶ閑叟一番の自慢だった。

驚くほど大きな音で汽笛が鳴らされると、凌風丸（りょうふうまる）が動き出した。離岸時の衝撃で閑叟の体がぐらつく。

「大丈夫ですか」

大隈と佐野栄寿（常民）が左右から支える。蒸気船にかかわる部品などのすべてが和訳されていないため、大隈は佐野を補助する役目を仰せつかった。

「心配要らん」

閑叟は二人の手を払わんばかりに気合が入っている。それもそのはずで、凌風丸が無事進水すれば、国産としては初の実用性を有した蒸気船の誕生となるからだ。

舷側に取り付けられた外輪が回り始めると、煙突から黒煙が上がった。大隈の胸が高鳴る。閑叟の表情は変わらないが、内心では跳び上がりたくなるほど喜んでいるはずだ。

それまで船上の諸設備を閑叟に説明していた佐野だったが、船が動き出したことで、船員たちに矢継ぎ早に指示を飛ばし始めた。閑叟が座乗していることで、佐野は極度に緊張している。

一方の閑叟は、険しい顔で外輪や煙突を眺めては、何かを考えているように見える。

凌風丸はしばらく三重津に面した早津江川を走り回ったが、問題はなさそうに思えた。

佐野は次々と渡される数字の羅列のような書付に目を通すと、「ご無礼仕ります」と言って頭を下げ、罐室へと下りていった。

しばらくして姿を現した佐野は、罐室の担当者らしき者を連れてきた。その男の顔は煤で黒々としている。

「ご隠居様、蒸気罐を見て回ってきましたが、異常はありません。此度の試し航行は成功です」

佐野が試し航行の成功を告げる。帆船と違い、外輪船は外輪が水をかく時の音が大きいので、船上では大声を上げないと、近くにいる者でも聞こえない。

「そうか」

内心ではうれしいのだろうが、閑叟は例によって顔色一つ変えない。

「では、そろそろ三重津に戻ります」

「何だと」

「三重津に戻ると申し上げました」

「何を言っておる。有明海には行かぬのか」

その言葉に周囲は騒然とした。早津江川を南に下ると、小半刻ばかりで有明海に着く。

「今日のところは、これくらいにしておいた方がよいかと――」

「いや、わしは行きたい」

事の成り行きに大隈も啞然とした。

「有明海は風も強く波も高く、何が起こるか分かりません」

「さようなことは承知の上だ」

「いや、ご隠居様に万が一のことがあっては――」

「わしが溺れ死んでも、そなたに腹は切らせぬ。そなたはわが藩の宝だからな」

佐野が困った顔をする。

「それがしの腹などどうでもよいのですが、ご隠居様の身に何かあれば、ご家老衆が腹を召すことに相成ります」

佐野が家老たちを見回すと、皆そろって視線を外した。

「そうだな。その時は此奴らが腹を切る。尤もわしと一緒に溺れ死んだら腹も切れぬがな」

家老らの顔が引きつる。

「いや、腹の話ではなく、有明海は岩礁が多く、危険がいっぱいで――」

困り切った佐野に大隈が助け船を出した。

「ご隠居様、日を改めましょう。さすれば伴走する船も用意できます」

伴走する船とは、万が一の場合の救助用船舶のことだ。

「いや、今行きたい。そんなものは後からついてこさせろ」

大隈が佐野の顔を見ると、佐野が意を決したように傍らの老人を促した。

「ここにおるのは田中久重と申す者で、この船の蒸気罐を造りました」

田中久重という名を聞いた閑叟が、突然関心を示す。

「そなたが、図面を見るだけで何でも造ってしまうという〝からくり儀右衛門〟か」

「へい」と言って、ぺこりと頭を下げただけで、田中は平然と閑叟を見ている。飛び切りに肝が太いのか、世事に疎いのか、愚鈍なのか、大隈にも分からない。

田中久重は筑後国の出身で、精巧なからくり人形を作ることで名を馳せた。二十代になると〝からくり儀右衛門〟と呼ばれ、人形を持って各地を巡業していた。図面や物の構造を一目見れば、すぐに同じものが造れるという神業は、すでに知らぬ者とていなかった。

その噂を聞きつけたのが佐野だった。会ってみてその才能が一方ならぬものだと知った佐野は、田中を佐賀藩の精煉方の一人に採用した。田中は五十三歳だったが無尽蔵の知識欲と技術力を発揮し、蒸気機関車と蒸気船の模型を作製し、反射炉を改造して実用的なものとし、鉄製大砲の量産化を可能とした。その集大成が凌風丸の蒸気罐だった。

閑叟が田中に問う。

「そなたが造った蒸気罐は頑丈だと聞くが」

「へい」

田中は口数が少ない。

「では、海など何ほどのこともあるまい」

佐野が何かを言おうとする前に、田中がペコリと頭を下げた。

「へい。何ほどのこともありません」

「これ！」と佐野が叱責するのを見た閑叟が笑う。

「それみたことか」

「分かりました。ご隠居様が望むなら、有明海でも地獄でも行きましょう」

佐野が死地に赴くような声を絞り出す。これを聞いた重臣たちは動揺した。

「わしは地獄には行かぬが、有明海には行く」

閑叟の近習を務める広澤達之進が、大隈の袖を引く。

「おい、どうにかしろ」

「わしにそれを言われても困る。わしは知らん」

「そなたが諫止しないからだ。で、この船は沈むのか」

広澤が怯えるように問う。

「この船は、わしが造ったわけではない。造った者たちに聞け」

「それは分かっておるが――」

もじもじしながら広澤が問う。

「確か、そなたは水練が得意だったな」

「ああ、河童の八太郎と呼ばれていたくらいだからな」

大隈が胸を張る。

「わしは泳げん」

「ああ、知っている」

「いざという時に、老公を担いで泳げるか」

「その時になってみなければ分からん」

「何とか頼む」

広澤が陰で手を合わせたので、大隈も肚を決めた。

「分かった。いざという時は老公と共に沈む」

「沈んでは困るのだ！」

その時、佐野と話していた閑叟が振り向いた。

「大隈、何をやっておる」

「は、はい。何もやっておりません」

「では、今から下に行くぞ」

「下というのは――、海のことですか」

「お前はいつも可笑しなことを言う。鑵室に行って蒸気鑵を見るのだ」

蒼白になっている佐野に先導され、閑叟が鑵室に下りていく。致し方なく大隈と広澤も続いた。


ようやく三重津が見えてきた時は、大隈のみならず、付き従ってきた者たちの間に安堵のため息が広がった。

有明海を走り回り、上機嫌になった閑叟は、田中と意気投合したらしく、二人で何やら歓談している。その後方で佐野がほっとしたような顔で佇んでいる。

――佐野殿は、晴れの舞台を田中老人に奪われたな。

佐賀藩一の英才と謳われた佐野が、からくり人形作りの老人に主役の座を奪われたことが、大隈には痛快だった。

――これからは年齢や身分ではないのだ。

その時、閑叟が振り向くと突然、「大隈！」と呼んだ。

「あっ、はい」と答えて大隈が駆けつける。

「どうした、顔色が悪いぞ」

「はい。此度は、少し波が高かったので船酔いしました」

「そなたは酒だけではなく、船にも酔うのか」

閑叟の戯れ言に笑い声を上げられたのは、田中だけだった。

「どうだ。わしの蒸気船は大海原を航海したぞ。おそらくこの国で初めてのことだ」

「あっ、そうでした。おめでとうございます」

誰もがそのことを忘れていたので、周囲から口々に祝いの言葉が相次いだ。

薩摩藩は安政二年（一八五五）に日本初の蒸気船となる雲行丸を造船していたが、蒸気罐の故障や蒸気漏れが頻繁に起こり、湾内の輸送に使うのが精いっぱいだった。そのため日本初の実用的な蒸気船は佐賀藩の凌風丸になる。

「大隈、何事もなせば成るのだ」

「なせば成ると――」

「そうだ。米沢（よねざわ）藩の上杉鷹山（ようざん）公は、『なせば成る。なさねば成らぬ何事も』と言ったという。つまりいかに困難なことでも、やり遂げようとすれば、叶わぬことなどないのだ」

「仰せの通り！　ご隠居様は誰もやっていないことを成し遂げたのです」

だが閑叟は、それだけでは満足しない。

「さて、次はそなたの出番だ」

「えっ、それがしですか」

「そうだ。大隈、この蒸気船を売ってこい」

大隈は唖然とした。

「もうそんな話になっているんですか」

「ああ、儀右衛門は設備さえあれば大量に造れると申しておる。のう、儀右衛門」

「へい。からくりは、同じものがいくつも造れなければ値打ちがありません」

――そういうものなのか。

大隈は目を開かれる思いだった。

「蒸気罐だけだったら、船まで造らずに売りに行けるだろう」

田中が嗄（しゃが）れ声で答える。罐室にいる者たちは煤が喉に張り付き、そろって嗄れ声になる。

「へい。でも西洋式の造船技術を持つ藩は少ないので、当面は船ごと売らねばなりません」

閑叟は手離れをよくするため、蒸気罐だけでも売ろうとしていた。

「そのうち三重津の海軍所そのものも売る」

大隈には何のことやら分からない。

「どういうことですか」

「海軍所の設備一式を売るのだ」

閑叟が大笑いする。

――なんと、そこまで考えておられたか。

閑叟は造船所一式を諸藩に売りつけるつもりでいるのだ。

「何とも気宇壮大ですな」

「当たり前だ。売れるものは何でも売る。だが、すぐに造れるものを売っても利益は出にくい。誰も造れないものを売れば莫大な利益が出る」

「仰せの通りです。それを英語ではアッデッド・バル（added value）と言います」

「もう英語にはあるのか。さすがだな」

「はい。物を物として売るだけではもうかりません。それに何かを付加することで、利益は莫大になります。とくに実用的な蒸気罐を造れるのは、わが藩だけ。ほかが追いついてくる前に売り出せばもうかります」

大隈の頭脳が回転し始めた。

閑叟の声が高まる。

「そうだ。しかも船ごと売るのではなく、蒸気罐だけ売ったり、海軍所を売ったり、相手の要望に合わせて様々な売り方ができる」

夕日を受けて閑叟の顔は輝いていた。

――このお方が、この国の未来を切り開くのだ。

大隈はそれを手助けしたいと思った。

「大隈、面白くなってきたな」

「はい。面白くなってきました」

胸底から喩えようもない感動が込み上げてきた。

大隈の顔をのぞき込んだ閑叟が、意外な顔をする。

「どうした。泣いているのか」

「いえ、はい――」

「何があっても涙など見せぬそなたが、なぜに泣く」

「なぜだか分かりませんが、目の前にとてつもなく大きな未来が開けているような気がするのです」

「とてつもなく大きな未来か。だから泣けてきたのだな」

「申し訳ありません」

「いや、いいのだ。その未来という代物の扉を、そなたは押し開けられるか」

「えっ、それがしが――」

その扉を開くのは閑叟だと、大隈は思い込んでいた。

「そうだ。そなたら若者が未来の扉を押し開くのだ」

「ご隠居様も一緒に扉の向こうに行きましょう」

閑叟が遠い目をする。その瞳は真っ直ぐに未来を見据えていた。

「それができたら、どんなに楽しいか」

「イギリスでも未来でも、この八太郎がどこまでもお供します」

「よし、分かった。そなたと一緒に行けるところまで行ってやろう。さすれば、また商いのネタが浮かぶかもしれんからな」

夕日を受けて閑叟が高笑いする。何のことやら分からない顔をしつつ、周囲にいた重臣や近習も追随した。

鍋島主従の笑いに包まれた凌風丸が、三重津の栈橋（さんばし）に着岸した。

その瞬間、未来が始まったことを、大隈は実感した。

――よし、やってやる！

胸底から湧き上がる英気は、もはや爆発寸前となっていた。

八

深海にひそむ伏龍と化したかのように、大隈は長崎から動かなかった。

中央政局の情報は頻繁に伝わってくるので、何か行動に移したいという焦りはあるが、フルベッキから教えられる欧米社会のすべてが大隈にとって新鮮で、その刺激から離れ難くなっていたのだ。だが時勢の変化は、大隈と佐賀藩を待ってはくれない。

慶応二年（一八六六）一月、薩摩藩の小松帯刀と長州藩の桂小五郎改め木戸孝允の間で、六カ条の覚書が取り交わされた。世に言う薩長同盟である。

だがこの段階では、せいぜい長州藩の復権を薩摩藩は朝廷に周旋すること、さらに幕長戦争となった折、薩摩藩は中立を保つという、攻守同盟にはほど遠いものだった。

それでも諸外国から軍艦や武器を直接購入できない長州藩にとって、薩摩藩の名義を借り、それらを購入できたのは実に大きかった。

幕府は薩長両藩の不穏な動きに不安を感じたのか、三月に入ると大目付を佐賀に派遣し、閑叟に大坂へ来るよう促した。幕府としては佐賀藩に上坂させ、薩摩藩軍が北上してきた際の抑えにしようとしたのだ。

だが閑叟は柄崎温泉で療養しており、大坂に向かうつもりはない。そうこうしているうちに、庶兄の鍋島安房が病没し、その葬儀などで佐賀を離れられなくなった。

この頃の大隈は、午前に貿易の仕事を済ませると、午後にはフルベッキから英語と欧米社会のことを学び、夜ともなれば他藩の士と交わり、情報収集に余念がなかった。さらにその後は、引田屋に行くことも多くなっていた。むろん市井の情報を収集するのも仕事だからだ。

褌一丁で行燈(あんどん)の前に胡坐をかいた大隈は、その中に顔を突っ込むようにしながら延べ煙管に火を点けた。

「あんたって人は変わっているね」

藤花が鏡の前で化粧を直しながら言う。

「何が変わっている」

煙管から吐き出した煙の向こうで、上半身裸の藤花が笑っている。

「普通はさ、あんたぐらいの年だとやりたくてやりたくて、一晩揚げたら何度も挑んでくるもんさ。それがあんたときたら――」

藤花の言葉に、「ははは」と大隈が苦笑いする。

「あたしとじゃ、一回で十分とでも言いたいのかい」

「そんなことはない。ただ戒めを守っているのだ」

「何よ、それ」

藤花が不満そうな顔をする。

「わが家中には、『葉隠』という武士の心構えが書かれた書物がある」

「ああ、それくらい知っているよ。あたしが何人の佐賀藩士と寝たと思っているんだい」

大隈は思わず噴き出したが、「まあ、聞け」と言って続けた。

「そこには、『いつ何時、主君に変事があるかもしれない。その時のために気の力を常に蓄えておく必要がある』と書かれてある。つまり『飯は腹八分目』『酒はほどほど』『色事は一夜に一度』ということだ」

三つの喩え話は、話を分かりやすくするために大隈が作った。

「なるほどね。それが武士の心得なんだね」

「ああ、今すぐに主君の許に参上せねばならない時、女郎に精気を抜き取られ、疲れ切っているようでは、ろくな働きができん」

首筋に白粉をべたべた塗りながら、藤花が感心する。

「でも、すぐに殿様の許に駆けつけなければならない御用なんて、そうはないんだろう」

「まあな。そんな御用は、あっても一生に一度くらいだろう」

その時だった。引田屋の表が何やら騒がしくなった。

「あれっ、何だろう」

続いて怒鳴り声が聞こえると、階段を駆け上がってくる複数の足音が聞こえてきた。どうやら誰かを探しているらしい。

——捕吏か！

長崎奉行所の捕吏が手入れをしているに違いない。

大小は店に預けてあるので手元にない。致し方なく大隈は着物だけでも引き寄せた。

——密貿易だな。

捕吏が大隈を捕まえに来たとなると、それしかない。

——少し調子に乗りすぎたな。

ここで捕まれば牢に放り込まれる。そうなれば、よくても一年は出てこられない。

——逃げるしかないな。

貴重な時間を、牢内で無為にすごすわけにはいかない。

「どうしよう」と言って藤花が怯える。

捕吏が別の部屋の襖を開けている音がする。その度に、遊女の「きゃー」という悲鳴と客らしき男の「なんでえ！」という怒声が聞こえてくる。

大隈は着物だけでも着ようと思ったが、どうやらその余裕はないようだ。

「わしは逃げる！」

大隈が窓を開け放った次の瞬間、背後で部屋の襖が開いた。

──ええい、ままよ！

大隈が飛び降りようとした時だった。

「八太郎、ここにいたか！」

背後から聞き覚えのある声がした。

肩越しに振り向くと、見慣れた顔が二つあった。

「副島さん──。あっ、大木さんも一緒にどうしたんですか」

「どうしたと聞きたいのはこっちの方だ。褌一丁でどこに行くつもりだ」

「どこへって──、逃げようと思ったんですが」

「なんで逃げるのだ」

言われてみれば、捕吏の手入れと勘違いしたのは大隈の方だ。

「誰でも脛に傷の一つくらいありますよ。突然、騒ぎになれば逃げたくなるものです」

きまりが悪そうな顔で座に戻ると、大隈は着物を着た。藤花はいつの間にかいなくなっている。

副島が後頭部に手をやって言う。

「ああ、そうか。密貿易で捕まると思ったのだな」

大隈が慌てて窓の障子を閉める。

「そんな大きな声で言わないで下さい。本物の捕吏が来ます」

「こいつは悪かった」

「どうしてここが分かったんですか」

帯を締めながら大隈が問うと、副島がその場に胡坐をかきながら答えた。

「そなたが寄りそうなところを片っ端から探していた」

腕を組んで事の成り行きを見守っていた大木が、ようやく声を上げる。

「副島さん、そんなことより用件を話しましょう」

大木民平こと喬任は大隈より六つ上、副島より四つ下の三十四歳。少年時代から英才の誉れが高く、十八歳から義祭同盟の一員として活動してきた。無類の大食漢として知られ、皆で膳を囲んで夕餉を取るとなると、まず大木の前にどんぶりいっぱいの茄子の煮つけが置かれる。それを大木が一人で食べている間に、皆は酒を飲みながら、ゆっくりと食事を楽しむのだ。

大木は副島や大隈のような苦み走ったいい男とは違い、醜男の上に背も低くて太っている。だが本人は「万事人の言うことを意に介さない」という流儀で、淡々と勉学に励んでいた。

「民平、話してやれ」

副島から促された大木が語り始める。

「公務で大坂に行ってきたのだが、大坂は再度の長州征討に向かう兵たちで、ごった返していた。このままいけば、間違いなく大戦になる」

落ち着きを取り戻した大隈が、煙管に煙草を詰めながら問う。

「薩摩は仲裁しないんですか」

「薩摩の小松さんたちが、さかんに一橋公を諫めたらしいのだが、聞く耳を持たないので困っていると聞いた」

副島が話を引き取る。

「どうやら仲裁を装いながら、薩摩は裏で武器弾薬を購入し、長州に与えているらしい」

「ということは戦況によっては――」

大木が大きな顔の前で手を振る。

「早合点するな。薩摩と長州が裏で手を握っているかどうかは定かでない。だが長州藩軍は相当強化されているという噂だ。軍艦もあるらしい」

「では、本当に大戦が始まりますよ」

「そうだ。長州は生きるか死ぬかだ。最後の一兵までも戦うつもりだろう。もちろんそうなれば幕府側も、相応の損害が生じるはずだ」

「そんなことになれば――」

大隈の言葉を受けた副島が言う。

「外夷に付け込まれる」

三人が腕組みして考え込む。

「どうにもならんのですか」

大隈の問いに副島が答える。

「もはや止められるのは、老公しかおらん」

確かに四方を見回すと、双方を仲裁できる大名は閑叟しかいない（実際は隠居の身）。また幕府と一橋慶喜は薩摩の表裏を疑っており、島津久光が何を言おうと、聞く耳を持たないはずだ。そうなると全く中立で、双方を黙らせる軍事力を持つのは佐賀藩だけになる。

「では、どうします」

樫のように太い腕を組みながら、大木が答える。

「老公に大坂まで出張ってもらい、調停してもらうしかないだろう」

「しかし――」

「ご病気か」

閑叟の胃カタルは、ここのところいっそう悪化し、最近は粥しか食べていないという噂も流れてきている。

副島が決然として言う。

「だが、そうも言っておれん。この場は老公に出馬いただくしかない」

大隈が膝を叩くと、立ち上がった。

「分かりました。すぐ佐賀に戻りましょう」

「この深夜にどうやって戻る。海が荒れているので、明日も便船は出ないだろう」

「馬を駆けさせれば明日には着きます」

副島が首を左右に振る。

「馬がどこにいる」

「藩の長崎屋敷にいる馬を使います」

「使うと言っても、あれはお偉いさんの馬だろう」

「その通り。だから厳密に言えば、馬を盗みます」

「そなたという男は――」

副島が言葉をのみ込む。それ以外に佐賀に戻る方法はないからだ。

大隈は茶を運んできた藤花に金を握らせると、「一生に一度の御用だ。今宵はこれで帰る」と言って引田屋を飛び出そうとした。その時、背後から「一度にしておいてよかったね」という藤花の言葉が聞こえた。

九

「何奴だ！」

閑叟の宿所に乗り付けると、篝（かがり）を掲げた数人の武士が走り寄ってきた。

閑叟は療養のため柄崎温泉に滞在していた。そこに大隈たちは押し掛けたのだ。

大隈は近くの枝に手綱を巻くと、平然と向き直った。大声で名乗ろうとしたが、走ってきた男たちの中に近習の広澤達之進を見つけたので、「よおっ」と声を掛けた。

たちまち広澤の顔色が変わる。

「また、お前か」

「ああ、またわしだ」

「今度は何だ」

広澤が泣きそうな顔をする。

「老公に意見を申し上げに来た」

「何の意見だ」

「時勢に関することに決まっているだろう」

「だめだ、だめだ。先日も江藤さんが来て、たいへんな騒ぎだったからな」

「えっ、江藤さんは謹慎中にもかかわらず、押し掛けてきたのか」

「そうだ。あの人は命知らずだ」

常の場合、蟄居謹慎中の者が外出すれば、一も二もなく切腹を申し付けられる。だが江藤という男は死を恐れていないのか、自分が死を賜るわけがないと自負しているのか、藩法など全く意に介さない。

「それでも、老公は江藤さんにお会いになられたのだろう」

広澤が気まずそうな顔でうなずく。

「特別にお目通りが叶った」

「では、わしもだ」

「いや、そなたはだめだ」

「謹慎中の者を会わせて、謹慎中でない者を会わせないのは理屈に合わないだろう」

そう言われると、広澤にも反論の余地はない。

「これを頼む」

広澤に大小を預けて押し通ろうとすると、それらを抱えたまま広澤が行く手を阻んだ。

「老公はお疲れだ。明日にせい」

「だめだ。わしは待てても時勢は待ってくれぬ」

「妙な理屈を言うな」

その時、背後の暗闇から声がしたので、警固の士たちに緊張が走る。

「大隈は速いな」

「奴はいち早く最も上等な鞍を取ったので、尻が痛くなかったんですよ」

「しかも、自分が一番いい馬に乗りおって」

「普通は年上に一番の馬を譲るべきです」

副島と大木の二人が姿を現したので、広澤が困りきった顔をする。

「副島さんに大木さんもですか」

副島が平然と答える。

「ああ、そうだ。老公に取り次いでくれ」

二人は馬を引いてやってくると、大隈同様、近くの枝に手綱を絡ませた。

大隈が得意げに言う。

「やっと着きましたか。馬を駆けさせれば、いつもわしが一番ですな」

大隈は馬術も人に抜きん出ている。

「あっ、これはご家老の馬ではないか！」

広澤が馬を見て驚く。

「ああ、そうだが」

大隈がさも当たり前のように返す。

「どうしてそなたらがご家老の馬に乗る」

「危急の用だ。拝借してきた」

「えっ、ご家老たちが貸してくれたのか」

「いや、そういうわけではない」

大隈がとぼけた顔で答える。

「ということは、まさか盗んだのか！」

「人聞きの悪いことを言うな。危急の用と申したはずだ」

「だからといって、馬を盗むのはまずいだろう」

大隈と広澤のやりとりに痺れを切らした副島が言う。

「大木が大坂から戻ったんだ。上方の情勢を老公にお話ししたい」

「いや、しかし――」

広澤たちは顔を見合わせているので、大隈が口添えする。

「とにかくご意向を伺ってこい。さすれば必ず会うと仰せになる」

それを聞いて尤もと思ったのか、広澤とうなずき合うと、一人が駆け出した。

副島と大木は「すまぬな」と言いながら、広澤に大小を預けたので、広澤は三対の大小を抱える羽目になった。

そのまま待合に向かおうとする三人の背後から、広澤が泣きそうな声で言う。

「大隈、わしが夜番の時はもう来るな」

「そなたが夜番かどうかまで知ったことか！」

三人は高笑いしながら従者用の待合に入った。そこでしばし待っていると、閑叟が「湯湯につかりに来い」と言う。手巾を借りた三人は、閑叟のいる湯屋へと案内されていった。


湯気の中を進んでいくと、閑叟が露天の湯船につかっていた。

「おう、そなたらも入れ」

「ご無礼仕ります」

閑叟は機嫌よく三人を招き入れた。足を忍ばせるようにして湯に入った大隈だったが、
残る二人は手巾で急所を隠したまま震えている。

「何をやっている。さっさと入ってこい」

閑叟に促され、ようやく二人も湯に入ったが、大木は肥満しているので、湯面に波が立
ち、それが閑叟の顔に掛かった。

大木は緊張で口が利けないのか、大隈が代わりに謝る。

「これはご無礼を」

「武雄の湯はどうだ」

つかったばかりで、三人は「ああ、はい」としか答えようがない。

「で、上方で何があった」

副島と大木の二人が緊張したままなので、大隈が代表のようにならざるを得ない。

「一大事が起こりました」

「また、一大事か」

閑叟が呆れた顔をしたが、機嫌は悪くなさそうだ。

「一刻も早くご隠居様にご報告すべく、大木さんが夜を日に継いで戻りました」

「分かった。聞いてやる。手短に述べよ」

副島と大隈が左右から大木を肘でつつく。

「は、はい。それがしは――」

大木が中央の政治情勢を語ったが、緊張しているので、何を言っているのか分からない。

大隈はやきもきしたが、それは閑叟も同じらしい。

「で、何が言いたいのだ」

大木が湯の中で恐縮する。普段は大胆不敵な男だが、さすがに閑叟と裸で二間（約三・六メートル）の距離もないとなると緊張するのだろう。だがそれは副島も同じで、俯いて湯を眺めている。二人は大隈と違い、さほど閑叟と接していないので、緊張するのは無理もない話だった。

「要するに、ですね」

致し方なく、大隈が話を代わった。

後の大隈の回想によると、この時、大隈は第二次征長が始まれば、それが内乱のきっかけになり、外夷に付け込まれる。今こそ入京し、主上の命を奉じて幕府と長州の間に入り、調停すべきだと語った。さらに幕府が出兵を中止するなら、それを英断として西国諸藩から幕府を守り、幕府が調停を受け容れないなら、全力を挙げて長州を助けるべきだと付言した。

「そなたは、幕府が調停を受け容れぬ場合は、幕府と戦えと申すか」

「それも道の一つかと――」

「さようなことができようか」

「薩摩はやるかもしれません」

薩長同盟は攻守同盟までは進んでいないが、大隈たちは過大評価していた。

「たとえ薩摩がやろうと、わしは幕府と戦うつもりはない」

そう言うと閑叟が湯船から出た。さすがに湯につかりすぎたのだろう。その時、一物がちらりと見えた。その大きさに圧倒されまいと、大隈は強い口調で言った。

「それがしも戦うことは好みません。しかしわれらが長州方に付く姿勢を示したらどうでしょう。幕府方とて諸藩の集まりにすぎません。いかに幕命だろうと、われらに向かってくる藩はないはずです」

それが幕末の現実だった。いかにも徳川家の威令は、いまだ浸透している。過去に多くの大名たちが改易や減封に遭ってきたことを思えば当然だろう。だが改易や減封が盛んに行われた時期は、軍事力に大きな差があり、罰を受けた藩は抵抗すらできなかった。ところが今、佐賀藩には最新の兵器がある。例えば、徳川家の先鋒を務めるのが慣例となっている彦根藩が本気で佐賀藩に掛かっても、青銅砲が主力の彦根藩と、鉄製砲が主力の佐賀藩とでは勝負にならない。おそらく彦根藩は、戦う前に壊滅的な打撃をこうむることになる。となれば佐幕一色の彦根藩でさえ、戦うことに二の足を踏み、逆に調停に乗り出すかもしれないのだ。

「そなたは――」

閑叟が再び湯につかりながら言う。

「わしを賭場に引き出し、全財産を張れと言うのだな」

「そうです」

副島の「よせ」という叱声が聞こえたが、大隈は意に介さない。

「しかも負けが込んで、身ぐるみ剝がされようとしている長州を救うためにだ」

「そうです」

「さすがに諸藩が全力で掛かってくれれば、われらだって負けるぞ」

「その時は薩摩が動きます」

「その保証はない」

「動かなければ次にやられるのは己だと、薩摩は分かっています」

薩摩は一会桑勢力のみならず幕府とも距離を置き始めており、それを幕府が快く思っていないのは明らかだった。仮に長州や佐賀が滅べば、再び強大な力を握った幕府の鋭鋒が薩摩に向けられるのは歴然だった。

「しかし」と大隈は強調する。

「賭場は閉まりかかっています」

閑叟の顔色が少し動く。

「そうか。いつまでも賭場が開いているわけではないのだな」

「はい。一番鶏が鳴く頃には賭場も閉まります。その時、全財産を持って駆けつけても賭場は受け付けてくれません」

「つまり、アームストロング砲を賭場に張れないことになると言いたいのだな」

「いかにも！」

大隈が大声で言ったので、副島と大木の二人が身を引いた。気づくと大隈と二人の間には、微妙な距離ができている。

「わしはアームストロング砲を抱えて、賭場の前で立ち往生するわけか」

「そうです。おそらく幕府は裸で賭場から追い出され、賭場の中にいるのは薩長だけになります。そして最後は、ご隠居様のアームストロング砲も、薩長の作った新たな政府に取り上げられることでしょう」

「そうか。賭けをせずに持っていかれるというわけか」

「いかにも。砲を供出することになるのは薩長も同じでしょう。しかし彼奴らは砲を取られる代わりに、新政府を牛耳ることができます。つまり――」

「われらには、新政府への人材登用の道が閉ざされると言いたいのだな」

「はい。新政府ができた時、われらは薩長の下働きをやらされます」

「わしが彼奴らの下座で這いつくばるのか」

閑叟の脳裏には、島津久光や毛利敬親の顔が浮かんでいるはずだ。

――下手をすると、それどころではありませんぞ。

一段高い上座に座すのが、西郷隆盛や木戸孝允かもしれないのだ。欧米の政治制度を知る大隈にとって、それは目の前にある現実だった。

「ご隠居様、それが嫌なら――」

「分かっておる」

閑叟が己の考えに沈む。

――ここが勝負所だ！

大隈の回想によると、大隈は「調停が成功すれば、佐賀藩は労せずして政治上の高い地位を得て、内乱の危機を転じて救世主となり、全国の一致団結を図り、『改革の偉業』を達成することができます」と語ったとされる。

「そうか」と言って、閑叟が立ち上がる。

「そなたの言うことにも一理ある。だがな、わしは佐賀家中や藩領の民を預かる身だ。かの者らの命を勝手に賭場に張るわけにはいかない」

閑叟が首を左右に振る。

「仰せご尤も。しかしかの者らにも子弟はおります。未来の佐賀のために──」

「うむ」とうなずき、閑叟が湯船から出る。

「わしは湯治に来ているが、長湯は止められている。今日のところは、これくらいにしてくれ」

「しかしご隠居様、時勢は待ってくれません」

「分かっている。少し考えさせてくれ」

そこまで言われては、大隈にも引き止めることはできない。湯船の中から一礼し、大隈は閑叟を見送った。

──やはりだめかもしれんな。

閑叟の胃の病気が、若い頃の英気を奪っているのは明らかだった。それを再び奮い立たせることができなければ、佐賀藩は出遅れ、薩長両藩の下風(かふう)に立たされることになる。

——何としても、それだけは避けねばならん。

この時、ふと大隈は思った。

——そうか、わしの身を賭場に張ればどうなる。つまり脱藩して薩長の志士どもと一緒に働けば、後々、佐賀の貢献度を認めてもらえるかもしれない。

大隈が突破口となれば、佐賀の若者たちにも道が開ける。

——だが、それをやるのは命懸けだな。

志士活動をやるとなると、死の危険が常に隣り合わせになる。

——でも、やらねばなるまい。

気づくと、大隈は強く拳を握っていた。

その時、「おい、八太郎」という声が背後から聞こえた。振り向くと、湯気の向こうで急所も隠さず副島が立ち上がっている。

「たいへんだ」

「何を今更言っているんですか。このまま内乱となれば、この国はたいへんなことになります」

「いや、たいへんなことになったのだ」

「えっ、なったとはどういうことです」

大隈が湯気をかき分けるようにして見ると、湯船につかったままの大木を、副島が抱え起こそうとしている。

「何をやっているんですか」

「見れば分かるだろう。大木が動かないんだ」

驚いた大隈が大木の二の腕を摑むと、凄まじい熱を帯びている。

「大木さん、どうした！」

「おい、しっかりしろ！」

二人で左右から呼び掛けたが、大木は薄く目を開けているだけで、ほとんど反応がない。どうやら長湯によって体が熱せられ、半ば失神しているらしい。

「大木、立ち上がれ！」

副島が耳元で怒鳴るが、大木は微動だにしない。

「おい、そっちを持て！」

二人で左右から持ち上げようとしたが、大木の巨体は容易に持ち上げられない。

——致し方ない。

大隈が大声で閑叟付きの藩士たちを呼ぶ。

「おおい、誰か来てくれ！」

その声を聞いた者たちが駆けつけてきた。その中には広澤もいる。

「またお前か。今度はどうした！」

「見ての通りだ」

すでに大木は白目を剝いて気を失っている。

「た、たいへんだ！」

広澤らは着物のまま湯に飛び込み、五人がかりで大木を引き上げた。

その後、水を飲ませ、頭から水をかけると、ようやく大木は正気を取り戻した。

「よかった、よかった」

大隈と副島が喜んでいると、全身濡れ鼠になった広澤が、肩で息をしながら言った。

「頼むから、もう来ないでくれ」

その言葉に、さすがの大隈も苦笑せざるを得なかった。

十

慶応二年（一八六六）六月から始まった第二次長州征伐は、幕府にとって散々な結果に終わった。長州藩側が四境戦争と呼ぶこの戦いは、幕府方の諸藩軍が四つの部隊に分かれて長州藩領に攻め込もうとしたが、すでに薩摩経由で最新の銃砲を整えていた長州藩軍は、各地で幕府軍を撃破し、付け入る隙を与えなかった。

戦線が膠着し始めた七月、突然将軍家茂が死去する。事実上の総司令官の地位に就いた一橋慶喜は、これを口実に第二次征長を中止し、諸藩軍は長州藩領から撤退を開始した。

この敗戦は初代家康以来、武によって諸侯を従えてきた徳川家の権威を失墜させ、幕府の土台が崩れ始める端緒となった。

家茂の急死により将軍職は空位になった。だが周囲を見回しても、慶喜以外に将軍を務められる者はいない。だが慶喜は、すぐに将軍職に就かなかった。というのも慶喜は衆望の盛り上がりによって将軍になり、強力な専制体制を布こうとしていたからだ。しかし老中連中から形ばかりに要望されただけで、外様諸侯どころか、親藩や譜代の諸侯からも将軍就任の要請はない。

かつては賢侯たちがこぞって将軍に推した慶喜だったが、京都政界で「変説漢」「二心殿」などと陰口を叩かれるようになり、人望と信用を失いつつあったのだ。

しかも薩摩藩を中心とした外様諸侯が中心になり、「これを機に将軍職そのものを廃し、雄藩諸侯の合議制に移行しよう」という声が上がり始めた。これに慌てた慶喜は、急いで将軍位に就くことにした。

だが、この難局を切り抜けていくのは容易ではない。それでも慶喜には孝明天皇の信頼という強力な切り札があった。すなわち困ったことがあれば、孝明天皇から勅書を出してもらい、諸侯を従わせる腹積もりでいたのだ。

慶応二年十二月、満を持して慶喜が十五代将軍に就任する。ところがその二十日後、肝心の孝明天皇が急死してしまう。これにより慶喜は後ろ盾を失った。天皇の死因は疱瘡（とうそう）（天然痘）だというが、いまだ三十五歳で壮健だったこともあり、京雀（きょうすずめ）の間では毒殺説も囁（ささや）かれていた。

　慶喜の将軍就任と孝明天皇の急死により、いよいよ政局は風雲急を告げてきた。

　そんな中、大隈も渦中に飛び込むべく、大きな決断を下すことになる。

「脱藩だと！」

「しっ、副島さんは、いつも声がでかい」

　慶応三年（一八六七）二月、引田屋の一室で、男二人が額を寄せ合い、深刻な顔で何かを論じ合っていた。その様子を見た藤花が如才なく言った。

「あたしは引っ込んでいますね」

「すまんがそうしてくれ」

　藤花が酒を置いて出ていく。

　大隈が無言で副島の盃に酒を注ぐと、副島はぐいと飲み干した。

「副島さん、ご隠居様や殿が動かないなら、われらが動くしかありません。われらが脱藩することで、佐賀藩を中央政界に引きずり出すのです」

「脱藩」という刺激的な言葉を大隈が口にしても、副島は冴（さ）えない顔をしている。

「とは言ってもな――」

副島が総髪をぼりぼりとかく。

「盃にふけが入りますよ」

大隈が注意しても副島は意に介さない。

大隈は丁髷を結っていたが、副島は伸び放題の髪を後頭部で束ねているだけだ。

「考えてみて下さい。もはや幕府は長くないでしょう。少なくとも幕府という政体を改めねば、日本は諸外国の食い物にされます」

「それは分かっている。分かってはいるが、それがわれらの脱藩に結び付かないのだ」

副島が再び頭をかきむしる。行燈のほのかな灯りに照らされ、ふけが飛散していく。大隈は顔をしかめながらも続けた。

「新たな政体に移行すれば、当然のように維新回天に功のあった藩の有為の材が要職に就きます。このままだと薩長二藩が、それを独占することも考えられるのです」

大隈の危機意識は沸点に達していた。というのもこの年一月、新将軍慶喜は大目付の永井玄蕃頭尚志に御直書（将軍の名義で出された書状）を持たせ、佐賀に派遣した。この時、永井は佐賀藩軍の京都への派遣を願ったが、閑叟は「長崎御番専心」を盾にして譲らず、その要請を断った。そのため永井が「このままでは幕府がもちません」と本音を漏らしてしまった。

このことは陪席した側近らを通じて大隈らの耳にも入り、大隈にも余裕がなくなっていた。

「だが、わしはもう四十だ」

確かに副島は、志士活動をするには若くない。

「しかも脱藩となれば、仮に切腹は免れても家名廃絶は免れ得ない。そうなれば養家に迷惑が掛かる」

副島の場合、枝吉家の次男だったこともあり、男子のいない副島家に養子入りしたという経緯がある。しかも義理の両親は健在で、妻も含めて副島の扶持(ふち)と役料で食べている。

「そうでしたね。何も考えず脱藩などに誘ってしまい申し訳ありませんでした」

「そなたは脱藩できるのか。三百石の知行を棒に振っても構わぬのか」

それを言われては大隈も辛いが、虚勢を張るように言った。

「それは私事にすぎません。私事は国事に比べれば微々たるものです」

母や妻、そして娘の熊子のことを思うと、大隈とて迷いはある。だが今を措いて、もう佐賀藩の存在を主張する場はないと思われた。

「で、脱藩してどうする」

「まずは老公のお墨付きをもらっていると言って、将軍に拝謁します」

「そなたは、そんな大それたことを考えていたのか」

副島が細い目を見開くようにして驚く。

「そのくらいやらねば、脱藩する意味がありません」

「それはいいとして、将軍に会って何を話す。まさか、われらが御親兵として駆けつけましたと申し上げるわけではあるまい」

「当然です。戦となれば薩長が勝つでしょう。今更幕府に付いたとて、利はありません」

「では、何と申し上げるのだ」

「大政を返上するよう勧めます」

「何を馬鹿な――」と言い掛けて、副島の口の動きが止まった。それがまんざら愚策ではないと、すぐに気づいたのだ。

大政奉還は、土佐藩の後藤象二郎が慶喜に勧めたことになっている。だがその概念自体は、すでに義祭同盟の間で話し合われていた。つまり驚天動地の秘策ではなかったのだ。すなわち徳川家が国家を統治する権利を朝廷に返上し、将軍の座から一諸侯の座に下り、あらためて徳川家が中心となって諸藩連合政権、いわゆる公議政体を作るというわけだ。これにより薩長に討幕の大義名分を失わせると同時に、新政府の中心に慶喜が座り続けることができるという一挙両得な策だった。

後に大隈は『大隈伯昔日譚』などの回顧録で、「（大政奉還は）余等（義祭同盟）の胸中に湧き出たる感想のみならず、一般志士の脳裏に浮かぶる意見」と述べている。佐賀藩で最も早く大政奉還を記したものは中野方蔵の意見書で、そこで中野は明確に「政を王室に復さしめ云々（うんぬん）」と記している。

大隈がここぞとばかりに弁じ立てる。

「大政を朝廷に奉還し、その後、老公には薩長土などの藩主と共に、将軍家を中心とした諸侯会議の一員の座に就いていただきます」

「そんな大それたことができると思っておるのか」

毛深い脛をかきながら、副島が首を振る。

「できます。新体制の下で挙国一致体制を築くには、将軍に大政を奉還させるしかありません。さすれば薩長も振り上げた拳を下ろす場所を失います」

「振り上げた拳か」と言ってしばし考えた末、「よし！」と言って副島が立ち上がった。

「脱藩しよう！」

大隈が言いにくそうに言う。

「いや、脱藩するのは、副島さんでなくそれがしです」

「俺もする」

「いいんですか」

副島の顔に再び逡巡（しゅんじゅん）の色が差す。

「もう決めたんだ。後ろ髪を引くようなことを申すな」

「分かりました。でも、知りませんよ」

「だから、もう言うな」

副島が筋張った両腕で耳を覆う。その動作がおかしく、大隈は声を上げて笑った。

「だが、どうやって京洛の地まで行く。陸路を行けば、どこかで捕吏に追いつかれるぞ」

「そんなまどろっこしいことをやっていられませんよ。脱藩するなら船しかないでしょう」

坂本龍馬ら脱藩志士たちが颯爽と船に乗り、総髪を風になびかせて京に向かうのを、これまで大隈は見てきた。遂に自分がその立場になると思うと、浮き立つ気持ちが抑えきれない。

「船の手配はついているんだろうな」

「いや、ぜんぜん」

さすがに段取りのいい大隈にも、船の心当たりはなかった。北風家など昵懇の商人に頼めば乗せてくれないこともないが、迷惑が掛かるのは明らかで、下手をすると佐賀藩御用達から外されることも考えられる。商人に化けて普通の商船を使えば、出港と寄港・入港の際に厳重な人改めをされる。それをされずに大坂まで直行するには、他藩の船に便乗するしかない。

翌朝、副島と共に大浦慶の許に出向いた大隈は、近々、大坂に出港する船の紹介を頼んだ。当初は「うちも佐賀藩御用達の商人や。かかわりあいにはなりとない」と言っていた慶だが、二人の熱意にほだされ、ある藩への紹介状を書いてくれた。

十一

数日後、大隈と副島は船上にあった。ちょうど土佐藩の小型帆船「朝日丸」が大坂に向かうというので、慶の伝手で乗り込ませてもらったのだ。

二人は船に慣れているので、台風でもない限り船酔いはしない。それで物珍しそうに歩き回っていると、もみあげを長く伸ばした大柄な武士から声を掛けられた。

「そなたらが佐賀藩士か」

「いかにも」と答えてそれぞれ名乗ると、その土佐藩士は横柄な態度で「後藤象二郎だ」と名乗った。

二人がきょとんとしていると、「わしは土佐藩の参政に任じておる」と後藤が胸を張った。そこで他藩士なら「ははあ」となるところだが、佐賀藩には役職に物怖じするという風潮がない。それでまだきょとんとしていると、後藤が不快そうに言った。

「此度の密航は許し難いことだ。しかもそなたらは脱藩したというではないか。さような者を船に乗せたとあっては、貴藩と弊藩の間に軋轢が生じる」

「そういうものですか」と他人事のように大隈が応じたので、後藤が声を荒らげた。

「当たり前だ。逆だったらどうだ。そなたらはわしを縛り上げ、弊藩の役人に突き出すだろう」

「でも貴藩の坂本大兄は、脱藩したにもかかわらず、誰の船でも自由に乗せてもらっているではありませんか」

後藤の顔が引きつる。後藤は坂本のことをよく思っていないらしい。

「わしの知ったことか。彼奴は土佐家中でも持て余しておる」

「われらも佐賀家中で持て余されています」

副島を見ると、その顔には「わしは違うぞ」と書かれていた。

「何でもいいから、船に乗せてやった礼くらい言うのが筋だろう」

「ご尤も」と言うや、大隈が礼を述べた。

「それでよい。ところで脱藩するのはよいが、どこの誰に会いに行く」

「それを申し上げねばなりませんか」

「ははあ、そなたらは長州系浪士どもを頼るつもりだな」

副島が初めて口を挟む。

「そなたにそれを言う必要はない」

「船に乗せてもらって、随分と偉そうな言い草だな。ここで海に落としてもよいのだぞ」

大隈がちらりと海を見る。ちょうど玄界灘（げんかいなだ）に差し掛かったところで、海は荒れている。

——ここではまずいな。

いかに泳ぎが達者な大隈でも、ここで落とされたら陸にたどり着ける自信はない。

「副島さん、ここで落とされるのは、まずいかもしれませんよ」

「そんなことは分かっている。わしは泳げんしな」

後藤がにやりとする。

「お望みなら瀬戸内海でもよいぞ」

「やれるもんならやってみろ！」

「何だと！」

副島と後藤が摑み合いになりそうだったので、すかさず大隈が間に入った。

「副島さん、ここは任せて下さい」

そう言って副島を背後に押しやると、大隈は後藤に一礼した。

「無礼は平にご容赦を」

「謝罪するならそれでよい。で、何をしに行く」

「ああ、そのことでしたね」

大隈が「将軍に会いにいく」と答えると、後藤が乱杭歯（らんぐいば）を剝き出しにして笑った。

「天下の将軍が、そなたらのような下賤（げせん）の者に会うはずがあるまい」

「おい」と言って副島が身を乗り出そうとする。

「われらを馬鹿にするのか！」

「副島さん、任せて下さい」

そう言って副島を再び背後に押しやると、大隈が問うた。

「では、将軍家の側近にお会いしたいのですが、誰がよろしいでしょうか」

「紹介状もなしで会えるはずがあるまい。そもそも会ってどうする。そなたらは幕府に味方するつもりだろう」

「さようなことはありません」

「では、側近に会って何を語る」

大隈が「大政を奉還することを勧めます」と答えたので、後藤が腹を抱えて笑った。

「そなたらは虚(うつ)けか。田舎武士二人が、十五代続く徳川将軍家に天下を返上せいと申し上げに行くというのか」

再び副島が身を乗り出そうとする。

「田舎武士とは無礼ではないか！」

「副島さん、黙っていて下さい！」

副島を背後に隠すように押しやり、大隈が胸を張って言った。

「われらは、大真面目で天下を返上していただくつもりです」

「こいつは驚いた」

いつの間にか集まってきていた土佐藩士たちに向かい、後藤が大声で笑うと、土佐藩士たちも追従した。

人を嘲る笑い声が船上に満ちる。

——土佐っぽめ。

これまで会った坂本龍馬や岩崎弥太郎といった、土佐藩士に対する印象は悪くなかった。だが、横柄で傲岸不遜（ごうがんふそん）な後藤に会うことで、土佐藩士すべてが友好的でないことを大隈は知った。

だが、ここからが大隈の真骨頂だ。

土佐藩士たちを前にして、いかに大政を奉還させることが重要かを、大隈は力説した。最初は鼻で笑っていた後藤象二郎だったが、次第に真顔になり、船が下関に着く頃には質問を返すようになっていた。

「このままいけば薩長が天下を取るだけです。貴藩と弊藩がそれに割り込むには、将軍家に大政を奉還させ、薩長が振り上げた拳を下ろす場所をなくすことです」

土佐藩は土佐藩で、薩長両藩に後れを取っているという自覚があった。そこで、その存在感を示す何らかの方策が必要なのだ。

「うーむ、大政奉還か。悪くはないな」

顎に手を当て、後藤が何度もうなる。

「こちらも秘策を教えたのですから、物分かりのよさそうな将軍側近の名を教えて下さい」

「ああ、そうだったな。最も他藩士と交流があり、切れ者と目されているのは原市之進殿だ。だが原殿とて会ってくれるとは限らぬぞ。下手をするとその場で捕らえられ、貴藩の役人に引き渡される」

「それでも構いません。われらに時間はありません。今こそ自分の命を賭場に張ります」

「よし、気に入った。紹介状を書いてやる」

「ありがたきお言葉。これで天下の事は成ったも同じ！」

後藤は「よきことを聞いた」などと呟きながら、船室に戻っていった。

「大隈、秘策を漏らしてしまったが、よいのか」

副島が心配そうに問う。

「大政奉還のことですか」

副島がうなずく。

「今は功を挙げることよりも、薩長に軍事行動を取らせないことが第一です。そのためには土佐藩側からも、われらと同じことを言わせた方が効き目があるでしょう。つまり大手と搦手の二方面から将軍という巨城に攻め上るのです」

大隈は勇壮な気分に浸っていた。だが副島は現実から逸脱しない。

「それで、どっちが大手になる」

「それぞれの隠居を先に動かした方が大手になります」

土佐藩には山内容堂という厄介な隠居がいる。

「武力による倒幕を目論んでいる薩長両藩を出し抜くには、それしかありません」

その後、下関や兵庫に寄港した朝日丸は、三日後には大坂に入った。

いよいよ二人は、志士としての初舞台を踏むことになる。

十二

慶応三年（一八六七）三月十八日、大坂港に着いた大隈と副島は、土佐藩の後藤に礼を言って船を下りた。別れ際、後藤は「無駄だとは思うが、この国のためにしっかりやれ」と激励とも揶揄ともつかない言葉で送り出してくれた。

大坂港の雑踏は長崎とは比べ物にならなかったが、人をかき分けるようにして淀川の渡し場に至った二人は、川舟に乗って一路京都を目指した。

大隈は見るもの聞くもの珍しく、周囲を見回してばかりいたが、何度か京都に来たことのある副島は、思い詰めたように腕を組んで瞑目していた。

伏見で川舟を下りた二人は、寺田屋という船宿に投宿し、一年前の一月にあった寺田屋騒動の顚末を聞いた。

坂本龍馬が薩長両藩の仲介をしていたことは、すでに幕府にも知られており、かなりの数の隠密にも後をつけられていた。そのため寺田屋に入るや、すぐに大坂城にいる老中の知るところとなった。老中たちは坂本を泳がせておくのは百害あって一利なしと判断、坂本の捕縛を命じる。

慶応二年（一八六六）一月二十三日午前二時頃、長府藩の三吉慎蔵と共に寺田屋にいた坂本を、伏見奉行所の捕方が襲撃する。坂本は持っていたピストルで一人を射殺すると、相手がひるんだ隙に三吉と共に脱出に成功した。

坂本が襲われたのは知っていたが、詳細を女中から聞いた大隈は肝が縮んだ。

一方の副島は泰然自若としているように見えるが、その内心は動揺しているに違いない。

女中が夜間に抜き打ちの人改めがあると言ったので、大隈と副島は代わる代わる寝ることにした。いざとなったら、どこをどう逃げればよいかも女中に聞いておいた。

――入京は容易なことではないな。まあ、なるようにしかならん。

大隈は極度の緊張から眠れないと思ったが、旅の疲れからか、目を閉じるとすぐに熟睡できた。

ふと目が覚めて窓を見ると、空が白んできていた。どうやら人改めはないようだ。

大隈が起きたのを確かめた副島は、「では、少し寝る」と言って手枕で鼾をかき始めた。

しばらくの間、窓から顔を出して川を行き来する船を見ていると、「朝餉ができました」

という女中の声が聞こえた。

宿に頼んで作ってもらった朝餉をかき込んだ二人は、寺田屋を後にした。ここからは陸路になる。桜で覆われた桃山を右手に見ながら、二人は京都を目指した。

やがて東寺の五重塔が見えてきた。こちらも桜が満開で、喩えようもない美しさだ。

大隈は自然と胸が弾んできた。

二人は洛中に入るや、あらかじめ用意していた頭巾で顔を隠して進んだ。

後藤に描いてもらった原市之進の屋敷の絵地図だけが頼りだ。それを手に「こっちだ」「いや、あっちです」とやり合いながら、二人が歩いていく。

そんなことをやっているうちに、細長い町家が蝟集する地域に迷い込んでしまった。

「ここはどこだ」と副島が問う。

「分からないので聞いてきます」と答えた大隈は、「ごめんよ」と言いながら近くの店に入り、道を尋ねた。

店の内儀におおよその道を聞き、外に出ようとすると、店の前をそろいの羽織を着た一団が通り過ぎていく。

「あれは何だい」と内儀に問うと、「壬生浪どす。かかわったらあかん」と答えた。

「壬生浪とは何だ」

「京都守護職はん御預の浪士隊どす。自分たちは新選組とか名乗っとります」

「つまり何をする集団だ」

「ああして歩き回り、不逞浪士を捕まえる物騒な集団どす。あんたはんは、そんなことも知らへんのどすか」

内儀が馬鹿にしたように笑う。

その時、壬生浪の進む先に副島がいることを思い出した。

――こいつはいかん！

思わず店を飛び出そうとしたが、それでは二人共斬られるだけだ。

大隈は商家から少し顔を出し、通りの先を眺めてみた。

壬生浪と鉢合わせした副島は、案の定、壬生浪に囲まれるようにして誰何されている。

副島が佐賀藩士だと名乗れば、それで済むかもしれないが、佐賀脱藩浪士と名乗れば捕縛される。謹厳実直で融通の利かない副島のことだ。「名乗れ」「名乗らぬ」と押し問答しているうちに激高した相手に斬られるかもしれない。

だが助太刀に入ったところで、二人そろって斬られるのがおちだ。

――どうする。

迷っていては手遅れになる。大隈は一計を案じた。

「内儀、すまぬが軒下で魚を焼いてくれんか」

七輪を出して魚を焼こうとしていた内儀に、大隈が頼む。

「ちょうど、そうするつもりどした」と答えながら、内儀が軒下に七輪を出して魚を焼き始めた。

やがて盛大に煙が上がり始めたので、頃合いよしと見た大隈が外に飛び出す。

「たいへんだ。火事だ！」

その言葉に壬生浪たちが一斉に振り向く。

「誰か火を消してくれ！」

近くの民家から人が一斉に顔を出す。

内儀は唖然として大隈を見ている。

ようやく事態に気づいた壬生浪たちが、速足でこちらに向かってくる。それを見た副島は大隈の策を理解できたのか、悠揚迫らざる態度で反対方向に向かって歩き去った。

これで副島は窮地を脱せられたが、今度は自分が危ない。

大隈は「火事だ、火事だ！」と叫びながら走り出した。どうやら壬生浪たちは、消火を手伝おうと店に入ったらしく追ってこない。

しばらく走った大隈は路地に身を隠すと、何食わぬ顔で雑踏の中に紛れ込んだ。

その後、人に道を尋ねつつ原市之進の屋敷の前まで来ると、向かいの家の陰から、ぬうっと副島が姿を現した。

「やっと来たか」

「やっと来たかはないでしょう。さっきは機転を利かせ、副島さんの窮地を救ったんですよ」

「あれは助かった。だが逃げ回るのは武士として無様だな」

「無様も何も斬り合いをして勝てる連中ですか。逃げるしかないでしょう」

「そうだな。斬り合ったところで、われらの腕では勝てまい」

副島が他人事のように言うので、大隈は可笑しかった。確かに二人の剣の腕前では、とても敵う相手ではない。

「とにもかくにも無事でよかった。では、行きますか」

着物を直し、裾の埃を払った二人は、原邸の前に行くと大声で案内を請うた。

十三

邸内に通された二人は、書院の間らしき場所でしばらく待たされた。門前払いされても文句は言えない立場だが、後藤の紹介状が効いたらしく、原は会ってくれるという。

やがて黒羽二重の正装の武士が現れた。

「原市之進に候」

腹底に響くような声で男が名乗る。

大隈と副島も負けじと名乗った。

「後藤象二郎殿とお知り合いか」

「はい」と答えて副島が経緯を説明する。

「だとすると、お二人が土佐藩の船に乗ったところ、後藤殿も偶然乗っていて、紹介状を書いてもらったというのですな」

原の顔に落胆の色が広がる。二人をいっぱしの志士と勘違いしていたのだ。

後からばれる嘘をついても仕方がないので、大隈は開き直ったように切り出した。

「実は、われらは脱藩したばかりなのです」

「ほほう」と答えて目を見開いた原の顔には、「何だ、にわか志士か」という軽蔑の色があらわだった。

「経緯は分かりました。国事奔走お疲れ様です。それで此度は何用で参られたのですか」

副島が大隈をちらりと見やる。ここからは弁舌の得意な大隈に任せたいのだ。

「実は――」と、大隈が胸を張って切り出した。

「政(まつりごと)の権を、朝廷にお返しいただきたいのです」

「はあ」と言って原が啞然とする。

「つまり幕府を店じまいしていただきたいのです」

ようやく大隈の言っていることを理解した原が、不快感をあらわに言う。

「貴殿らは、徳川家が関ケ原合戦で得た政の権を、誰とも戦わずに返上せよと言うのか」

「まあ、端的に言えば、そういうことになります」

原の顔が真っ赤になる。それに構わず大隈が続ける。

「今、日本国は未曽有の国難に見舞われようとしています。外夷どもは、日本国をわがものにしようと虎視眈々と狙っています。今のうちに主上を頂点とする新たな政体を築き、外夷に付け入る隙を与えぬようにせねばなりません」

原が身を乗り出すようにして問う。

「それが今の幕府では、できないと言うのか」

「できません」

原が怒りを抑えるように問う。

「いかなる根拠で、できぬと断言できるのか」

「すでに求心力を失っているからです」

傍らの副島が「これ」と注意するのを無視して、大隈が続ける。

「今、天下を束ねられるのは主上以外におられません。今こそ主上を中心にした挙国一致体制を築き、欧米の文物を取り入れ、いち早く富国強兵の道を歩んでいかねばならないのです。ここで幕府と薩長が干戈を交えたらどうなりますか。天下は大いに乱れ、国は真っ二つになります。外夷がそこに付け入ってくるのは、火を見るより明らかです」

大隈の見通しは、もしも内戦が起これば、東西に分かれた両陣営が二年から三年は戦い続け、最後は和睦で決着するにしても、日本の国土の大半が、焼け野原になるというものだった。

原が腕組みしつつ答える。

「仰せの筋は分かるが、これまで二百六十年余にわたって天下の権を握ってきた幕府が突然政権を返上するなど、江戸の幕臣たちが承知すまい。わが主は老中たちに将軍職を下ろされ、腹を切れと言われる」

慶喜が詰め腹を切らされることはないとしても、将軍権力が絶対的でない今、慶喜が老中たちから将軍退任を迫られるのは、あり得ない話ではなかった。

――ここが勝負所だ。

大隈が敢然として言う。

「将軍の腹が何だというのです」

副島が「おい、やめろ」と言ったが、大隈はやめない。

「大事なのは天下万民です。天下万民を守るために腹を切るくらいのことができずして、何のための武家の棟梁（とうりょう）ですか」

原の顔が真っ赤になる。だが原は笑みを浮かべると言った。

「面白いお方だ。せっかくなので一献差し上げたい」

「いただきましょう」

「腹も減っているのでは」

「減っています」

大隈が言下に答える。

原はいったん奥に下がると、「夕餉の支度を命じてきた」と二人に告げた。

それからは三人で国事を論じ合い、大いに盛り上がった。

原も酔ったのか、得意の謡曲を披露すると、副島は「それがしは芸がないので」と言いながらも、佐賀の田植唄「甚句」をがなった。

「よいこらなー」と副島が歌うと、大隈が「あ、しょい、しょい」と合の手を入れる。

瞬く間に時は過ぎ、原が「明日は早いので」と言ったので、二人は帰ることにした。

帰り際、大隈が原の耳元で、「次は将軍との面談を取り計らっていただきたい」と頼むと、原は「前向きに善処します」と答えた。

大隈は、その言葉に確かな手応えを感じた。

——志士とは意外に容易なものだな。

得意になった二人が表門まで来ると、何人もの男たちがたむろしていた。

その手に持つ提灯には、佐賀藩の「杏葉紋」が描かれている。

——これはどうしたことか！

副島の顔を見たが、副島はフルベッキがするようなお手上げのポーズをするだけだ。

原が笑みを浮かべて言う。

「佐賀家中の皆様、お待たせしました」

啞然とする大隈と副島に原が告げる。

「お迎えを呼んでおきました」

「お迎えとは——」

「後はお任せします」

そう言うと、原は門を閉めて中に戻っていった。

「副島と大隈か」

藩士らしき者が問う。

「ああ、そうだ」

「国元から捜索するよう命じられていたが、手掛かりもなく困り果てていたところに、原殿から知らせが届いた。手間が省けて助かった」

やっと副島が口を開く。

「われらを捕縛し、国元に送り返すのか」

「当たり前だ。脱藩は重罪だからな」

大隈がすがるように問う。

「老公のご意向はどうなっていますか」

「老公自ら連れ帰れと命じられた」

大隈の心中に絶望が広がる。閑叟なら見て見ぬふりをしてくれると思ったのだ。

——何とも無様な終わり方だな。

大隈の志士活動は呆気なく終わった。

十四

慶応三年（一八六七）五月、佐賀に送還された二人は「神野のお茶屋」に連れていかれ、その対面の間で閑叟の到着を待っていた。

「副島さん」と大隈が小声で呼ぶと、副島が迷惑そうに「何だ」と答える。

「ここに呼ばれたということは、どうやら死罪は免れ、家禄没収か知行を減らされるくらいで済みそうです」

「家禄を没収されたら、明日からどうやって食べていく」

「友人たちに物乞いをすれば、当面は何とかなるでしょう」

「この年で、そんなことができるか」

「人は、いざとなれば何でもできます」

「わしはそなたとは違う！」

次第に大きくなる二人の声に、背後に控える役人から「これ、静かにせい」と声が掛かった。

そうこうしているうちに、「御成り」という近習の声が聞こえ、二人の小姓を引き連れた閑叟が入ってきた。

二人が額を畳に擦り付けると、閑叟が第一声を発した。

「なんだ、もう捕まったのか」

「面目次第もありません」

「大隈は機転も利くし、すばしこいので、見つけるのは難しいと話していたところだったのにな」

閑叟の言葉には、面白い芝居でも見せてもらえるのではないかという期待が感じられた。

「いつもなら役人などに捕まらないのですが、此度ばかりはしくじりました」

「相手は将軍の側近だ。どうなるかぐらいは分かるだろう」

閑叟が懐から何かを取り出す。

「原殿から書状も届いておるぞ」

「えっ、そこには何と――」

「寛大な処置を請うと書かれている」

「何とありがたい――」

二人をだまして通報した後ろめたさが、原にもあるに違いない。

「いずれにせよ、そなたら二人は脱藩の大罪を犯した」

「申し訳ありません」と言って、副島が額を畳にめり込ませんばかりに擦り付ける。

「脱藩の大罪だけならまだしも、此度の動乱に当家を巻き込もうとしたな」

「そこです」

大隈は、ようやく来た出番に張り切った。

「今、将軍家は困り果てています。第二次征長が失敗に終わり、長州藩に対して寛大な措置を求める松平春嶽公や伊達宗城公の進言を容れようとしたところ、今度は第三次征長を目論んでいた会津・桑名両藩が態度を硬化させました。つまり、これまで一枚岩だった一会桑勢力に亀裂が生じたのです。しかも天狗党を幕府軍に始末させたことで、将軍家は生まれ故郷の水戸藩にさえ見放されました。さらに、これまで幕府を後援してきたフランスさえも、本国からイギリスとの対立を避けるように言われ、支援を先細らせています。つまり今、将軍家は孤立しているのです。そこで大政を奉還させ、自然な流れで諸侯会議へと移行することで、欧米のような議会制度への道筋をつける。今それを主導できるのは、佐賀藩しかありません」

閑叟が笑みを浮かべて言う。

「大隈は相変わらずよくしゃべるな。副島はどうだ」

「はっ、大隈の言う通りだと思います」

「そなたはいい年をしているにもかかわらず、大隈に感化されて脱藩などしおって、亡き兄上に恥ずかしくないのか」

「申し訳ありません」

話題を変えられそうになった大隈が、慌てて口を挟む。

「それゆえ何卒、ご入京いただき――」

「この体でか」

確かに閑叟は衰弱していた。それを言われると、何も言い返せない。

「だがな、わしとて馬鹿ではない」

「えっ」

「今がその時なのも分かる」

「で、では――」

「来月、入京する」

閑叟が言い切った。そのことは近習たちにも知らされていなかったらしく、そこにいた者たちは顔を見合わせている。

「ご英断です！」

自分たちの志士活動が報われたと知り、大隈は感無量だった。

「この大隈、ご隠居様の盾となり、京洛の地に屍（しかばね）を晒（さら）します！」

「いや、そなたら二人は連れていかん」

「えっ、なぜですか」

「当たり前だろう。脱藩の大罪を犯した者を連れていっては、家中に示しがつかぬ」

考えてみれば尤もな話だ。

閑叟の声音が厳しいものに変わる。

「そなたらは国元で、わしが『もういい』と言うまで謹慎していろ」

「しかし、維新回天の大業を間近で――」

「まだ先は長い。いつか出番も来る」

そう言い残すと、閑叟は奥に下がっていった。

「大隈よ」と副島が声を掛けてきた。

「つまり、われらは謹慎処分だけで済んだのか」

落胆している大隈が上の空で答える。

「そういうことでしょうな」

「腹を切らずに済んだだけでなく、家禄もそのままか」

「多分、そうでしょうな」

副島の安堵のため息が聞こえた。

大隈と違い、副島は枝吉家にも副島家にも迷惑を掛けられない立場なので、処分が軽かったことがうれしいのだろう。

だが大隈は、自分が同行せずに閑叟がうまくやれるかどうか不安だった。

――下手をすると将軍家の尖兵とされ、薩長と戦うことになる。

閑叟が壮健なら、そこまで心配する必要はない。だが胃病と年齢的衰えから、慶喜らに丸め込まれてしまう可能性もなきにしもあらずだ。

――だが、われらは脱藩の大罪を犯したのだ。しばらく隠忍自重するしかない。

いったんは大空に飛び立った伏龍は、再び深い淵で雄飛の機会を待つことになる。

十五

無罪に等しい謹慎処分を下された大隈は、意気揚々と自宅に戻った。

表口で「帰ったぞ」と言うと、廊下を走ってきた熊子が笑顔で飛びついてきた。

下男の爺も喜んで足を洗ってくれた。

「いい子だ、いい子だ」

熊子を抱き上げて居間に入ると、美登が正座して待っていた。

「お帰りなさいませ」

「今、帰った。いやー、疲れた。飯にしてくれんか」

「処分はどうだったのですか」

「とくにお咎めなしだ。謹慎ということだが、江藤さんのように自由に動けそうだ」

「それはよろしかったですね」

いつになくよそよそしい美登の態度に、ようやく大隈も、美登が怒っていると覚った。

だが大隈は遊んでいたわけではない。憤然として言い返した。

「何か言いたいことでもあるのか」

「とくにありません」

「そんなことはあるまい。何かあれば忌憚なく言ってくれ」

「では――」と言うと、美登の態度が改まった。

それを察した大隈は、膝の上に載せていた熊子に「外で爺と遊んでいろ」と言って背を押した。

熊子がいなくなり、美登の顔つきはさらに厳しいものになった。

「これまで我慢に我慢を重ねてきましたが、もはや我慢も限界です」

「ちょっと待て。どういうことだ」

「どうもこうもありません。あなた様は妻子のことを考えず、勝手気ままに生きています」

「勝手気ままと言われても困る。藩のため、お国のためによかれと思ってやっている」

「私に何の話もなく脱藩したということは、もしも逃げ回ることができたら、二度とここに帰ってくるつもりはなかったのではありませんか」

「それは――」

大隈が言葉に詰まる。後先のことは考えていなかったので、その可能性はなきにしもあらずだ。

大隈が苦し紛れに言う。

「副島さんも一緒だ。あれほどのお方が共に脱藩したのだ。それだけ国家が危急存亡の秋を迎えていると分かるだろう」

美登がはらはらと涙をこぼす。

「あなた様はご存じないかもしれませんが、副島様は奥様に、切々たる情を吐露した書簡を出していました。それで副島様の奥様がいらして、あなた様も一緒に脱藩したと初めて知ったのです。副島様の奥様は、私に『あなたもご存じだと思うけど――』と話し始めたんですよ。最初は何のことだか分からず、私はとんだ恥をかいてしまいました」

――副島さんも人が悪い。

副島は大隈には何も言わず、妻あてに書簡を書いていたのだ。

手巾で目頭を押さえ、美登は泣いていた。

「あなた様が藩の仕事で危ない目に遭うならまだしも、私に何も言わず脱藩するとは、どういう了見ですか。下手をすると扶持米を止められ、私と熊、そしてあなた様のお母様は、路頭に迷うところだったんですよ」

大隈は謝るべきだと思った。

「それはすまなかった。だが国事に奔走する者は、家族など顧みてはいられないのだ」

「だからといって、何の相談もなく勝手をなされては、妻としての立場がありません。これからも、あなた様が何を仕出かすか分からないと思いつつ暮らすのですか」

「そうは申しておらん。世の中が変われば、わしは勝手なことなどしない」

「それはいつなのですか」

「いつと聞かれても、何とも答えようがない」

大隈がお手上げポーズをする。

「いつまで経っても世の中が変わらなければ、また脱藩なさるのですか」

「二度もやったら、さすがに老公も許してはくれまい」

「では、もうなさらないと思ってよろしいのですね」

大隈がきまり悪そうに答える。

「ああ、脱藩はしない」

「約束していただけますか」

――とは言ってもな。

世の中が変われば、脱藩という形ではなく、佐賀藩という舞台から別の舞台に飛び移ることはあり得る。

――詭弁かもしれぬが、脱藩でなければよいわけか。

大隈は小知恵を働かせた。

「約束していただけないんですね」

「いや――、約束する。もう二度と脱藩はしない」

「武士に二言はありませんね」

「しつこい！」

さすがに気の長い大隈でも、女の連綿たる繰り言には辟易してきた。

「それを聞いて安堵しました」

そう言うと、美登は泣きながら出ていった。

そこに入れ替わるように入ってきたのが、母の三井子だった。

「美登さんに、こってり絞られたんでしょう」

「母上も苦言ですか」

三井子が大隈の前に座す。

「私が苦言を呈したところで、あなたは聞く耳を持たないでしょう」

「さすが母上、よく分かっていらっしゃる」

大隈がおどけたので、三井子が釘を刺した。

「国事奔走とは聞こえがいいですが、軽薄にも将軍様の側近を訪ねて、藩に通報されたというではありませんか」

三井子にもそのことを指摘され、大隈は情けなくなった。

「まあ、結果的には、そういうことになりますな」

一連の行動を一言で要約すればそうなるので、大隈も言い訳のしようがない。

母の三井子がぴしゃりと言う。

「そんなまずい策がありますか」

「さ、策と仰せか」

「そう、策です。戦国の昔から策のない武将は犬死にします」

三井子は、いつも大隈には手厳しい。

「あなたは通報される危険を考えず、のんきに表口から送り出されたのでしょう」

「そうですよ」

「なぜ裏口から出ていくと言わなかったんですか。また、なぜ外の気配を確かめることを怠ったのですか」

「ははあ、なるほど」と言って大隈が頭をかく。

「捕まっても死罪になるとは思わなかったんでしょう。それで佐賀に帰り、仲間に『わしは脱藩した』と自慢したかったのではありませんか」

「まあ、それもありますが――」

死を覚悟して脱藩した江藤に、大隈は憧れていた。だが佐賀藩初の脱藩をした江藤と、江藤が罰せられないのを見て脱藩した大隈とは、雲泥の差がある。

「脱藩するなら、二度とこの家の敷居をまたがないくらいの覚悟を持ちなさい」

大隈は自己嫌悪に陥った。

「母上の仰せの通りです。私は藩や老公に甘えがありました」

「それが分かればよいのです。では、二度とへまをしないと母に約束できますか」

「えっ、へまですか」

「そうです。脱藩するなら絶対に捕まらないようにする。それでも捕まったら――」

三井子の声が上ずる。

「腹を切る覚悟をしておきなさい」

大隈は三井子の言葉に感じ入った。

「死の覚悟もなく脱藩した私が間違っていました」

三井子はうなずくと言った。

「夕餉の支度ができています」

「申し訳ありません」

そう言うと三井子は去っていった。

――女二人に約束させられたか。

妻には「二度と脱藩しない」ことを、母には「二度とへまをしない」ことを約束させられた。

――これからは、家のことも少しは考えねばならんな。

大隈は二十九歳になっていた。

時代の変わり目は目前に迫っていた。

十六

慶応三年（一八六七）六月中旬、いよいよ閑叟が佐賀を出発した。二十七日には入京したものの、到着するや病状が悪化したため、誰かと会える状況ではなくなる。そのためしばらくの間、快復に努めねばならなかった。

ようやく慶喜との面談が叶ったのは七月十九日。場所は二条城（にじょうじょう）だった。しかし急に体調が悪化し、慶喜と酒食を共にすることもできず、早々に引き揚げることになる。つまり大政奉還を説くどころではなく、「長州への寛大な措置」を願うだけにとどまった。

慶喜から議会制民主主義についてどう思うか下問された時も、「まことに上下の意思を一致させるのに、これほどよき政体はないと思うが、機密漏洩（ろうえい）の危険性は高い」と否定的見解を示した。さらに慶喜から「力になってほしい」という打診を受けたものの、閑叟は「長崎警固専心」を繰り返し、中央政局に乗り出す意思を示さなかった。

二十一日には、伊達宗城と松平春嶽が見舞いのため閑叟の泊まる妙顕寺（みょうけんじ）を訪問したが、閑叟の顔色は冴えず、政治的な話をすることはできなかった。この時、宗城は「閑叟兄とは五年ぶりだったが、実に老衰しており驚いてしまった」と書き残している。

二十七日、病状が好転した閑叟は大坂城で再び慶喜と相対するが、この時はイギリス公使のパークスや通詞のアーネスト・サトウが将軍に面談するという趣旨だったので、慶喜と親しく会話することはできなかった。

そこまでは致し方なかったが、この面談後、閑叟は突然「帰る」と言い出した。病身の閑叟にとって中央政局に乗り出すことは重荷以外の何物でもなく、新たな政体の主導権を握るにしても、その責任を全うできないと判断したのだ。かくして閑叟は、呆気なく京を後にすることになる。

幕末の動乱にあって文久二年、元治元年、そして慶応三年と三度の入京を果たした閑叟だったが、中央政界に及ぼした影響は微々たるものだった。

この入京に同行した久米邦武から委細を聞いた大隈は、落胆を隠しきれなかった。だが時代が変わっていく予兆は閑叟にも伝わっていたらしく、呼び出しを受けた大隈は、閑叟から江戸を視察してくるよう命じられる。

勇躍した大隈は同年十月、長崎からの直行便で横浜に入る。発展する横浜を視察するゆとりもなく、大隈は江戸に向かい、幕臣らに会って今後の方針を確認した。

勝海舟とも初めて会い、その知遇を得たが、初対面ということもあり、腹を割って話をするには至らなかった。

この時、大隈が見た江戸の混乱ぶりはすさまじく、大隈はその回顧録で「歩兵、新徴組等は当るに任せて乱暴し、謂ゆる盗賊白昼に横行するの有様なりき。／江戸にしてかくの如し。天下（畿内）の事は知るべきのみ。幕府は既に自滅に陥れり」と記している。

つまり大隈は江戸の秩序さえ守れなくなった幕府は、すでに統治機関として機能しておらず、その先行きも見えていると感じたのだ。

その帰途、大坂を経て京都に入った大隈は、こちらも物情騒然としている有様に唖然とした。そこで京都詰め藩士の山口尚芳から畿内の政治情勢を聞き、もはや猶予はないと覚り、兵庫経由で佐賀に戻ることにする。むろん閑叟に四度目の入京を促すためだ。

ところが佐賀に戻った大隈より一足早く、佐賀には驚くべき一報が入っていた。

「大政奉還が成ったというのか！」

自邸の二階にある屋根裏部屋で、久米邦武からその話を聞いた大隈は、愕然として二の句が継げなかった。

「われらは土佐藩の後手に回ったのか」

「後手どころか、すべての功を土佐藩にさらわれてしまったのです」

大隈が天を仰ぐ。

十月三日、土佐藩の後藤象二郎は福岡孝弟（たかちか）と共に大政奉還の建白書を幕府に提出した。これを受けた慶喜は御三家や老中たちと協議の末、受け容れることに決定し、十三日、在京諸大名に告げた。

大政奉還の上申書が慶喜に受け容れられたということは、今後の政局の主導権を土佐藩が握ることになる。尤も後藤は薩摩藩を率いる小松帯刀に根回しを済ませており、小松も討幕路線から大政奉還支持に舵を切り始めていた。こうした水面下の動きは遠隔地の佐賀や長崎には伝わらず、あくまで土佐藩が薩摩藩を出し抜いたと思われていた。

――これで薩長両藩の討幕戦争の大義名分は消え失せ、公議政体の議定（ぎじょう）に慶喜公も名を連ねるわけか。

慶喜は名を捨てて実を取り、見事に四百万石余に及ぶ徳川家の領土を守り抜いたのだ。

――土佐藩にできたことが、どうしてわれわれにはできなかったのか。

閑叟は容堂に先駆けて入京したにもかかわらず、大政奉還の「た」の字も発せられずに帰ってきた。

――せめてご隠居様が一言でも言っておいてくれたら。

もはや、すべては後の祭りだった。

久米があきらめたように言う。

「これにより新政体では、土佐藩が大きな力を持つことになります」

「そんなことは分かっている！」

大隈の剣幕に久米も鼻白む。

「こちらでは、大隈さんが後藤殿に大政奉還の秘策を語ったという噂が流れておりますぞ」

――副島さんか。

大隈の独断で大政奉還の秘策を後藤に語ったことに、副島が憤りを感じていることは知っていた。それを愚痴として誰かに語ったに違いない。

大隈が強弁する。

「わが藩のことだけを考え、秘策を出し渋ることはできない。それほど、この国は崖っぷちに立たされているのだ。しかもご隠居様は将軍に会うべく、容堂公に先駆けて入京した。つまりすべての仕掛けは成功し、われらが新政体の主役になれるはずだったのだ」

大隈が切歯扼腕する。

「しかしご隠居様は、将軍家に何も申し上げなかったわけですね」

「そうだ。そなたら側近が献言しなかったおかげでな」

「よろしいですか」

久米が大隈の膝にぶつかるくらい近づく。

「私は責任逃れをするつもりはありません。しかしいつまで畿内にいるか、われらも知らされていなかったのです。二度目の面談が最後と分かれば、私だって身を挺して献言申し上げました。しかし三度目がいつになるかと思っていたところ、ご隠居様は『帰る』と言い出したのです」

「なぜ、その時、止めなかった」

「ご隠居様のお疲れの様子を見て、誰が止められますか」

そう言われてしまえば、返す言葉もない。

後に大隈は『大隈伯昔日譚』で、この時の閑叟について「何事も為さざる保守的無為の人」と批判し、閑叟の行為を「一大不幸の藩たりしを免れず」とまで言って落胆している。だが人から気力を根こそぎ奪うという胃カタルの病状を大隈が知っていたら、閑叟に同情していただろう。

久米が首を左右に振りつつ言う。

「もはや政局は動き出しました。われらは出遅れたのです」

「それでは、われらはかような鄙の地で、芋でも掘りながら生涯を過ごすというのか」

「きっと薩摩でも同じことを誰かが言っていますよ」

慶喜が大政を奉還したと聞いた薩摩藩の強硬派は、啞然として言葉もなかったはずだ。

――内戦が回避されたことだけでも、よしとせねばならぬのか。

大隈は、喧嘩は好きだが戦を好まない。戦となると人が死ぬ。こんな馬鹿馬鹿しいことがあってたまるかと、かねてから思ってきた。師の枝吉神陽からは「主上のためなら命も捨てよ」と教えられたが、それは命懸けで働けという意味だと解釈してきた。

――実際に死んでどうする。

死ねば、次の瞬間から天皇の役に立つことはできない。それまで培った学問も知識も、すべて捨て去ることになる。だから命を粗末にしてはいけないのだ。

それは父の不慮の死や親友の空閑次郎八の無念の死から、大隈が体得したものだった。

空閑の言葉が脳裏によみがえる。

「大望を持ちながらも、世に何も問えずに死んでしまっては、何のための人生か分からぬ」

また『葉隠』も「武士道というは、死ぬことと見つけたり」と言いながら、「主君の役に立たずに死んだら犬死にだ」と言っている。一見矛盾しているように聞こえるが、『葉隠』は死を肯定しているのではなく、死のぎりぎりまで主君のために働き、もはや死しかないとなった時、「死を恐れず、潔く最期を飾れ」と言いたいのだ。

大隈は腰に差した「牛切丸」を抜くと、その刀身を見つめた。

それを見た久米が不貞腐れたように問う。

「腹でも切るんですか。切るなら止めませんよ」

「いや、切らん」

「では、どうします。島さんなどは、『義祭同盟の秘策を他藩に漏らした大隈を斬る』と息巻いておりますぞ」

島とは島義勇のことだ。

「知ったことか。斬りたければ斬れ」

大隈は内戦が勃発する前に大政を奉還させるべく、土佐藩に功を取られる危険を冒した。それが裏目に出たからといって、何もしなかった島に文句を言われる筋合いはない。

「それでは、そろそろご無礼仕ります」

久米が帰り支度を始める。

「もう帰るのか」

「帰りますよ。誰かが斬りに来たら、私も巻き添えを食うかもしれませんからね」

「冷たい奴だな」

「冷たいも何も、とばっちりは御免ですよ」

久米が階段を下りようとした時、表口で「大隈はおるか！」という胴間声（どうまごえ）が轟いた。

「どうやら、遅かったようですね」

「そなたは屋根を伝って逃げろ」

「そんなことをしたら、庭に下りたところで、いきり立った連中に斬られます」

「では、ここにいろ」と言って久米を押しのけた大隈は、階段をゆっくりと下りた。あえて両刀は置いてきた。そんなものを手挟んでいる方が、殺気立った相手に斬られるからだ。

一つ咳払いして表口に出ると、提灯の灯に照らされた島義勇の険しい顔が見えた。その周囲には、島の弟の重松基右衛門を中心に、過激な連中が十人ばかりいる。

――やはり島さんか。

大隈はため息をついた。

義祭同盟きっての武闘派の島義勇は、枝吉神陽と従兄弟の上に同年齢で副将格だった。大隈よりも十六も年上なので分別盛りのはずだが、長崎港外香焼島の勤番所隊長や観光丸艦長などを経て、海の男の荒っぽさも身に付けていた。

「この口舌の徒め！」

いかつい島の顔に朱が差しているので、不動明王のように見える。

「まあ、落ち着いて下さい」

「これが落ち着いていられるか。そなたがわれらの秘策をべらべらしゃべるから、土佐藩に功を持っていかれたではないか！」

「いかにも土佐藩に秘策を漏らしたのは私です。しかし土佐藩を動かさないことには、薩摩藩に主導権を握られ、ずるずると内戦の泥沼にはまるところでした」

大隈らは、内戦が始まれば二年や三年は戦いが続くと思っていた。その間に両陣営は傷つき疲弊し、さらに外国人商人から武器を高値で買わされ、その借金が返せずに植民地化が進むと見ていた。

島が吠(ほ)えるように言う。

「そなたのおかげで、佐賀藩士が世に出る機会は失われた。われらは新たな政府ができても、薩長土三藩の下役に甘んじねばならなくなった」

「それは分かりません。新たな政体の下では、実力が重視されます。数年もすれば、藩などという枠組みも崩れるでしょう」

大隈は強弁したが、二百六十年余にわたって藩という鋳型にはめられてきた諸藩士たちが、その枠組みから脱することは容易なことではない。しかも、ここに至るまで多くの有為の材を失った長州藩などにしてみれば、生き残った藩士がいい目を見ないとなれば、何のために戦ってきたか分からないとなるだろう。

「藩という枠組みは、そう容易には崩れない。われら佐賀藩は薩長土の下風に立たされる。それを思うと、わしは口惜しくて眠れないのだ」

「口惜しくて眠れないのは島さんの勝手ですが、これで内戦が防げたのですから、よしとせねばなりません」

「そなたは、老公にも若殿にも、新政府に居場所がなくてもよいのか！」

大隈は「いい加減にしてくれ」と叫びたかった。秘策を打ち明けたにもかかわらず、それを慶喜に告げなかったのは閑叟であり、大隈ではないからだ。

「居場所がなければ、草履取りでも何でも居場所を作ればよい！」

「何だと、この不忠者め！」

島は土足のまま框に上がると、大隈に摑み掛かった。二人はもんどりうって土間に落ち、取っ組み合いを始めた。それを島の取り巻きたちが囃す。大隈も喧嘩は得意だが、普段から鍛錬を怠らない島の力は強い。

その時、凄まじい叱声が聞こえた。

「いい加減にしなさい！」

驚いて振り向くと、母の三井子が立っていた。その背後には熊子を抱えた美登もいる。

「これはご無礼を」

島が威儀を正す。

「あなたもいい年をして恥ずかしい。斬りたければ果たし合いをしなさい」

大隈が慌てる。

「いや、母上、それは――」

「あなたは黙ってなさい」

二人は立ち上がると、着物の乱れを直した。

三井子が島を諭すように言う。

「島さんのお怒りは尤もです。でも島さん、うちの子は昔から口が堅くないでしょう」

一緒に来た連中がうなずく。

「でしたら、秘策が漏れるくらいは覚悟しておきなさい。武士は策を秘しておればよいわけではありません。策は銭と同じで使わなければ意味を成しません。実行に移さない策など、壺に入れて埋めた備蓄銭(びちくせん)と同じです」

鎌倉時代から南北朝時代にかけて、富裕となった商人は蔵の地下などを掘り、甕や壺に銭を入れて保管した。だがその商人が急死してしまえば、誰も知ることなく銭は眠ることになる。それがこの時代になって掘り出されるようになっていた。

三井子が続ける。

「策は使ってこそ値打ちがあります。すなわち佐賀藩の埋めた銭を土佐藩が掘り出して使っただけで、うちの子は、そのありかを指差しただけでしょう」

大隈が慌てる。

「母上、その指差したことを、島さんは怒っているのです」

「あなたは黙っていなさい」

大隈には「はあ」としか答えられない。

島が頭をかきながら言う。

「ややこしい話になってしまいましたが、お屋敷で暴れたのは慚愧に堪えません。謹んでお詫び申し上げます」

「分かったなら、それでよいのです。で、果たし合いはなさいますか。なさるのなら息子の葬儀代を借りに親戚を回らねばなりませんので、この場で決めて下さい」

剣の腕は島の方が立つので、三井子が葬儀代を用意するのは不思議ではない。

「母上、それは困ります」

「何が困るのです」

「いや、話もせずに果たし合いに至るのは、ちと短絡的では――」

「だからと言って取っ組み合いなど、中間や小者でもしませんよ」

「それは事の成り行きというものです」

島は、きまり悪そうな顔で母子のやりとりを聞いている。

「母上、島さんもお困りです」

「そうでしょうか。ねえ、島さん」

退散の時機を覚ったのか、島は「そろそろご無礼仕ります」と言うと去っていった。

大隈は胸を撫で下ろした。

「どうやら終わったようですね」

階上から久米が下りてきた。

「そなたは上に隠れていたのか」

「隠れていたとは人聞きが悪いな。大隈さんが『ここにいろ』と言うからそうしたまでです。しかも大隈さんが刀を取りに来たらまずいと思い、床板を外して刀を隠していたんですよ」

「わしに果たし合いをさせないためにか」

「そうですよ。島さんも丸腰の相手は斬りませんからね」

「さすが知恵者だな」

「大隈さんと一緒にいれば、誰でもそうなります」

久米は「剝がした床板は、明日にも直しに来ます」と言うと、三井子に一礼して帰っていった。

久米に「お気をつけて」と言って送り出した後、三井子がしみじみと言った。

「島さんやら久米さんやら、あなたは、よいお友だちをお持ちですね」

大隈は苦い顔をして立ち尽くすしかなかった。

十七

大政奉還の秘策を土佐藩に奪われ、しばし落胆した大隈だったが、すぐに次の目標に向かって歩み始めた。「蕃学稽古所」こと後の致遠館の創設である。

大隈の使命の一つには長崎での英語学校の創設があり、幕末の混乱の最中に、それがようやく実現したことになる。フルベッキを主任教諭に雇い入れた大隈は、副島を学監（舎長）に据え、執法（教師）五人に生徒三十人という陣容で講義を始めた。

生徒の中には大庭雪斎の息子の権之介、後に江藤新平の片腕となる香月経五郎や山中一郎、美登の弟で後に煙草商人として財を成す江副廉蔵、さらに薩摩藩の前田正名（明治政府の殖産興業の立役者）、肥後藩の加屋霽堅（神風連の乱の首謀者）、加賀藩の高峰譲吉らがいた。

また後に岩倉具視の息子二人や勝海舟の息子の小鹿も入学してきた。かくして「蕃学稽古所」は、日本の次世代を担う者たちの学びの場となっていく。

「蕃学稽古所」の教場には、長崎五島町にある、通称「諫早屋敷」があてられた。

諫早屋敷は諫早氏に姓を改めた龍造寺家の家臣の屋敷で、長崎港に近い位置にあったため、長崎御番を務める佐賀藩の拠点となっていた。大隈たちは、それを借り受けたのだ。

慶応三年（一八六七）十二月、大隈は生徒たちに英語を教えていた。

「構文ではこうなる。分かったか」

「分かりました」という声が、ばらばらと聞こえる。

「では、今日の講義はここまでとする。新参の者は、明日までにグラマー全文を書き写しておくように」

早速、不平の声が上がる。

「無理だと思うと何事も成し遂げられない。無理を道理にすることで道は開ける」

「分からん理屈だなあ」という声も上がったが、生徒たちは納得し、この日の講義は終わった。

廊下に出ると、ちょうど副島が歩いてきた。その顔は冴えない。

「副島さん、どうかしましたか」

「まあな。ちょっと来い」

副島と一緒に諫早屋敷の庭に出ると、真冬にもかかわらず日が差していて暖かい。

諫早屋敷は高台にあるため、二人は眺めのいい場所まで行き、西に広がる長崎湾を見下ろしながら会話を始めた。

「今、長崎港に船が入り、会所で上方の話を聞いた。それでいち早くそなたに知らせたいことがあり、馬を飛ばしてきた」

「何か変事でも」

「うむ」と答えて腕組みした副島が苦い顔で言う。

「坂本君が斬られた」

「えっ、坂本って、あの土佐藩の――」

「そうだ。坂本龍馬だ。一緒にいた中岡慎太郎（なかおかしんたろう）もだ」

「二人共、死んだのですか」

副島が無言でうなずく。

「坂本君らは新選組の襲撃を受けたらしい」

副島の話では、坂本龍馬と中岡慎太郎を襲った犯人は、新選組だと噂されているという。

「坂本さんの死は、大政奉還とかかわりがあるのですか」

「おそらく――、あるだろう」

前年の慶応二年一月、寺田屋において奉行所の捕方を殺して逃走した坂本は、京都守護職の会津藩にとってお尋ね者となっており、捕縛ないしは抵抗した際の斬り捨ては正当な公務だった。むろんその裏には、会津藩が大政奉還に反対で、その陰の立役者となった坂本を憎んでいたこともある。

「つまり、もしもご隠居様が大政奉還を将軍家に勧めていたら――」

「周旋はわれらに任され、われらが坂本君や中岡君のように斬られていたかもしれん」

政治的な周旋だけで二人が斬られることはないだろうが、先のことは誰にも分からない。

「仮定の話はやめましょう」

「そうだな。われらは、われらの信じる道を行くだけだ」

「その通りです。われらの前には、先々どのような苦難が待ち受けているか分かりません。しかし地に足を付け、今取り組むべきことに全力を傾けるべきです」

「その通りだ。そなたも、たまにはいいことを言う」

副島が苦笑いする。

西に見える長崎の町と湾は、冬の鈍い太陽を受けて輝いていた。

――われらはどこまで行くのか。どこまで行けるのか。

「副島さん、どこまで行きますか」

「えっ、どこまでって――。今日はここにいるつもりだが」

「いや、われわれ、というかこの国がですよ」

「そういうことか」と答えつつ、副島が俯いて考え込む。

だが返答がないのは、大隈にも分かっていた。

――この国の行く末など、誰にも分からない。

時代の激変期は、誰もが暗闇の中を手探りで進んでいくようなものだ。それを恐れる者は、新たな時代にたどり着くことはできない。

ちょうど夕日が西に見える長崎湾に沈み始めた。その壮大な風景を眺めながら、大隈は何か大きな未来が開けてくるような予感がしてならなかった。

大政奉還によって朝廷が幕府の仕事を引き継ぐことになったが、そうなればそうなったで、難題が山積みされていた。

まず幕府の仕事の核となるものは、大名統括権と外交権になる。

外交権とは、国家の主権を持つ唯一の政府が諸外国との外交を担うことだが、問題は大名統括権で、これは領主権を与えたり奪ったりすること、すなわち石高に応じた軍事的奉仕や普請作事などの課役を催促（要求）することができる権利になる。これらの催促を守らなかった大名は、軍事的制裁ないしは軍事に裏打ちされた威嚇によって、改易や減封などの処罰を受けることになる。

つまり領主権の与奪も催促権も軍事力に裏打ちされてのものなのだ。となると軍事力を持たない朝廷は、政権をポンと渡されても何一つできないことになる。

現に朝廷は慶喜の征夷大将軍の辞職願いを保留とし、外交についても幕府の外交担当の解任などなく、これまでと変わらず継続して担当させることにした。

このような状態なので、漸進的に政治体制の移行が行われていくだろうと思われていた十二月九日、驚くべきことが起こる。

公家の岩倉具視と薩摩藩強硬派（西郷隆盛と大久保利通ら）が中心となり、王政復古の大号令が発せられたのだ。これは一種の政変で、慶喜は辞官納地を命じられる。

辞官納地とは、慶喜の官位官職と四百三十万石と言われる徳川家の所領を、ひとまず朝廷に返上せよということだ。

これに慶喜が反発するのは当然で、すぐに取り消し要求が出された。これに尾張・越前・土佐といった公議政体派諸藩が賛同し、岩倉と薩摩藩強硬派は逆に追い込まれた。だが慶喜は、いきり立つ会津藩士らをなだめて大坂城に移ったので、双方の武力衝突はなくなったかに見えた。

慶喜としては、武力をちらつかせながらの政治的駆け引きにより、辞官納地を取り下げさせようとしたのだ。

辞官納地とは官位官職と領土のすべてを朝廷に返上することだが、問題は納地で、徳川家の領地をいったん朝廷のものとしてしまえば、どれだけ徳川家に再交付されるかは分からない。つまり大半は返されない公算が高いのだ。しかも大政奉還で諸侯と同等の地位に退いた徳川家だけが、そんな措置を受けるのは理屈に合わない。

徳川家は旗本八万騎と呼ばれる直臣団を抱えており（この時期には六万人余）、その妻子眷属を含めると膨大な人数を養ってきた。慶喜は将軍として彼らを路頭に迷わせるわけにはいかない。つまり慶喜としては、納地だけは受け容れられないのだ。

一方、岩倉具視と薩摩藩強硬派にしてみれば、新政府ができたからといって収入源がなければ運営できず、富国強兵策を行いたくても財源がない。つまり外夷の侵略に対して何ら手が打てないことになる。そのため徳川家から領土をむしり取るのは最優先事項だった。

両陣営は京都と大坂でにらみ合う形となり、事態は膠着したまま年を越すかに見えた。

ところが十二月二十八日、江戸から大坂城にいる慶喜の許に急報がもたらされる。庄内（しょうない）藩によって薩摩藩江戸藩邸が焼き討ちされたというのだ。この事件は、江戸を混乱に陥れようとする薩摩藩強硬派によって画策された挑発に、江戸警備に当たっていた庄内藩が引っ掛かったというのが真相だった。だがこれにより、大坂城内は「薩摩討つべし」という声で沸騰する。

慶喜はいきり立つ会津・桑名両藩士などに担がれ、「討薩表」を掲げて数千の兵と共に京都を目指すことになる。

一方、こうした混乱から佐賀藩も無縁でいられるはずはなく、大政奉還の翌日には朝廷から閑叟あてに上京命令が下った。だが閑叟の体調は悪く、代わりに藩主の直大を送ることにした。

直大は慶応四年（一八六八）の一月七日に佐賀を後にしたものの、情勢を観望するためにゆっくり進み、京都に着いたのは二月二日だった。この一行に江藤新平も同行している。

この頃、大隈や副島はまだ長崎にいた。

時代が音を立てて動き始めた。だが伏龍大隈は、いまだ深い淵に身をひそめ、飛躍の機会を待たねばならなかった。

第四章　百折不撓

一

慶応四年（一八六八）の正月が明けた。九月八日に明治元年と改元されるまで、慶応四年になる。

「京で戦が始まっただと！」

佐賀の自邸でその知らせを聞いた大隈は、髪の毛が逆立つのを感じた。

伝えに来た久米邦武が言う。

「間違いありません。すでに早飛脚が着き、召集のかかった重臣の方々が登城し始めています」

一月三日、「討薩表」を掲げて大坂から京都を目指した幕府軍は、鳥羽・伏見付近で薩摩藩軍を中心とした新政府軍と衝突し、惨敗を喫した。大坂目指して落ちていく幕府軍を追って大坂城に迫った新政府軍は、前将軍の慶喜が会津藩主の松平容保らと開陽丸で江戸に向かったことで、大坂城に無血入城する。

「慶喜公は、どうして戦うことにしたんだ！」

たとえ辞官納地を迫られたとて、徳川慶勝、松平春嶽、伊達宗城、山内容堂ら慶喜与党の大名衆がいるので、政治力を駆使すればどうにでもなったはずだ。少なくとも佐賀にいる大隈には、そう思えた。だが慶喜は軍事力によって事態の打開を図ろうとした。

「そこには、いろいろ事情があるようです」

「いろいろ事情があろうが、このままでは日本は江戸と京に二分され、内戦が続く」

両陣営が軍事衝突すれば、泥沼のような内戦が何年も続くというのが、この頃の武士たちの見立てだった。

「丈一郎、行くぞ！」

大隈が突然立ち上がる。

「待って下さい。どこに行くんですか！」

「京に決まっている」

階段を駆け下りた大隈に、久米の声が追ってくる。

「今は独断で動いてはいけません。皆が老公の下で一糸乱れぬ動きを見せない限り、佐賀藩も朝敵とされます」

草鞋をつっかけようとしていた大隈の動きが止まる。

「お前も、たまにはいいことを言う。だがわしは志士だ。藩などという枠組みに、いつまでも囚われているわけにはいかない」

「待って下さい。もう志士の時代は終わったんです」

「えっ、何だと」

大隈が啞然とする。

「突然、志士の時代に終わりが来たんです」

大隈は呆然とした。これまでは志士として国事に奔走することこそ、武士の義務だと思ってきた。だが志士という稼業がなくなってしまったとしたら、何をしていいのか分からない。

「では、われらは何をやる」

「それは――」

久米にも答えようがない。

「この国はどうなるんだ」

大隈が肩を落とす。

「どうなるもこうなるも、まずは内戦が始まるでしょうね」

「われらも戦うのか」

「新政府軍に参加しないことには朝敵にされます」

「それは困る」

「困るも何も、孤立すれば袋叩きに遭うのが、この世の常です」

「では、われらもいち早く新政府に与することを伝えねばなるまい」

「それは、もう重役の方々がやっているはずです」

こうなってしまえば佐賀藩も旗幟を鮮明にせねばならず、すでに藩の重役が新政府に加わることを打診していた。

――だが戦にかかわれば、死ぬかもしれん。

大隈も久米も、戦場で幕臣たちと撃ち合いや斬り合いをするのは真っ平だった。

結局、二人は城に行き、それぞれの物頭の指示を仰ぐことになった。

その結果、久米は本来の閑叟の側近として変わらず、大隈は長崎に行くことを命じられた。幕府の長崎奉行所が引き払うことになったので、長崎御番を務めてきた福岡藩と共に、その業務を引き継ぐという地味な仕事だった。

だが長崎御番は幕府の職制なので、もはや有効とは思えない。そうなれば当然、諸藩の知恵者が長崎に集まってくる。それだけ長崎奉行所の権益は大きいからだ。

――そうか。それを手放さないことが、佐賀藩のためになる。

大隈は新たな目標を見つけた。

一月十五日、大隈は自邸に戻ると旅支度をし、走るように長崎に向かった。

長崎奉行とは江戸幕府の設置した遠国奉行の首座にあたり、天領長崎の最高責任者として長崎の行政と司法、さらに長崎会所を所管していた。長崎会所とは鎖国時代にオランダと清との交易を一手に掌握し、巨額の富を生み出した幕府の稼ぎ頭の一つのことだ。当然その余禄も多く、高位の旗本たちは盛んに猟官運動をし、長崎奉行の座に就こうとした。

幕府最後の長崎奉行は河津伊豆守祐邦で、前年の十月十二日に着任したばかりだった。なんとその二日後には大政奉還があり、十二月には王政復古が宣言され、翌慶応四年一月には鳥羽・伏見の戦いが勃発し、長崎奉行所も新政府軍の追討対象にされた。こうしたことから、河津は長崎奉行並の留守役人を一人残し、海路で江戸に帰ってしまった。

大隈が長崎に駆けつけた時、すでに土佐藩の佐々木三四郎（高行）が長崎奉行所を接収しており、留守役人から仕事の引き継ぎを受けていた。一歩遅れた大隈は佐々木に、「長崎奉行の業務は、長崎御番の福岡・佐賀両藩が引き継ぎます」と言ったところ、佐々木は「幕命は無効だ。わが藩が引き継ぐ」と言って聞かない。

そこに諸藩の長崎番役も集まり始めたので、さすがの佐々木も土佐藩だけで長崎奉行所の権益を独占するわけにもいかなくなり、十六藩の諸藩連合で運営していくことになった。

その結果、長崎奉行所は長崎会議所と名を変え、土佐藩から佐々木以下三名、薩摩藩から松方助左衛門（正義）以下三名、佐賀藩からは副島と大隈に島義勇の弟の重松基右衛門の三名（すぐに副島が抜けて二名体制）、芸州藩二名、長州藩や残る九州諸藩から各一名、町年寄二名で発足することになる。

一月十八日、各国公使や事務官を長崎会議所に招いた諸藩士は、外国人の通行の安全と従来と変わらぬ通商を保証した。その一方、関税は従来通りに納めてもらうと釘を刺すことも忘れなかった。

この時、諸藩の代表として外国人に説明をしたのが副島だった。各国の公使やその代理がこれに合意したので、これを京都の新政府に伝えるべく、副島と薩摩藩士一人が京都に向かった。

京都に着いた副島は、西郷隆盛、岩倉具視、三条実美らと面談し、速やかに新政府の官吏を送るよう進言した。

これにより二十五日、九州鎮撫総督兼外国事務総督に公家の沢宣嘉が、総督府参謀に長州藩の井上馨（聞多）が任命され、二月十五日に着任する。

その下で、佐々木高行が参謀助役兼長崎裁判所判事に任じられ、まもなく大隈と松方正義も参謀助役に就き、三頭体制となった。この時、大隈は初めて中央政府の役職に就いたことになる。

大隈が担当するのは外交事務という分野で、長崎において諸藩と外国人商人たちの間で争われていた訴訟を、長崎奉行所に代わって処理していくことだった。

大隈は各国の公使や事務官に対し、「日本人に対する訴えや債権の請求は二カ月を期限とし、それ以降は受け付けない」と宣言し、国ごとに訴えをまとめさせた。この間に安政以来の諸条約を検討し、国際法を改めて読み返した大隈は、次から次へとやってくる外国公使や事務官たちと折衝を重ね、いくつもの不正請求を摘発した。

それだけでなく「公平」を重んじ、明らかに日本側が悪い場合は、外国人の訴えを認めたので、外国人からも信頼を勝ち得ることができた。

かくして膨大な事務量になると思われた訴訟問題を二カ月で終わらせた大隈は、高く評価されることになる。


「まずは一献」

その男は五尺（約百五十一センチメートル）前後の身長しかないにもかかわらず、よく食べ、よく飲む。

「井上さんもいける口ですな」

大隈は自分の盃を空にすると、井上の盃に酒を満たした。

長州藩士の井上は、大隈より二つ年上の三十二歳になる。

盃を一気に飲み干した井上が問う。

「ここには、よく来られるのですか」

「以前、長崎にいた頃は、引田屋には月に二度ほど来ていましたが、今回着任してからは、初めての登楼となります」

大隈は悪びれず答えた。というのも井上は、引田屋で桁違いの厚遇を受けていたからだ。

井上がいかにも自慢げに問うてきた。

「こちらの茶屋には、いらしたことがありますか」

引田屋の中庭には、最上級の客しか入れない「花月」と呼ばれる茶屋が設えられていた。ここに入るのは大隈も初めてだ。

「ここは実に心地よいところですね」

「われらは、ここでよく飲みます」

井上が酌をしている馴染みの女と顔を見合わせて笑う。大隈の馴染みの藤花も隣にいるが、かなり見劣りするので少し恥ずかしかった。

――此奴らは、藩費を自由に使って飲んでいたというからな。

長州藩の若者たちの増長は今に始まったことではないが、明治維新が成った後の勢いはとどまるところを知らない。

「われら佐賀藩は貧乏とは言いませんが、隠居があういう人物なので、散用（経費）の締め付けが厳しく、なかなかこうした場所で飲むことができません」

「ははは、そうでしたか。でもこれからは違います。われら長崎会議所が稼いだ金は、われらが真っ先に使えばいい」

――なんて奴だ。

大隈とて清廉潔白ではない。だが井上のように、公私混同が平気でできる輩とは違う。

「それで井上さん、今宵お誘いいただいたのは、単に親交を深めるためではありませんね」

「もちろんです」

井上が狡猾そうな笑みを浮かべると、酌をしていた女たちに下がるよう指示した。

二人になったのを確かめると、井上の口調が改まる。

「これから大乱が始まります」

「大方の予想ではそうなりますが、井上さんもそうお思いか」

「はい。いつかは勝てると思いますが、旧幕府と徳川家はいまだ強大。二年から三年は内戦が続くでしょう」

「どうしても戦わねばならぬのですね」

「私も戦は嫌いです。しかしここで旧幕府の勢力を解体しておかないと、維新政府は火種を残したままの発足となります」

井上の双眸が冷たい光を放つ。

「しかし内戦が泥沼化すれば、諸外国に付け込まれます」

「それをいかに防ぐかは、われらの肩に懸かってきています」

井上が芝居じみた仕草で、自らの肩を叩く。

――いかにも、その通りだ。

すでにイギリスは薩長の新政府に、フランスは旧幕府に肩入れしているが、長崎会議所で彼らを牽制させ合うことはできる。

――われらはこの国の窓口なのだ。

西洋人は力に訴えることが多い。その反面、法の支配に素直に従うという一面もある。それを知った大隈は、諸外国をうまく操り、内戦に介入させないようにできるのではないかと思った。

「そこで、大隈さん」

いかにも重大事を打ち明けるかのように、井上が顔を寄せる。

「このまま旧幕府勢力が潰えれば、功第一は薩摩藩となります」

――そういうことか。

大隈は井上の意図をすぐに察した。

「つまりわれらが手をこまねいていれば、薩摩政府になりかねません。そこで維新に功のあった諸藩の勢力の均衡を図らねばなりません」

「尤もですが、われらは、ここまで何の功もありません」

「分かっています。ただし今、鍋島公（当主の直大）が新政府軍として出征しており、その働き次第では、貴藩も功を挙げる機会があります」

井上が直大を下に見るように言う。もはや佐賀藩主を動かしているのも、自分たちだと言いたいのだろう。

「それは分かりますが、それがしは長崎におることを命じられているので、佐賀藩軍を叱咤することはできません」

「分かっています。しかし、これからは戦功だけが評価されるわけではありません。貴殿のように英語を自在に駆使し、諸外国の領事や商人たちを納得させてしまえるような能力こそ求められているのです」

「ありがとうございます」

――此奴も知恵だけでのし上がってきた同じ穴の貉（むじな）か。

大隈は井上に同類の匂いを嗅ぎ取っていた。

「向後、薩摩藩が出過ぎたことをしてくることも考えられます」

「出過ぎたこととは」

「閥を作り、政府を牛耳ろうとするでしょう」

「貴藩はそうしないのですか」

井上が手を叩いて喜ぶ。

「さすが切れ者の大隈さんだ。皮肉が効いている」

「それはどうも。ですが古来、血を流して天下を取った者は、見返りを得ようとします」

「確かに、われらは多くの屍を野辺に晒してきました。しかし最終段階で薩摩が主導権を握ったのも確か。しかも、われらは四境戦争で借りがあります」

最終段階とは小御所会議から鳥羽・伏見の戦いを指すのだろう。

四境戦争とは、幕府側の呼び名では第二次長州征伐になる。この時、薩摩藩が外国人商人から最新兵器を買い、それらを長州藩に提供したことで、長州藩は滅亡の淵から脱することができた。

「それで貴殿は、われら佐賀藩と水面下で手を組みたいと仰せですね」

「そういうことです。佐賀藩の立場はよくない。薩摩に『佐賀藩は佐幕派だ』と指摘されれば、討伐の対象にされるかもしれません。その時、われらが口添えすれば、無駄な血を流さなくて済むでしょう」

井上の言っていることは尤もだった。だが大隈一個の判断で決められることではない。

「水面下と言っても、私の一存では決められません」

「当然のことです。今の段階では、われら長州に薩摩の暴走を阻止する手立てを講じようとする意思があることを知っていただければ、それで結構。お仲間にも内密にお伝えいただきたい」

「お仲間というと――」

「まずは義祭同盟の皆様」

「分かりました。それは構わないのですが、藩全体としては、隠居（閑叟）に話を通さねばなりません」

井上が驚いたような顔をする。

「貴藩では、いまだ藩主や老公が主導権を握られているのですか」

「はい。恥ずかしながらそうなります」

佐賀藩士にとって当然のことだったが、それを他藩士から指摘されると、あらためて時代遅れだと気づかされる。

「まあ、それについて他藩の者がとやかく言うべきではありませんが、われらだけでなく薩摩にしろ土佐にしろ、すでに有為の材が藩の主導権を握っています」

薩摩の小松帯刀・西郷隆盛・大久保利通、長州の木戸孝允・伊藤博文・井上馨、土佐の後藤象二郎・板垣退助（いたがきたいすけ）らは、藩主や隠居の代理のような立場から脱し、藩を代表している。

佐賀藩はあまりに閑叟の存在が大きく、いまだ閑叟を中心にして、すべてが回っていた。

「では井上さんは、これからの世は、われらのような下級武士が動かしていくと仰せか」

「その通り。今の地位や家柄は全く関係ありません。大切なのは才覚です」

「才覚ですか」

さすがの大隈も、才覚だけで出頭できる世がこんなに早く来るとは思ってもみなかった。

「そう。才覚です。国家に必要な才覚を持つ者こそ、これからの時代、重用されます」

国家体制だけでなく、あらゆる価値がひっくり返り始めていることを、大隈は知った。

「その一人が私だと仰せか」

「はい。貴殿は英語を自在に使い、『万国公法』にも通じている。これから諸外国と対等に交渉せねばならない新政府にとって、最も必要な人材です」

「でも私には、志士としての活動実績がありません」

「志士としての活躍など、どうでもよいことです。逆にこれからは、そうした実績を誇るだけの役立たずを、いかに排除していくかが政府の課題となります」

——そうか。時代は変わっていくのだな。

大隈は閑叟を思うように動かせず、佐賀藩が明治維新の原動力になれなかったことを悔やんでいた。だが新政府は人材不足なので、各自が持てる力を発揮すれば、まだ門戸は開かれている。

「時代は変わったんですね」

「そうです。多くの者たちが、大隈さんの仕事ぶりに感心しています。おそらく中央に呼ばれる日も遠くはないでしょう」

「中央に——。この私がですか」

「そうです。藩という枠組みから脱すべき時が来たのです」
「井上さん、私でよろしければ、お仲間に入れて下さい」
「喜んで。でも先ほどのこと、すなわち薩閥の台頭を共に防いでいくことはお忘れなく」
井上がにやりとした。

この時、井上馨と知り合い、その引き立てを受けたことが、大隈が出頭するきっかけとなる。

大隈の回顧録によると、井上は「大隈という男は実に弁舌もよく、また経済のことにも明るい。まことに偉い人物だ」と、しきりに木戸孝允や小松帯刀に漏らし、大隈を大坂にある政府に呼び寄せるよう推挙したという。

その結果、三月中旬、大隈は突然「徴士参与職兼外国事務局判事」に任命され、大坂に赴くことになった。参与職は新政府の諸部門の最も重要な三職の三番目で、総裁と議定に次ぐものだった。

参与には西郷隆盛、大久保利通、木戸孝允、広沢真臣（さねおみ）、後藤象二郎、伊藤博文、そして井上馨らが就任しており、建前上、大隈は彼らと肩を並べたことになった。

総裁はお飾りの皇族、議定は三条実美や岩倉具視ら公家や諸侯なので、参与が国政を動かしていくことになる。混乱期ならではの信じ難い人事だった。

また同じ頃、副島種臣は参与兼制度事務局判事に、大木喬任も参与兼外国事務局判事に任命された。この裏には、近代装備の強力な軍隊を持つ佐賀藩を、東北戊辰戦争に投入したいという薩長の参与たちの思惑があった。

いよいよ大隈は、その活躍の舞台を江戸に移していく。

二

慶応四年（一八六八）四月十八日、政府への出仕を命じられた大隈は、佐賀に戻る暇もなく、新政府の仮政庁がある大坂に向かうよう言い渡された。

船が出る前夜は、長崎の引田屋に大勢の佐賀藩士が集まり、送別の宴を催してくれた。その席にはフルベッキも現れ、大隈の前途を祝福してくれた。

佐賀人には嫉妬という精神風土がない。長らく幕藩体制という枠組みの中に閉じ込められてきたのは他藩も同じだが、佐賀藩には『葉隠』という精神的な枠組みがあったからだ。その『葉隠』が、最も嫌う感情の一つが嫉妬だった。

『葉隠』で、著者（筆記者）の田代陣基が山本常朝に、「理由もなく同僚に出世されて、自分の地位が下になった時、少しも気に掛けず奉公する人もいるかと思えば、『腑甲斐なき（情けない）』などと言って隠退する人もいる。これをどう思うか」と尋ねている。

これには伏線があり、常に山本常朝は「他人に負けてたまるかという気概を持って奉公せよ」と言っていたので、田代陣基はそう問うたのだ。

これに対し常朝は、「時により、事によるべし」と答えた。すなわち「奉公の大義を知れば、(嫉妬や不満といった)機微(感情)は捨てられる」と言ったので、陣基は「機微を捨て去ってこそ、奉公の道に踏み入れる」と解釈している。すなわち佐賀藩士たちは、『葉隠』によって幼少から嫉妬という感情を押し殺す訓練がなされてきたのだ。

そういう精神風土もあってか、この時に集まった面々は大隈の立身を心から喜び、中央での活躍を祈ってくれた。

皆の気遣いに涙が出る思いだったが、大隈は終始笑顔で通した。残念だったのは佐賀に戻る暇がなく、閑叟に挨拶に行けなかったことだ。送別会に来てくれた藩の重役は、「火急につき致し方ないことだ。老公にはしかと伝えておく」と言ってくれたので、申し訳ない気持ちが、いくらか薄らいだ。

また母の三井子、妻の美登、娘の熊子にも、しばしの別れを告げられなかったことが残念だった。それでも大隈は三人に書簡を書き、許しを請うた。

甲板から海を眺めていると、「よおっ」という声と共に肩に手が置かれた。

「あっ、岩崎さんじゃないですか」

振り向くと、岩崎弥太郎が暑苦しい髭面に笑みを浮かべていた。初対面の頃は対等な口を利いていたが、後に岩崎が三歳も上だと知り、大隈は敬語を使うことにした。

「久しぶりだな。風の噂では参与になったというではないか」

土佐藩の交易を一手に担う岩崎弥太郎が、いかにも羨ましそうに言う。

「お陰様で長崎での仕事ぶりが認められ、参与にしていただきました。それでこれから大坂に向かいます」

「それはよかったな。順風満帆（じゅんぷうまんぱん）じゃないか」

「岩崎さんこそ八面六臂の活躍と聞いています」

岩崎は後藤象二郎によって馬廻役（うままわりやく）（上士）に抜擢され、長崎商会の責任者の座に就いていた。岩崎の地下浪人という出自を考えれば異例の出頭と言える。しかも長崎での使い込みをどうやって糊塗（こと）したのか、大隈には想像もつかない。

「八面六臂か――。そんなことはない」

「少なくとも、あの時の沙汰書は役に立ちましたか」

「ああ、大いに役立ち、出頭の足掛かりとなった」

「それはよかった。でも岩崎さんは、気苦労が多そうですね」

岩崎の表情は冴えない。

「そうなのだ。昨日まで『おい、岩崎！』と怒鳴り、わしのことを下男のように扱っていた連中が、突然『岩崎殿、これはいかがいたしますか』などと言ってくる。これまでは『今に見てろよ』と思ってきたが、いざそうなってみると、どうも居心地が悪いのだ」

大隈が青天に届けとばかりに笑う。

「岩崎さんらしくていい。そういう連中は権威に媚びへつらい、嫉妬を抱えて生きているだけです。気にすることはありません」

「そうだな。雑魚はそれでよいのだが――」

「あっ、大魚でも嫉妬をしますか」

「実はそうなのだ」

大隈はその事情を薄々知っていた。同じ土佐藩の佐々木高行が、岩崎の出頭を快く思っていないのだ。そのため二人の上司にあたる後藤は、佐々木を藩の役職から外し、政府の長崎裁判所判事に就け、土佐藩の貿易業務を岩崎一人で切り盛りできるようにした。その措置に佐々木が怒っているという噂を聞いたことがある。

「佐々木殿のことなら、片付いたのではありませんか」

「まあな。だが別の問題もあるのだ」

「ほう、どのような――」

岩崎がその髭面に苦悩の色を浮かべる。

「此度、横浜に続いて神戸が開港されたので、土佐藩長崎商会は閉鎖し、龍馬も殺されたので海援隊も解散ということになった。それを海援隊の連中に告げたところ、怒り狂い、わしを斬るというのだ」

坂本龍馬が暗殺された後も海援隊の組織は残り、長岡謙吉が二代隊長に就任していた。

「しかし、海援隊の解散は後藤さんの決定でしょう」

「ああ、だが連中は、わしが後藤さんに入れ知恵したと思っている」

「なぜですか。海援隊の解散はともかく、長崎商会の閉鎖は、岩崎さんに利のない話ではありませんか」

「それはそうだが、龍馬が殺されて自暴自棄になった海援隊の連中は、敵がほしいだけなのだ。それで『岩崎は神戸か横浜でひともうけするつもりだ』などと言っている」

「では、後藤さんに頼んで、実際にそうしてもらえばいいじゃないですか」

岩崎が縮れた長髪をかきむしる。

「ところが後藤さんは、わしに長崎に残れと言うのだ」

「またどうして」

「これまでの土佐藩長崎商会の負債処理や諸費用の清算、また海援隊解散に伴う後始末をするよう命じられた。それだけではない。長崎にいる外国人商人への負債だけで、土佐藩の年間の入前に匹敵するにもかかわらず、さらに武器弾薬を調達しろという」

「そんな無茶な」

岩崎が赤くなった目をしばたたく。斬られることを恐れ、ここ数日眠っていないらしい。

「どう考えても無茶だろう。だから、後藤さんに考えを変えてもらうために大坂に行く」

しかしあの傲慢な後藤が、岩崎の願いを容れるとは思えない。

「そうだったんですね。私には『頑張って下さい』としか言えませんが――」

「気持ちだけでもありがたい。短い船旅だが、よろしくな」

そう言うと、岩崎は肩を落としてその場を後にした。その時、小脇に抱えた本が甲板に落ちた。

落とした本を大隈が拾い、岩崎に渡した。

――『西洋事情』か。

「ああ、すまんな」

「この本は――」

「福澤諭吉という豊前中津藩士の書いたものだ」

「『西洋事情』とは、そそられる題名ですね」

「なんだ、知らんのか。諸外国の情勢を知りたい者は皆これを読んでいる」

「そうなんですか」

大隈は知らなかった。

「わしはもう読み終わったので、なんなら貸してやる」

「えっ、本当ですか。それはありがたい」

この時の大隈は、「どうせ耳学問の集成だろう」と高をくくっていた。

岩崎と別れて船室に戻った大隈は早速、『西洋事情』を紐解いてみた。

著者の福澤諭吉は大坂の適塾で塾頭を務めたことのある俊秀で、万延元年（一八六〇）、咸臨丸に乗船してアメリカを実際に見てきていた。さらに文久元年（一八六一）の遣欧使節団にも参加し、欧州各国を訪れていた。

——此奴は本物だ。

大隈はのめり込むようにページをめくった。そこには欧米各国の地理や歴史から、政治体制、法体系、会社制度、金融、産業、科学技術まで詳しく記してあった。知っていることも多々あったが、福澤という男の雑感もちりばめながら書かれた西洋の文物は、とても魅力的だった。

この航海で、大隈は寝る間も惜しんで『西洋事情』を読んだ。それが福澤という男との実質的な出会いとなった。

慶応四年（一八六八）四月二十五日、大隈の姿は、大坂の本願寺別院内に一時的に設けられた天皇の御座所「大坂行在所」にあった。そこで大隈を待っていたのは、後に「浦上四番崩れ」と呼ばれる事件だった。

「浦上四番崩れ」とは、長崎奉行所によって捕縛されたキリシタンたちに、新政府が江戸幕府同様に厳罰を下そうとしたことに起因する。

それを知った諸外国の公使たちは、こぞって反対したが、長崎総督の沢と井上は「五榜の掲示」の第三札にある「キリスト教の禁止」を根拠にして、首謀者の磔刑と信徒の流罪という厳罰を下すべしと中央政府に提案した。これに公使たちの怒りが爆発する。その抗議を誰かが聞かねばならず、沢の要望で大隈が引き受けざるを得なかったのだ。

フルベッキの薫陶を受けた大隈はキリスト教に深い理解を示していたが、国法は国法なので曲げられない。大隈は井上と共に、三条実美と伊達宗城（前宇和島藩主）を前に、キリシタンの問題について説明した。

大隈が問題の核心に斬り込む。

「キリスト教は、これまで言われてきたような『邪説魔法』の類ではなく、等しく社会の人心に向かって道徳を保持することを求めた不変の真理です」

「では問うが――」

三条が首をかしげる。

「君はキリシタンになったのかね」

「いいえ」

「ではなぜキリスト教を肯定する。かの宗教は戦国の昔より、侵略の尖兵として人心を惑わし、時には日本人を奴隷として売買することまでした。さような宗教は百害あって一利なし。この国に不要なものの筆頭に挙げられよう」

「仰せご尤も」

大隈が強くうなずく。こうした際の駆け引きには慣れている。

「しかしキリシタンというだけで、沢総督の主張するような厳罰に処していては、諸外国はどう思うでしょう。カソリックとプロテスタントの違いこそあれ、欧米諸国はどこもキリシタンであり、仏教徒ではありません。われらは近代国家としては後発であり、彼らの仲間に入りたいのであれば、キリスト教に寛容な態度を取るべきです。つまり彼らの宗教を尊重することが、これからの外交、とくに不平等条約の改正に大いに役立つでしょう」

伊達が怜悧（れいり）な目を向ける。

「国際法では、他国の内政に干渉してはならないことになっている。国法で禁じられている以上、それを犯した者を日本政府が処罰したからといって、抗議されるいわれはない」

「ご尤も！」と大隈が膝を打つ。

「しかしながら『信仰の自由』は、文明国はどこも掲げています。われらもいつかは、そうせざるを得なくなります」

三条と伊達が顔を見合わせると、井上が問うてきた。

「つまり君は、国法を変えろと言うのだな」

この段階の新政府には国法と呼べるものはない。ここで言う国法とは「五榜の掲示」のことを言う。

大隈が「得たり」とばかりに続ける。

「原則として国法を変える必要はありません。まず相手にこちらの主張を伝え、相手の言い分を聞く。そして落としどころを探るというのが、上策だと思います」

井上は「分かった」と言うと、三条実美と伊達宗城に向かって提案した。

「今、聞いた通り、この大隈という佐賀藩士は、ことさら強硬でもなく弱気に過ぎるところもありません。しかも英語を巧みに操ります。この男なら、うまく妥協点を探り出せるのではないでしょうか」

疑り深そうな顔で、伊達が大隈に問う。

「貴殿は英語だけでなく、欧米人の精神や気質を理解しているのか」

「はい。長崎にいる宣教師から学びました」

長崎にいる宣教師とはフルベッキのことだ。

二人がうなずき合うのを認めた井上が、「よし、いいだろう」と言った。

「これから、ある外国人に会ってもらう。その男が欧米諸国を代表し、この件の交渉に当たるとのことだ」

「ある外国人――」

「そうだ。口から生まれてきたような男で、頭も切れる。並みの日本人では太刀打ちできない」

「いったい誰ですか」

井上が苦笑いを浮かべながら言う。

「イギリス公使のハリー・パークスだ」

その名を聞いた時、さすがの大隈もたじろいだ。

――これは気を引き締めて掛からないと負ける。

大隈の前に立ちはだかることになる人物は、あまりに難物だった。

三

時は少しさかのぼるが、大隈が長崎で悪戦苦闘していた頃、佐賀藩は戊辰戦争の大きな渦に巻き込まれていた。

慶応三年（一八六七）十二月二十六日、副島は大坂を目指して佐賀を後にした。同月九日に王政復古の政変が起こったことを受けて、その後の情報収集のために閑叟が送り込んだのだ。

旧幕府軍の軍事力は強大で、軍事衝突となった場合、薩長中心の新政府軍が勝てる見込みはないというのが、佐賀藩の重役たちの共通認識だった。

ところが事態は、佐賀藩士たちの予想を嘲笑うかのように進んでいく。

副島が大坂に到着する寸前の慶応四年（一八六八）一月早々、鳥羽・伏見の戦いが勃発し、新政府側が圧勝した。この結果を目の当たりにし、佐賀藩は新政府側に味方することで一致した。

この決定は、一月七日に上洛の途に就いた藩主直大に先行して上洛していた江藤と副島の間で下され、直大には報告だけがなされた。

江藤と副島の二人は三条実美、岩倉具視、大久保利通らと立て続けに面談し、佐賀藩の立場を明確にした。これにより江藤は佐賀藩の代表者となり、東征大総督府軍監に任命された。これに勇躍した江藤は早速、物乞いに変装して江戸に向かった。何よりも情報収集が大切だからだ。

鳥羽・伏見の戦いに参加できなかった佐賀藩としては、その出遅れを取り戻すためにも江藤の活躍に期待するしかない。江藤は三月八日に江戸に着き、八面六臂の活躍を始める。

一方の副島は、続いてやってきた大木と共に参与に任命され、議定に就任した閑叟の上洛を待ち受けることになる。

新政府としては、佐賀藩の軍事力なくして今後の旧幕軍との戦いを勝ち抜ける自信がなく、閑叟や直大はもとより佐賀藩士に対しても、最上級の待遇を用意していた。

二月二十日、閑叟は八百二十四人の佐賀藩兵を率いて佐賀を後にし、二月末頃、大坂に着いた。

この時、あまりに速い時勢の転換に、閑叟でさえ付いていけなかったという逸話がある。大坂に着いた閑叟がこれまで通り、副島を呼んで手足のように使おうとすると、副島は遠慮がちに「拙者はもはや朝臣でござる」と言って主命を拒否したのだ。これには閑叟も啞然とし、何も言い返せなかったという。

一方、直大は北陸道先鋒を命じられ、軍艦奉行の島義勇も佐賀海軍を率いて従軍することになった。新政府軍は、東海道・東山道・北陸道に分かれて江戸を目指すことになる。新政府側の要人たちが江戸城攻撃は避けられないと思う中、西郷隆盛と勝海舟の間で交渉が行われ、三月十五日に予定していた江戸城総攻撃は中止となった。徳川家が事実上の降伏をしたのだ。

その結果、四月四日には、西郷らが江戸城に無血入城を果たした。西郷と勝の交渉によって、江戸が火の海にならずに済んだのだ。

佐賀藩の面々が活躍の場を広げる中、大隈はイギリス公使ハリー・パークスとの対決の時を迎えていた。

ちなみに慶応四年（明治元年）は四月と五月の間に閏四月が入るので、十三カ月となる。閏四月三日、大隈は大坂の本願寺別院にパークスを迎えた。この時の会談は、新潟（にいがた）の開港問題、江戸と大阪の開市問題、そしてキリシタン問題の三点で、大隈はキリシタン問題を担当した。

この席には三条実美と岩倉具視、そして大隈の上司にあたる外国事務局長官の山階宮晃親王、同次官の坊城俊章、また伊達宗城、木戸孝允、後藤象二郎、伊藤博文、井上馨も列席していたが、キリシタン問題については大隈に一任されていた。

通詞はイギリス側がアーネスト・サトウ、日本側がドイツ人のフォン・シーボルトで、会談は左右に双方が居並ぶ形で行われた。

やがてパークスらが現れた。双方は握手を交わすこともなく、目礼だけで席に着いた。その雰囲気は和気あいあいとはほど遠く、前途の多難を思わせるものだった。

パークスの身長は「西郷と同じくらい」という証言があるので、百七十八センチメートル前後になる。パークスは痩せているが乗馬で鍛えているためか筋骨隆々としており、一筋縄ではいかない印象を抱かせる。頭頂部はかなり後退しているが、左右のもみあげは長く、縮れた顎鬚が相手を威圧するかのように伸びている。

簡単な自己紹介を済ませてから、大隈が浦上のキリシタン事件について切り出すと、機先を制するようにパークスが吠えた。

「私はイギリス公使だ。外国事務局の長官か次官としか話をするつもりはない。君は一判事にすぎない。そんな者と話ができるか！」

——来たな。

大隈は内心にやりとした。というのもパークスは、飛ぶ鳥を落とす勢いの大英帝国の威信を背負っているという自負があり、傲岸不遜で癇癪持ちだと聞いていたからだ。

パークスの通訳を長く務めたアーネスト・サトウも、後に「彼との関係は楽しいものではなかった」と書き残しているが、その反面「彼は偉大な公僕だった」とも書いており、パークスがイギリスの利益を最優先し、日本人との情義におぼれない人物だったと証言している。

——では、行くか。

大隈は息を吸うと言った。

「それは違う！」

大隈の声があまりに大きかったので、パークスらイギリス人のみならず、居並ぶ日本人たちも唖然とした。

「私は主上が信任する政府の指名で代表となり、この場に来ている。地位は関係ない！」

幕府との交渉経験から、外国人たちは日本人の実務担当者は何の決定権も持たないと思い込んでおり、はなから見下していた。だが新政府の要職は公家や大名が占めているので、逆に実務担当者でなければ話が進まないという逆転現象が起きていた。

「では、君はどういう権限を委任されているのだ」

「この件に関する全権だ」

「それは本当か」

パークスが大隈の左右に居並ぶ新政府の高官たちを見回す。

この時、三条らに促された山階宮が立ち上がり、「大隈は日本政府の代表であり、全権が委任されている」と言ったので、パークスも小声で副官のアストンらと協議を始めた。

それが済むと、パークスは胸を張って言った。

「いいだろう」

これにより、ようやく談判が始まった。

パークスが再び吠える。

「今回の事件で囚われの身となった信者たちを即刻解放せよ。話はそれからだ」

「それは日本の国法に反する」

「信教の自由を迫害することは何人(なんぴと)たりとも許されない。それが国際社会の常識だ」

大隈は悠揚迫らざる態度で言い返した。

「国際社会の常識がそうであっても、国法を曲げることはできない。だいいち国法について諸外国が干渉できないことは、国際法で決まっている」

国際社会の常識を後ろ盾にして押しまくろうとするパークスに対し、大隈は国際法を持ち出して譲らない。

「君らの国法は間違っている！」

「たとえ間違っていようと、外国公使に指摘される筋合いはない」

パークスが拳を机に叩きつける。

「文明国は、どこでも『信仰の自由』を認めている。自由は何物にも代え難いほど重要であり、とくに『信仰の自由』は、文明国にとって最も大切なものだ」

「なるほど、『信仰の自由』は大切かもしれないが、キリスト教徒はほかの宗教を信じる者を迫害し、その自由を奪ってきた。中には、他の宗教の信者というだけで、残虐な手段で処刑した例まである。これは独善というもので、自由とは呼ばない」

パークスの顔が真っ赤になる。

「確かにキリスト教は、ほかの宗教の存在を認めない。だからこそ、われらは統一された信仰の下、産業革命を成し遂げ、近代国家を築き上げたのだ」

「それは詭弁にすぎない。信仰の統一と近代国家の成立は関係がない。逆に宗教戦争によって、無駄な命がどれほど失われたかを思い出すがよい。君たちが多様性を受け容れていれば、もっと社会は発展していたのだ」

「何だと――、そういう考えだから、日本は遅れているんだ」

「それは違う。江戸幕府が海禁令を出し、他国との交易を制限していたから、わが国は欧米諸国に立ち遅れたのだ」

大隈は常に理詰めで論理を構築していく。

「そんなことはどうでもよい。とにかく日本が文明国になりたいなら、『信仰の自由』を認めるべきだ」

「他国の文化や宗教を受容することを、われらは躊躇しない。だがキリスト教だけは別だ。ほかの宗教を認めない不寛容な宗教を、わが国は必要としていない」

「それでは日本は滅亡する」

「ほほう」

今度は大隈が机を叩く。

「君たちは日本侵略を正当化する理由を求めているのか！」

大隈の言葉に、パークスが口角泡を飛ばして反論する。

「そんなことはない。君たちを対等な文明国にしてやるために忠告しているのだ」

「文明国になるために、キリスト教は必須条件ではない。いつかはわが国も、『信仰の自由』を認める日が来るだろう。だがそれを認めるのは、日本が近代国家として十分に成熟した時だ」

「それでは遅い！」

「遅くはない！」

二人がにらみ合う。

会談は午前十時に始まり、昼食も取らずに午後四時まで続いた。

互いに一歩も譲らない論争が繰り広げられたが、時間も時間なので、日本側から「列強が日本の国法に干渉しないなら、キリシタンとして捕まった者たちの処分を保留する」という提案がなされた。

交渉というのは何がしかの妥協をしないと終わらない。それは大隈も心得ている。「処分保留」というのは、こうした際にもってこいの妥協案だった。

結局、浦上キリシタン事件（「浦上四番崩れ」）で捕まった者たちは、三十四の藩の獄に収監された。その数は三千三百九十四名に上った。だが劣悪な衛生状態の牢獄に収監された者もいたため、六百六十二名が病で命を落とした。

最終的に「宗門禁制」が解かれるのは、五年後の明治六年（一八七三）二月で、不平等条約改正交渉の布石としてだった。

議論がたとえ喧嘩別れに終わっても、最後は握手で別れるのが欧米のよき風習だ。それを知る大隈が手を出すと、パークスは力強く握り返してきた。

その顔には、「こいつやるな」と書かれていた。

会談が終わった後、シーボルトにパークスの様子を尋ねると、「パークスは、この国に来てから論理的な反論を受けたことはなく、とても戸惑っていました。とくに大隈さんの堂々たる態度に感銘さえ受けていたようです」とのことだった。

大隈はパークスから一目置かれたのだ。

木戸孝允も、この日のことを「愉快」と日記に書き、新政府の閣僚の間で、大隈の評価がいっそう高まることになった。

四

大隈がパークスとやり合っている間も、時代は刻一刻と動いていた。

旧幕臣たちが慶喜警固の名目で編制した彰義隊が上野山に屯集し、新政府軍との間に緊張が高まっていた。また榎本武揚率いる旧幕府海軍も品川沖に停泊し、不気味な沈黙を続けている。さらに大鳥圭介率いる伝習隊、土方歳三率いる新選組、古屋佐久左衛門率いる衝鋒隊など、降伏をよしとしない者たちが北関東から東北へと向かい、新政府と対決の姿勢を強めていた。

東北でも会津藩の救済を求める仙台藩や米沢藩が団結し始めており、この動きが奥羽越列藩同盟の結成へとつながっていく。

この頃、大隈は外国人との交渉のうまさを買われ、大坂に仮に置かれた新政府から、横須賀造船所（この頃は横須賀製鉄所）の借金返済用に二十五万両を預けられていた。

横須賀造船所は、旧幕府がフランスから金を借りて途中まで建設したもので、この借金を返さないとフランスに差し押さえられてしまう。つまり植民地化の足掛かりを与えてしまうという重大なものだった。

この二十五万両を持って大隈が江戸に出向くと、長州の大村益次郎から、軍事費の不足によって上野山にいる彰義隊を撃滅できないと知らされた。

このままでは一触即発の危機が続くと思った大隈は、独断でその費用を渡した。さらに副島と大木に周旋してもらい、鍋島直大率いる佐賀藩軍とアームストロング砲を大村の指揮下に編入させた。佐賀藩軍に功を取らせようとしたのだ。

大隈らの配慮によって軍備が整えられた大村は五月十五日、上野山攻撃を断行する。彰義隊はさしたる抵抗も示せず、一日で上野山は落ちた。アームストロング砲の威力は絶大で、砲撃が始まるや、彰義隊は逃走を始めるほどだった。

この時、江戸府判事の座に就いていた江藤は、昼夜兼行で大坂に向かい、三条や岩倉に二十五万両の転用を認めさせた。もちろん事後承諾だ。

これにより江戸の戦雲は去り、旧幕勢力との戦いは北関東から東北地方へと移っていく。佐賀藩軍も北関東から会津へと転戦し、軍功を挙げていく。とくに雄物川（おものがわ）の戦いで無敗の庄内藩軍と一カ月に及ぶ激戦を展開し、東北戊辰戦争にその名を刻んだ。

同年九月二十二日、東北戊辰戦争は会津藩の降伏によって終結する。これで残る抵抗勢力は、蝦夷地に逃れた榎本艦隊だけになった。

東北戊辰戦争に勝利を収めた新政府だが、横須賀造船所の借金問題は残ったままだ。大隈は共に当件の処理を任された小松帯刀と寺島宗則(てらしまむねのり)と協議し、外国の銀行に借金するしかないという結論に至った。ところがフランスの銀行はフランス政府の意向を受けているので話を持っていけない。唯一、協力してくれそうな国は、フランスに日本の権益を渡したくないイギリスの銀行だけだ。ところが日本政府には、イギリスの銀行に伝手もコネもない。そこで大隈は一計を案じた。

横浜にあるイギリス公使館は、東禅寺(とうぜんじ)事件や御殿山(ごてんやま)の焼き討ち事件によって身の危険を感じたイギリス人の要望で、見晴らしのよい丘の上に建てられていた。

すでに来訪を伝えてあったので、イギリス人の門衛たちは、大隈が武器を隠し持っていないか入念に確かめた上で、中に通してくれた。タイル張りの応接室には燦々(さんさん)と日が差し、心地よい雰囲気が漂っていた。

「お待たせした」と言いつつ、パークスが入ってきた。大隈は欧米の礼式に則(のっと)り、立ち上がって握手を交わした。

「素晴らしい公使館ですね」

「お世辞を言うなんて、君らしくないな」

この日は一人で来たので、大隈は英語を使った。

「お世辞じゃないですよ。本心から言っています」

「君は正直者だな」

「それしか取り柄はありませんからね」

　パークスが高笑いする。

「君のような日本人は見たことがない」

「ほほう。では、日本人に対する印象が変わりましたか」

「君だけでは変わらない。日本人は腹の中で何を考えているか分からない民族だ」

　パークスは太い葉巻を取り出すと、マッチで火を点けた。大隈にも「吸うか」という動作をしたが、大隈は首を左右に振った。

「とくに君らの大好きな西郷などは、その典型だ」

「やはり、そう思いますか」

「あの男の心の内は分からない」

　それは大隈ら佐賀藩士とて同じだった。西郷の腹の中は、薩摩藩士も含め、実は誰にも分かっていないのだ。

「日本人は扱いにくい。チャイニーズも感情を顔に出さないが、日本人はもっと出さない」

　それは、パークスが「感情を面に出してはならない」という教育を受けてきた武士としか交渉していないからだろう。

大隈が笑って言う。

「先日は感情をあらわにしてしまい、失礼しました」

「それは私も同じだ」

パークスの恫喝が外交技術の一つだということが、これで分かった。

「私は貴国のためを思って、信教の自由を認めるように言っただけだ」

「ありがとうございます。私も同じ考えです」

「では、なぜ――」

パークスが何か言い掛けてやめた。大隈の言わんとしていることが分かったのだ。

「すでにお気づきのように、あの時は公人として交渉しました。個人の意見は別です」

「やはりそうだったのか。それにしても見事なロジックだった。そうした論理的思考法が、この国の人々には欠けていると思っていた」

「私の場合、長崎で教育を受けてきましたから」

「フルベッキという宣教師からだな」

大隈ら佐賀藩士が、フルベッキから多大な影響を受けていることを、パークスは知っていた。

「そうです。そう遠くはない未来、この国でも『信教の自由』は保障されるでしょう」

だがそれは、五年後の明治六年まで待たねばならなかった。

「それは、個人としての見解だな」

「そうです」

「それで今日は、個人として私と雑談をしに来たわけではあるまい」

「はい。公人としての来訪です」

「では、何のために来た」

大隈はにやりとすると答えた。

「金を借りに来ました」

「何だって」

パークスが呆れたように両手を広げる。

「あれだけ激論を戦わせた相手に、君は金を借りに来たのか」

「そうです。頼れるのはあなたしかいませんから」

「こいつは驚いた。日本人というのは実に不思議だ。それで、いくら借りたい」

「五十万両ほどです」

パークスが息をのむ。五十万両はほぼ七十万ドルに匹敵し、通常の戦艦なら四、五隻は購入できる。ちょうど新政府に引き渡されたばかりの最新鋭戦艦のストーンウォール号（甲鉄艦・東艦（あずまかん））が四十万ドルなので、それを上回る額になる。

パークスは立ち上がると、葉巻を吸いながら窓際に行った。そこからは横浜港が見下ろせる。

「五十万両あれば、この港が一つ買えるぞ」

「港など要りません。われらに必要なのは造船所です」

「造船所を造ってどうする」

「船を造って売ります」

パークスが噴き出す。

「どこに売るのだ」

「あなた方欧米諸国です」

「日本人の造った船を、われわれが買うというのか」

「はい」

パークスがやれやれという顔をする。

「貴国の技術力で、売り物になる船が造れるとでも思っているのか」

「今は無理でも、遠からぬ先にはそうなるでしょう。われわれ佐賀藩が単独でもできたことですから」

三重津海軍所のことを知っているのか、パークスが真顔になる。

「確かに、いつかはそうなるかもしれんな」

「ですから横須賀造船所を、是が非でも日本のものにしたいのです」

「では、仮に金を貸したとして、君らの政府が倒れたらどうする」

「倒した者たちが払います。それが国際法というものです」

明治政府は、江戸幕府が右も左も分からないうちに締結させられた不平等条約や、不当に高い横須賀造船所の建設経費などに悩まされていた。だが国際法を遵守しないと諸外国から相手にされないことから、江戸幕府の締結した条約や契約は、すべて遵守する方針でいた。こうした明治政府の実直な態度が外国人たちに評価され、江戸幕府の負の遺産は徐々に消滅していくことになる。

「君は国際法を知っているんだな」

「もちろんです。われらは国際社会の仲間入りを目指していますから」

パークスが真剣に考え始めていることが、大隈にも分かった。

「で、われらに金を貸すメリットはあるのか」

「あります」

大隈が自信を持って答える。

もしもイギリスが金を貸してくれなければ、横須賀造船所がフランスのものとなり、フランスは日本に対して大きな権益を持つことになるだろうと、大隈は語った。

「フランスは横須賀造船所で造った艦船を、日本のみならず諸外国の東洋艦隊に売り込むことになるでしょう」

「そいつは困る」

「困るどころではありません。造船を足掛かりにして、あらゆる分野にフランスが浸透してくるでしょう」

「では、借りた金を返す見込みはあるのか」

「あります」

大隈が語り始めようとすると、パークスが片手を上げてそれを制した。

「返す方法まで、私は聞く必要はない。われわれには銀行という仕組みがあり、金を貸すのは銀行になる」

「存じ上げております」

遂にパークスが断を下した。

「よし、分かった。オリエンタルバンクを紹介しよう。後は頭取の判断だ」

「ありがとうございます!」

大隈が直立不動の姿勢で頭を下げた。

オリエンタルバンクとは、日本では英国東洋銀行と呼ばれているイギリスの植民地銀行で、香港(ホンコン)に本拠を置く。後に日本国債の発行を積極的に引き受けて暴利を貪るが、日本の発展に寄与したことは間違いない。

数日後、パークスの紹介によって、大隈は横浜のオリエンタルバンクを訪れ、借金を申し入れた。事前にパークスから事情を聞いていた支配人のロバートソンは、大隈の返済計画を聞いて納得してくれた。だがその利息は、年利一割五分という途方もないもので、一年後に全額返すとなると、五十万両が五十七・五万両にもなる。それでも背に腹は代えられず、大隈はその条件をのむしかなかった。

続いて横須賀造船所に居座るフランス人の許に向かった大隈は、借金を返済することを告げ、借金の明細書を求めた。

横須賀造船所に赴いた大隈は、フランス人技師たちに細かい明細を要求したが、フランス人たちはそこまで作っておらず、江戸幕府の結んだ曖昧な証文を出してきた。そこには五十万両という金額が書かれておらず、誰かが口にした金額が、人を介しながら独り歩きしていたと分かった。

そこで大隈は、フランス人の事務方と技師と共に、実際に掛かった金額を計算することにした。工賃の単価なども一覧表を要求し、「ない」と言われても、「貴国なら絶対にある」と言い張って譲らない。最後には根負けして出してきたので、それを基に計算していった。

佐野常民から造船について学んでいた大隈は、おかしな点があれば容赦なく指摘した。その結果、詳細を詰めていくと、次々とボロが出始めた。結局、江戸幕府が借りていたのは三十万両程度だと分かり、フランス人たちも、この額で了承せざるを得なかった。

大隈は改めて契約を交わし、三十万両全額をオリエンタルバンクから借りた金で返済した。これにより横須賀造船所は明治政府に引き渡される。

この報告を受けた小松帯刀と寺島宗則は、大隈の手腕に感嘆のため息をつくしかなかった。大隈の評判は日増しに高まり、次々と難題を託されていく。


時は少しさかのぼるが閏四月、江藤新平と大木喬任は岩倉具視に対し、江戸への奠都を提案していた。それは薩長土肥を中心とした政府が大坂に腰を据えたままでは、いつまでも旧幕勢力が東国に根を張り、反乱の可能性が残るためで、暫定的に「東西両都」とすればよいというものだった。

大隈も奠都に賛成だった。千年の都となっていた京都には公家たちもおり、何かと口を挟みたがる。人心を一新するためにも、治安維持のためにも江戸は最適だと思った。しかも太平洋にすぐ出られる江戸湾を抱え、背後には関東平野が広がり、限りなく発展できる余地がある。

大隈は太政官会議の場で、江藤と大木に賛意を示した。

結局、この案を大久保利通や木戸孝允も受け容れ、「東京奠都」が決まった。ちなみに江戸が東京という名称になるのは七月からとなる。

一方、八月、大隈は小松帯刀らと共に京都に戻り、三条や岩倉に今回の顚末を報告した。三条らは「二十五万両を大村の彰義隊鎮圧費用に回した即断力、オリエンタルバンクからの資金調達、横須賀造船所の所有権の移転、さらに建設費用の削減」といった大隈の功績を褒めたたえた。

こうした新政府への多大な貢献によって、佐賀藩では大隈を「准国老」に遇することにした。「准国老」とは家老に準じる地位のことで、異例の抜擢だった。

だが大隈にとって、藩内での評価など、もはやどうでもよいことだった。名誉や富よりも大切なのは、この国のために自分の能力を生かすことだった。

伏龍は遂に海面から飛び出した。だが次々と難題という荒波は押し寄せてくる。

大隈に託された次なる使命は、前年に起こった「イギリス人水夫殺害事件」だった。

大隈は長崎に向かった。

五

慶応四年（一八六八）は明治元年と改まり、いよいよ新時代の幕開けとなった。

この記念すべき改元の日を、大隈は長崎行きの船中で迎えた。

——明治か。どのような時代になるか。いや、どのような時代にするかだ。

この時、大隈は、自分がこの国の舵取りの一人になっていく覚悟でいた。

――やるべきことは山積している。

長崎へと向かう船中で、大隈はこれまでのことを考えていた。陸の上にいると多忙にかまけ、つい物事をじっくり考える機会を失ってしまう。だが船に乗ったとたん、仕掛かり中の仕事も中断されるので、じっくりと思考をめぐらすことができた。

――考えてみれば、あっという間だったな。

大隈の幕末は挫折と失望にまみれていた。とにかく佐賀藩を動かそうと、何度も鍋島閑叟に掛け合ったが、大隈の焦りとは裏腹に閑叟の動きは鈍く、集団としての佐賀藩が維新の果実を手にすることはなかった。

それでも佐賀藩には強力な軍事力があった。薩長両藩や京都の公家たちは、佐賀藩の軍事力なくして旧幕府との戦いに勝ち抜ける自信はなかった。そこに付け込んだ江藤と副島により、佐賀藩は「第四の藩」、すなわち維新の功績の度合いに応じ、誰とはなしに呼び始めた「薩長土肥」に名を連ねることができた。

佐賀藩がその軍事力で尊重される一方、大隈は個人として頭角を現すことに成功した。

そこで大隈は覚った。

――これまでのわしは、藩という集団を這い上がらせねばならぬと思ってきた。つまり集団を動かさねばならないという思いが、個が能力を発揮する足枷（あしかせ）となっていたのだ。だが何のことはない。維新によって個が重視されるようになり、わしは世に出る機会を得た。

つまり大隈は、その仕事ぶりを薩長土三藩の顕官たちから評価されることで、いち早く藩という枠組みを取っ払い、個の時代に突入できたのだ。

――だがこの国では、いまだ既成の枠組みから脱せられない者が大半だ。それを気づかせるには何が必要なのか。

気づくと長崎港が近づいてきていた。佐賀藩が台場を築いた伊王島が右手に見えると、続いて神ノ島も見えてくる。そこには、いまだ見張り役が任に就いているはずだが、なぜか過去の遺物のように思えてきた。

時が流れ、何もかもが変わっていく。それに気づいている者もいれば、気づかない者もいる。中には気づいているにもかかわらず、あえて気づきたくない者もいるだろう。

――だが時は容赦なく流れ、社会は変わっていく。それを拒否することは誰にもできないのだ。

おそらく拒否する者たちには、変化に対する漠然とした不安があるのだろう。では、なぜ不安を抱くのか。それを取り除く、ないしは和らげるにはどうしたらよいのか。

大隈の思考が一つに集約されてきた。

――教育、か。

これまでの教育は幕藩体制を是とし、その枠内で生きるためのものだった。だが突然、日本の門戸が開かれることで変化が訪れた。その荒波は多くの者をのみ込んでいくだろう。だがその中で、海面に頭を出す者も出てくる。

——百人に一人でも、この国の役に立つ者を育てねばならない。

だが大隈には危惧もあった。

——これからは、外国に雄飛したいという若者も出てくるだろう。そんな時、いかに優秀な頭脳を持っていても、古い教育を受けてきた者は外国を拒否し、その良質な部分を受け容れられないのではないか。だからこそ教育によって、西洋諸国に対する恐れを取り除かねばならない。

大隈がそのことに気づいた時、船は長崎港に着いていた。

——この喧噪の中を歩くのも久しぶりだな。

世の中がどう変わろうと、庶民の生活は変わらない。港では荷揚げと荷下ろしで尻を端折った人足たちが汗を流し、商家の小僧が人々の間を足早に擦り抜けていく。物売りは喧噪に負けまいと道行く人々に大声で呼び掛け、宿の客引きらしき女も必死に声を上げている。

洋装に鞄(かばん)一つ提げた大隈は、狭い街路で人に当たりそうになるのをよけながら、長崎府庁に向かった。

長崎は五月から長崎府となり、沢宣嘉が総督から府知事に転じていた。その庁舎は、立山町にあった旧長崎奉行所立山役所をそのまま使用している。

府役所の門衛に来着を告げると、中から一人の男が走り出てきた。洋装の大隈を見て少し驚いたようだ。

「ご足労いただきありがとうございます。それがしは土佐藩大監察の林亀吉です。藩から命じられ、この件を調べることになりました」

大隈と同年輩の林亀吉こと茂平は、能吏として前藩主の山内容堂の手足のような役割を果たしていた。

「外国官判事の大隈重信だ」

「よろしくお願いします。ところでお供の方は、どこにいらっしゃるんですか」

林が大隈の背後を見回しながら問う。

政府の顕官には、たいてい供の者が何人か付いてくる。だが大隈は一人で行動するのを好む。

「供などおらん」と答えるや、大隈は執務室に向かった。

そこで待っていたのは、長崎府判事の佐々木高行だった。

「お久しぶりです」と大隈が言うと、佐々木は、木で鼻をくくったように返してきた。

「たいそうな出世じゃないか。江戸、いや東京に行ってよかったな」

佐々木は長崎府の実質的な頂点に立っているものの、大隈のようには一足飛びに出世していないので、多分に皮肉が混じっている。

——此奴は変わらぬな。

以前から鼻持ちならないとは思ってきたが、大隈が顕官の一人になっても、それは変わらない。

「たまたまです。それよりも難儀な事件ですね」

さっさとこの仕事を済ませたい大隈としては、喧嘩をしている暇はない。

「その通り、実に難儀な事件だ。詳しく聞きたいか」

「お願いします」

佐々木が得意げに話し始めた。

「去年の七月五日の深夜か翌六日の早朝のことだ」

丸山の引田屋の前に、外国人の惨殺死体が二つ転がっていた。その遺体は横たわった状態で斬りつけられたらしく、見るも無残な有様だった。そんな卑怯な行為を武士がやったとは思えないが、それが刀傷である限り、下手人は武士に違いなかった。

長崎奉行所の役人が調べたところ、遺骸がイギリス人と分かったので、イギリス領事館に通報すると、すぐに領事館の者が駆けつけてきた。

彼らが身元を調べようと遺体の持ち物を調べたところ、帽子に「イカルス」と入っており、入港中のイギリスの軍艦「イカルス号」の水夫だと判明した。

これにより長崎では、一触即発の空気が漲った。

この時、長崎にいたパークスは怒り狂い、独自に捜査を始めたところ、たまたま六日の朝、海援隊の船が出港したと分かった。下手人を海援隊士と決めつけたパークスは、長崎奉行所に聞き込みを続けさせたところ、白木綿に筒袖姿の男たちを近くで見かけたという情報があった。

それが海援隊のそろい着（制服）だと分かり、パークスは長崎奉行所に海援隊と土佐藩を捜査するよう居丈高（いたけだか）に命じた。

これに対応したのは、土佐藩長崎商会の責任者の岩崎弥太郎だった。岩崎は証拠がないことを盾に、「知らぬ、存ぜぬ」で押し通そうとしたが、パークスも譲らず、間に入った長崎奉行所は、たまらず土佐藩隠居の山内容堂に事件を知らせた。それで土佐から大目付の佐々木高行が派遣されてきた。さらに坂本龍馬も京都からやってきて取り調べに応じた。その結果、証拠が出てくることはなく、事件は暗礁に乗り上げた。

「イカルス号事件」の罪を認めようとしない土佐藩の態度に激高したパークスは、軍艦に乗って土佐に乗り込むと息巻いた。しかし大政奉還から龍馬暗殺、そして鳥羽・伏見の戦いへと動乱が続き、挙句の果てに長崎奉行所も閉じられ、それどころではなくなった。

こうしたことから自然に休戦のような形になっていたが、動乱が東へと移っていくことによって、パークスは問題を蒸し返し、長崎会議所に解決を迫ってきた。

佐々木が不快そうに言う。

「という次第だ。君の仕事は事件の真相を究明し、イギリス側に詫びを入れ、下手人の所属する藩から賠償金を取ることだ」

「佐々木さん」と大隈が真剣な声で言う。

「話の筋はおおよそ分かりました。で、本当のところを聞かせて下さい」

「本当のところだと」

「ええ、土佐藩士ないしは海援隊士は、本当に絡んでいないのですね」

「無礼な！」

反射的に佐々木の右手が動く。だが佐々木も洋装なので、その腰に差料(さしりょう)はない。

「私も仕事です。そこから聞かせていただかねばなりません」

「断じてない！」

「分かりました。そのお言葉を信じます。で、岩崎君はどうしていますか」

それには林が答えた。

「岩崎、いや、岩崎さんは上士に格上げされ、土佐藩の大坂商会（後の大阪商会）を任されている」

「長崎にはいないわけですね」

二人がうなずく。

この頃、岩崎は土佐藩の大坂商会で、外国人相手に大規模な商取引や借入交渉を行っており、土佐藩の財政を支えるまでになっていた。さらに外国人商人に伝手のない中小藩の武器買い入れを密(ひそ)かに仲介し、その仲介料を懐に入れていた。その中には、どこでどう知り合ったのか分からないが、秋田(あきた)藩、盛岡(もりおか)藩、二本松(にほんまつ)藩まで名を連ねていた。

大隈は岩崎なら旧知の上、事件当時の捜査状況を熟知しているので話が早いと思ったが、いないのなら仕方がない。

林が弁解がましく続ける。

「私が大坂の岩崎さんから話を聞き、文書類をもらい、仕事を引き継ぎました」

風呂敷に包まれた書類を出してきた林は、それをどさりと机の上に置いた。

「つまりだ」と佐々木が権高な顔つきで言う。

「まずは、君と林に下手人の捜査に当たってもらう」

大隈はため息をついた。

「私は岡っ引きじゃないし、殺人事件の捜査などやったことはありませんよ」

「そんなことはどうでもよい。十月にはパークスがやってくるという。その時までに下手人を挙げるのだ」

「そんな無茶な」

「薩長の奴らが『大隈なら何とかする』と言っていたと、後藤から聞いた」

後藤とは同じ土佐藩の象二郎のことだ。

薩長の連中は、外国人の絡んだめんどうな事案を、すべて大隈に押し付けるつもりでいるのだ。

「分かりました。ご期待に沿えるかどうか分かりませんが、やってみましょう。それであっちの方は大丈夫ですね」

「あっちとは何だ」

「捜査に掛かる費用です」

佐々木が蔑むような視線を向ける。

「この件は薩長も注視している。好きなだけ使えばよい」

「ありがとうございます」

実質的な長崎の支配者の佐々木でさえ、藩閥意識から脱せられないことが、この言葉から分かった。

「では、私は多忙だ。任せたぞ」

そう言うと、佐々木は出ていった。

「さて、どうします」

林の問いに大隈が答える。

「決まっているだろう。まず女郎に会いに行く」

「えっ――」

林が絶句した。

六

丸山に行くには早い時間なので、大隈は林から渡された文書類に目を通すことにした。そこには、イギリス人医師が検死した結果が詳細に記されていた。

――斬られたのは二人か。

一人はロバート・フォードという火夫で、左の腋下から胸部にかけて刀傷があった。その傷口から、腹這いになっているところを斬りつけられたらしい。

――左の鎖骨は切断され、右の鎖骨も切れ掛かっている。さらに右の首にある大動脈、喉笛、食道を切断した後、脊柱で止まるか。こいつは刃こぼれどころか、帽子折れしたかもしれんな。

帽子折れとは刀の切っ先部分が折れることで、地面に横たわる者を斬った時以外になりにくいので、武士にとって恥辱とされる。

もう一人はジョン・ハッチングスという船大工で、右肩から刃が入って喉笛の手前で止まっていた。三角筋と鎖骨が切断され、上腕骨の一部も破砕されていた。

——まずフォードから斬りつけ、続いてハッチングスという順だな。フォードは即死だが、ハッチングスは苦しみながら死んだはずだ。

フォードを斬ることで刃こぼれした刀は、ハッチングスを斬る時には、威力を半減させていたに違いない。

——首に刃を叩きつけても、喉笛さえ切断できなかったのか。

それでハッチングスは這って逃げようとしたのだろう。犯人は背後からめったやたらに斬りつけたらしい。だが致命傷にはならず、ハッチングスは苦しみながら出血多量で死んだことになる。

大隈は立ち上がり、下手人の手順をまねてみた。そこには武士の矜持(きょうじ)など微塵(みじん)もなく、外国人に対する嫌悪と憎悪だけがあった。

——下手人は複数なのか。いや、これは一人の犯行だ。

複数なら、ハッチングスも刃こぼれしていない刀で斬られたはずだ。しかも武士が複数いたら誰かが止めることが多いので、寝ている人間を膾にはしないだろう。

——待てよ。

大隈はあることに気づいた。

林と一緒に引田屋に行くと、藤花が歓迎してくれた。

「酒と飯は後だ。まず皆を集めてくれないか」

藤花は怪訝そうな顔をしながらも主人に告げ、開店前で多忙な女たちを集めてくれた。

「皆、聞いてくれ。昨年のことだが、おかしな客は来なかったか」

「こんなところに来るような客は、みんなおかしいよ」

一人の言葉に、女たちがどっと沸く。

「その通りだ。わしも含めて女狂いだ」

大隈の言葉に、女たちが再び沸いた。

「では、もっと詳しく問おう。例えば——、突然笑い出したり、いや、これは酔客でもいるな。例えば、何かぶつぶつ言っている奴はいなかったか」

女たちが左右の者と話し始めた。そのかまびすしい声は、まるで小鳥のようだ。

しばらくして、太った女に背を押されるようにして若い女が前に出てきた。

その若い女は小刻みに体を震わせ、大隈に視線を合わせられない。

「何か心当たりがあるんだったら、遠慮せずに申せ」

大隈が優しい声音で問う。

「お客様に、そんな人がいました」

「どんな奴だ」

「年の頃は四十代で、こちらから話しかけても上の空で、何かぶつぶつ言っていました」

「よし、分かった。ここに残ってくれ。ほかにはどうだ」

それに応じる者がいなかったので、大隈はそこで散会とし、その女だけを別室に呼んだ。

大隈と林が真剣な眼差しで女を見つめるので、女は緊張している。

「固くなるな。わしがこの店によく来ていたのは知っているな。だから恐れなくていい」

おかしな論理だが、今はそう言ってでも安心させるしかない。

女がこくりとしたが、林は意外な顔をした。

「えっ、よくここにいらしていたんですか」

「わしも男だからな」

「大隈さんは真面目そうに見えるから、意外ですね」

「その話はいい」と言いつつ大隈が女に問う。

「そいつは武士だな」

「ええ」

「そいつが最後に来たのは、いつのことだ」

「昨年の六月です」

事件のあったのは七月六日の早朝なので、話は合っている。

「名は何という」

「名乗りませんでした」

「どんな顔をしていた」

　女は少し考えた後、首を振った。どうやら特徴的な顔ではないようだ。

「酒は飲んでいたか」

「さほど多くはありませんが、思いつめたような顔をして盃を傾けていました」

「閨はどうだった」

　女が恥ずかしげに答える。

「いつも酒だけ飲んで帰るので、一度もありませんでした」

「支払いは」

「つけでした」

　大隈の顔が緊張に強張る。それが怖かったのか、女が身を引く。

「それで、どこにつけた」

　女が泣きそうな顔で答える。

「福岡藩船手組です」

「帳簿を見せてくれ」

　林が主人から帳簿を借りてくると、該当する箇所をすぐに探り当てた。

「昨年の六月に遊びに来た福岡藩船手組は六人もいます。けしからん奴らだ」

「この中の名で、聞き覚えがあったら教えてくれ」

女が帳簿に書かれた名前を見つめる。

「多分、この方です」

そこには金子才吉と書かれていた。

「なぜ分かった」

「船手組の方々の宴席があった折に才吉と呼ばれていました。その時もすぐに返事をせず、お仲間からからかわれていました」

「そうか。ありがとう」

女は一礼すると、行ってしまった。

林が首をかしげながら問う。

「下手人は、その金子才吉という男ですか」

「分からんが、まずはその線から当たってみよう」

大隈は検死の結果から、下手人がまともな武士だとは思えなかった。

「つまり犯人は、いかれていたとお思いか」

「ああ、そうだ。いくら外国人が憎くても、武士なら寝ている者は斬らない」

「そして双方には、引田屋という共通した場所がありますね」

「そうだ。その点でも、金子が下手人という可能性が高い」

「で、どうします」

「明朝、福岡藩に行こう」

林がため息交じりに言う。

「行ったところで、『他藩の者に答える必要はない』と言われ、追い返されるだけですよ」

「わしは他藩の者ではない。朝臣であり、政府の役人だ」

「あっ、そうでした。では明日にも行きましょう。で、今夜はどうします」

「ここに泊まろう。君は、引田屋は初めてだったな」

「ああ、はい」

林が照れ笑いを浮かべる。

「では、先ほどの女を買ってやれ」

「それは構いませんが、大隈さんは――」

「贔屓(ひいき)にしていた女と最後の夜を過ごす」

大隈が立ち上がった。

七

淡い光を放つ有明行燈に照らされ、煙管から上がる煙が妖しくたゆたう。その煙の向こうに、体を拭く藤花の姿が見えた。

「ここは変わらぬな」

「何がさ」

「すべてだよ」

すでに九つ半（午前一時頃）を過ぎたと思うが、外はいまだ賑やかだ。外国人らしき意味不明の言葉や女郎の嬌声（きょうせい）に交じり、三味線（しゃみせん）を爪弾く音も聞こえる。

――長崎に来ることも、これからはさほどあるまい。

大隈にとって長崎は、第二の故郷と言ってもいい地だった。長崎で出会った人々の顔が浮かぶ。岩崎弥太郎、フルベッキ、大浦慶、そして今は亡き坂本龍馬らと出会えたのは、多くの人が行き交う長崎だからこそだった。

――そして藤花、か。

確かに器量がよいわけではないし、惚（ほ）れてもいない。たまたま出会い、流れに身を任せるようにして贔屓にしているだけの女だ。でも、それだからこそ愛（いと）しくもなる。

大隈は立ち上がると、鏡台の前で化粧を直す藤花を背後から抱いた。

「突然、どうしたんだい」

藤花が戸惑ったような笑みを浮かべる。

「なぜか、こうしてみたくなったのさ」

藤花も何か感じたのだろう。黙って大隈のなすがままになっている。

安っぽい白粉の香りの下に、日向（ひなた）で長く干した蒲団のような匂いがする。

「どこの生まれだったっけ」

「あんたには、まだ言ってないよ」

「そうか。じゃ、教えてくれ」

「松浦（まつら）の内陸の志佐川（しさがわ）沿いの村さ」

「行ったことはないな」

「そりゃそうだろうよ。田んぼしかないところだからね」

藤花が自嘲する。

「どんなところだ」

「美しい彼岸花（ひがんばな）が咲く村だよ」

それ以上のことを聞くのを大隈はためらった。それだけで、故郷に対する藤花の万感の思いが伝わってきたからだ。

「もう、来ないんだね」

その問いに大隈は何も答えず、藤花の胸の上に回した腕の力を強めた。

「そうか。もう来ないんだ」

大隈が藤花の耳元で囁く。

「すまない」

「ううん、いいの。その方が――」

藤花が一拍置くと言った。

「いつ来るか分からない人を待つより、気が楽だからね」

――そうか。女郎には待つことしかできないんだな。

年季が明けない限り、女郎に自由はない。

「そうか。その言葉を忘れない」

「私なんかの言葉を忘れないでいてくれるのかい」

「ああ、忘れない」

「私なんか、誰も見向きもしない道端の雑草だよ」

「それは違う」

大隈は藤花の肩を持つと、向き直させた。

「この世に値打ちのない人間などいないんだ。皆それぞれ生きている意味がある」

「だって私なんか――」

「いいかい、お前さんの笑顔がどれほど多くの男を鼓舞してきたか。ここに来れば、お前さんの笑顔に会える。それだけで男たちは仕事に精を出せるんだ」

「そういうものかい」

「そうさ。わしもそうだったからな」

藤花が恥ずかしそうな笑みを浮かべる。

「その言葉、とてもうれしいよ」

大隈が優しく藤花を抱くと、感極まったのか、藤花は耳元で嗚咽を漏らした。

「私も毎日辛いんだ。でも、いつか年季は明ける。その時、彼岸花の咲く故郷（ふるさと）への道をたどる自分の姿を思うと、乗り切れるんだ」

彼岸花の咲く川端を、新たな人生への期待に胸を弾ませて歩く藤花の姿が脳裏に浮かぶ。

大隈は優しく藤花を放すと、「では、行く」と言って立ち上がった。

「明日の朝までいればいいじゃないか」

「いや、いったん宿舎の部屋に戻り、一人になって考えたいことがあるんだ。わしの連れには、『明日の朝五つ（午前八時頃）、福岡藩屋敷の前で待つ』と伝えてくれ」

「分かったよ」

「じゃあな」

大隈はいつものように右手を軽く挙げ、藤花の部屋を後にした。背後から聞こえるすすり泣きが、いつまでも耳奥にこびり付いていた。

翌朝、福岡藩屋敷の前で佇んでいると、林が小走りになってやってきた。

「自分だけ帰って、ひどいじゃないですか」

「ああ、気が変わったんだ」

「佐賀の人はきまぐれだな」

「いや、きまぐれなのはわしだけだ」

門衛に名乗って藩重職との面談を望むと、すぐに屋敷内に通してくれた。林は「約束もなしに入れてもらえるんですから新政府の判事というのはたいへんなものですね」などと言っては感心している。

しばらく待たされていると、出てきたのは五十前後の目つきの鋭い男だった。福岡藩聞役(情報収集役)の栗田貢(くりたみつぐ)と名乗った男に、大隈が「下手人は金子才吉とにらんでいます」と単刀直入に言うと、栗田は深くため息を漏らした。

「どうして分かったのです」と問われたので、大隈はその理由を話した。

栗田が両手をついて頭を下げる。

「恐れ入りました」

「さすが黒田武士で名高い福岡藩。『知らぬ存ぜぬ』を通されると思い、いろいろと問い詰める方策を考えてきましたが、その必要はありませんでしたな」

「はい。政府のお役人が来られたら、見苦しい真似(まね)をせず、さっさと真相を告げるよう上役から申し付けられておりました」

「お待ち下さい」

林が口を尖らせる。

「では、なぜ名乗り出なかったのですか。われら土佐藩と海援隊は、あらぬ嫌疑を掛けられ、下手をすると高知城下を砲撃されるところだったのですぞ」

「おい」と言って大隈がたしなめる。林の気持ちは分かるが、「土佐藩の迷惑」の線から責めると、栗田ないしは金子の上役を切腹に追い込みかねない。この時代、他藩に迷惑をかけることは自藩の恥であり、恥は責任を生み、誰かが腹を切ることになる。

——武士というのは全く厄介な生き物だ。

同じ藩に属する者が仕出かした不始末を、監督責任やら連帯責任という名目で、誰かが腹を切ることで終わらせようとする慣習は、ここで絶たねばならない。

栗田が眉間に皺を寄せつつ言う。

「われらは当初、金子があの事件の下手人などと全く知りませんでした。ところが金子が『自分がやった』と言い出したのです。それで藩としてどうするかを本国と協議していたところ、金子が勝手に腹を切ったのです」

栗田が心痛をあらわにして弁解する。

「自ら腹を切ったのですか」

大隈の問いに、栗田が伏し目がちに答える。

「そうです。詰め腹を切らせたわけではありません。自ら外夷を殺したと名乗り、獄に入り、腹を切りました。どうやら彼奴は鬱の病を患っていたらしく、言行がおかしかったと、後で親しい者が申しておりました」

――獄に入れても、脇差を持たせたのだな。

未決囚でない限り、獄に入れたら両刀を取り上げるのが筋だが、渡してしまっては「腹を切れ」と示唆しているのと同じことだ。

林が首をかしげながら問う。

「つまり金子というのは、正気ではなかったのですか」

「はい。それでも事件の翌朝、酔いが醒めて自分がしたことを思い出し、名乗り出たようです。それでその後、獄中で腹を切ったのです」

「分かりました。これから、われらはイギリス領事館に行き、パークスらに陳弁せねばなりません。金子が腹を切ったという証拠と、当座の見舞金をご用意下さい」

「仰せにすべて従います」

それで話は終わった。

金子の髻と腹を切った脇差を受け取ると、二人はその足でイギリスの長崎領事館に行き、パークスに事の次第を説明した。

金子の死を認めたパークスだったが、「犯人は一人ではない。共犯者を引き渡せ」と言って譲らない。だが大隈は「共犯者などいない。一緒に飲んでいた者たちと別れた後、金子は単独で犯行に及んだのだ」と言って断固拒否した。

丁々発止のやりとりの後、金子と一緒に飲んでいた福岡藩士七人は福岡藩側で禁固刑とし、福岡藩は賠償金を支払うことで、パークスをようやく納得させた。

この事件の顛末を聞いた小松帯刀は、十月二十七日付けの書状で「先生（大隈のこと）御尽力故（迅速に解決した）」と書き、さらに大隈の評価を高めた。

事件が一段落した後、賠償金の受け渡しなどの後処理を林に任せた大隈は、故郷佐賀へと帰っていった。

ちなみにこの後、林は出世街道をひた走り、香川県権令などの要職を歴任するが、自由民権運動や徴兵制反対の一揆（いっき）を抑えきれずに罷免され、不遇の後半生を送ることになる。

八

――帰ってきたな。

さほど長い間、故郷を離れていたわけではないが、慌ただしい日々を送っていたため時間の感覚が失われていたのか、帰郷は格別のものがあった。

長崎からは馬車を使ったので、疲れもせずに佐賀に着いた。一年ほど前までは、馬か徒歩で往復していたのが嘘のようだ。時の流れの速さが実感として迫ってくる。

佐賀城に着くと、留守居の者たちが列を成して迎えてくれた。沿道には見物人まで出て、皆で大隈の乗る馬車を見つめている。「故郷に錦を飾る」という言葉があるが、まさに大隈はそれをやってのけたのだ。

燕尾服の上にフロックコートを羽織り、山高帽をかぶった大隈が、ステッキをつきながら馬車から下りると、藩の重役たちが駆け寄ってきて頭を下げた。ほんの一、二年前までは、大隈など歯牙にも掛けなかった連中だ。

――変われば変わるものだな。

だが鍋島閑叟も直大も、副島、江藤、島、大木、佐野、久米らもすべて京都や東京へと出払っており、佐賀城下はいつになく寂しい感じがした。

佐賀城の留守を預かる家老たちに帰還の挨拶を済ませると、大隈は自邸へと向かった。すでに自邸へは使いを送り、帰宅を知らせてある。

馬車が自邸に着くと、親戚や友人が居並んで迎えてくれた。

「ただ今、帰りました」

玄関口で山高帽を取って挨拶すると、迎えに出てきた者たちから拍手が巻き起こった。

それも終わり、大隈が邸内に入ると熊子が飛びついてきた。

「お帰りなさいませ」

玄関には、母の三井子と妻の美登が正座して待っていた。また親戚や友人も集まり、この夜は大隈の出頭を祝った宴席が設けられた。

深更、最後の客が帰り、三井子と女中たちは片付けに入っていた。熊子はすでに眠っている。

「あなた様、よろしいですか」

最後の客を送り出して戻ってきた大隈に、美登が声を掛けてきた。

「なんだ、あらたまって」と答えつつ、酒が入って上機嫌の大隈が二人の居室に入る。

二つ置かれている座布団の一つに、大隈が座る。

「やはり自分の家はいいな」

「それはよろしかったですね」

美登がよそよそしい態度で言う。だが大隈は慣れているので、気にも留めない。

「そうだ。そなたに言っておきたいことがある」

美登が襖を閉めた早々、大隈が切り出した。

「何ですか」

「江戸、いや東京に家を買った。まあ、厳密には家と土地を政府からもらった」

少しは驚くかと思ったが、美登は一切の表情を変えずに座に着いた。

「それは、よろしかったですね」

「東京の築地(つきじ)というところに本願寺があり、その西隣の旗本屋敷を政府が接収し、わしに下賜してくれた。なんと敷地は五千坪もあるんだ」

美登は何ら表情を変えない。

「なんだ、うれしくないのか」

「はい。私にはかかわりのないことですから」

「ど、どういうことだ」

予想もしていなかった言葉に、大隈は意表を突かれた。

美登が一拍置くと言った。

「離縁させていただきます」

大隈はその言葉の意味が分からない。

重い沈黙が漂う中、ようやく言葉が出た。

「わしと別れたいのか」

「はい。もう愛想が尽きました」

「どうしてだ。わしは異例の出頭を遂げ、先々に何の心配も要らない生活が待っているのだぞ」

「あなたには女子(おなご)の気持ちなど分かりません」

「そなたの気持ちが分からぬと申すか」

美登が唇を噛んでうなずく。

確かに大隈は、一度として美登の気持ちを考えたことがなかった。だが大隈にも言い分はある。

「分かるも分からぬもないだろう。われらはこの国のために、日夜懸命に働いているのだ」

「何かに夢中になると、ほかのことは一切忘れる。それがあなた様です」

「われらは、この国を造っているのだ。それを支えてくれるのが妻ではないか」

「支えるも何も、私はここにいるだけで何もできません」

「だから東京で一緒に暮らそう。さすればわしを支えているという実感が湧く」

「もう結構です」

美登は頑なだった。

「待て。この国を造ることに夢中になっているのは、わしだけではないぞ」

「存じ上げております。でも副島様は奥方のことを常に気に掛け、『冬は暖かいと思った日でも、夏蒲団を一枚掛けろ』といった心遣い溢れる書状を出しているそうです。大木様も見てきたもの、聞いてきたものを、生き生きとしたお言葉で奥方に書いて寄越すそうです」

「ああ、そういうことか」

美登に近況を知らせる手紙を書くなど、大隈は考えもしなかった。

「お偉い方の奥方として、何不自由ない生活を送ることより、どんなに苦しくても、私の方を向いていてくれる方と、私は添い遂げたいのです」

美登の言葉がずしりと胸に響く。

――確かに、わしは美登を大切に扱ってこなかった。

だがそれは、多くの男たちと変わらないと思っていた。佐賀の女たちは、そんな男たちに文句の一つも言わず仕えてきた。そんな姿を見てきた大隈は、それが当たり前のことだと思い込んでいたのだ。

――だが、今それを言っても始まらない。なおさら心を閉ざすだけだ。

そう思い直した大隈は、座布団から下りて頭を下げた。

「美登、すまなかった。この通りだ。これからはそなたを大切にする」

「謝っていただき、ありがとうございます。しかし共に東京に移り住むことはできません」

「ど、どうしてだ」

「今、あなた様は私を大切に思ってくれています。でも東京に行き、また仕事に没頭する日々が始まれば、私のことなど――」

美登が口元を押さえる。

「何を言っておる。そんなことはない。わしは終生そなたを大切にする」

「いいえ、それは今だけのお気持ちです。知己もいない東京で孤独な日々を送るなど、私には耐えられません」

美登の嗚咽が狭い部屋に漂う。

――美登の申す通りかもしれん。

今は申し訳ない気持ちから美登の方を向いていられるが、東京に行けば、多忙にかまけて美登のことを顧みないようになるのは明らかだった。

「美登、そなたの申す通りかもしれない」

美登が顔を上げる。

「ようやく、お分かりいただけましたか」

「ああ、そなたを東京に連れていけば、同じことの繰り返しだ。それならここで――」

大隈が込み上げてくるものを抑え、はっきりと言った。

「お互いのために別れよう」

「あ、ありがとうございます」

美登も座布団を下り、両手をついた。

「熊子もきっと分かってくれる」

この時、熊子は美登と一緒に佐賀にとどまるものと、大隈は思っていた。

「そのことでお願いがあります」

「お願いだと。それは何だ」

「熊子がそれなりの年になったら、東京で養育いただけませんか」

「えっ、どういうことだ」

「これからは、東京がすべての中心になります。あの子には東京で教育を受けさせたいのです」

大隈は美登の覚悟を知った。

「それで、そなたはよいのか」

「はい。私も熊子と別れるのは辛いです。でも、あの子の将来を思えば、あなた様と一緒の方がよいのではないかと思うのです」

「そうか、そこまでの覚悟ができておるのだな」

「はい」

美登がきっぱりと言った。

「よし、分かった。そなたの言う通りにしよう」

「あの子を――、あの子をお願いします」

美登が泣き崩れた。

大隈は美登の側に回ると、その背を撫(な)でてやった。

それが、大隈が夫として美登にしてやれる最初で最後の優しさだった。

その後、大隈と別れた美登は、その将来を案じた三井子の奔走により、佐賀藩の支藩・

鹿島藩の脇本陣を務める犬塚綱領と再婚し、一男二女をもうけた。美登は犬塚と添い遂げ、子や孫に囲まれて七十歳の天寿を全うした。別離以後、その死まで、美登は大隈に会うことは一度としてなかった。

一方、三井子を伴って東京に戻った大隈を待っていたのは驚くべきことだった。年の瀬も迫った十二月二十七日、大隈は外国官副知事の辞令を受ける。この職は複数名置かれるものの事実上の外国官（後の外務省）のトップで、あらゆる決定権が委ねられていた。ちなみに外国官知事（後の外務大臣）には前宇和島藩主の伊達宗城が就いていたが、実務は副知事たちに委ねられていた。

実はこの抜擢には理由があった。大隈の前任は小松帯刀だったが、病気療養のために帰郷を希望し、辞任を申し出ていたのだ。この時、小松は後任に大隈を強く推したので、それを容れての抜擢となった。

大隈は極めて短期間の実績だけで、明治維新に功績のあった者たちを追い抜いたことになる。それだけ新政府は人材が枯渇しており、英語ができて交渉力のある大隈は、欠くことのできない人材だった。

かくして小松は大隈にとって大恩人となった。だが明治三年（一八七〇）七月、小松は不帰の客となる。三十四歳という若さだった。明治維新に多大なる貢献をした小松の最後の置き土産が、大隈だったのだ。

そして小松には、もう一つ大きな置き土産があった。それは幕府や諸藩が苦し紛れに金銀含有量を減らして鋳造した貨幣、いわゆる贋金（がんきん）の問題だった。

九

美登とのことがあり、いたたまれない思いで佐賀を後にした大隈だったが、気を取り直して東京に戻り、美登のことを忘れるかのように仕事に没頭した。

そんな日々を送っていた明治二年（一八六九）の正月明け、改築中の築地の新居を訪れる機会が持てた。

家族と住むことを前提で増改築を進めていたので、その予定が狂ってしまい、大隈は戸惑っていた。だが独り身を続けるつもりもないので、そのうち後妻を娶るつもりで、当初の予定通りに作業を続けさせていた。

多くの大工たちが行き交う中、大隈は居間の広縁に一人座り、冬枯れの庭を眺めていた。

かつては手入れが行き届いていたのだろう。雑草の中に顔を出す石灯籠は大きく、今は干からびている池には、大ぶりの渡り石が連なっている。

この家の主だった戸川捨二郎安宅（とがわすてじろうやすいえ）という旗本のことを、大隈は全く知らない。だが大身の旗本がいかに優雅な生活を送っていたかは、その痕跡から分かった。

――先祖の功で大禄を食み、それを当たり前のように子々孫々に引き継いでいけると思っていたのだろうな。

明治維新となって新政府に土地と屋敷を没収され、何代にもわたって住んできたこの屋敷を、戸川がどのような思いで引き払ったのかは想像もつかない。

戸川一家はこの広縁に座し、親子孫三代で楽しく会話していたのだろう。庭で遊ぶ孫たちの歓声を聞きながら、これからもずっと、そんな日々が続くと思っていたかもしれない。しかしそんなささやかな幸せは、時代の奔流に押し流されていった。

時代の移り変わりによって富む者もいれば、すべてを失う者もいる。それが運不運と言ってしまえばそれまでだが、戸川捨二郎という一人の旗本にとって、明治維新は迷惑なことこの上ないものだったに違いない。

――だからこそ、よりよき世を作っていかねばならぬ。

口惜しさを胸に秘めて自邸を去っていく幕臣たちやその家族が、再び笑顔に包まれることを願い、大隈は国家に一身を捧げるつもりで働かねばならないと思った。

明治政府は、これまで江戸幕府が藩ごとに自由にやらせていた藩政への介入を進めようとしていた。その第一歩として前年の明治元年十月、「藩治(はんち)職制」という藩政の指導書を諸藩に通達し、中央政府の制度や職制に合わせるよう、諸藩の組織を変えていくよう指導した。これは諸藩でばらばらだった藩主以下の職制を統一させ、有能な者を登用しやすくさせるという狙いがあった。

こうした布石を打った後の明治二年一月二十日、薩長土肥の四藩主は連名で版籍奉還を上表した。これは「王土王民思想」に基づき、「版（土地）と籍（人民）は本来天皇のものであり、諸藩の領主権を返上する」という新政府の中央集権志向を如実に表した政策だった。すなわち諸藩の領主権は将軍から授けられたものであり、その将軍がいなくなった今、藩主の法的根拠も失われたという解釈による。

これには「改めて天皇の名の下に諸藩主の地位を保全してもらいたい」という藩主たちの思惑があったが、その裏には「諸藩の支配権の解体」の第一歩という政府の狙いが隠されていた。

だが領地と領民を朝廷に返上したとはいうものの、それはあくまで名目上のことで、藩主が知藩事になり、武士が士族になっただけで、領土から上がる税収は依然として諸藩の懐に入っていた。ただし版籍奉還が廃藩置県への道を開いたのも確かで、反発を最小限に抑えつつ第一歩を踏み出したことに意義があった。

実は、この上表は薩長土の三藩で行われることになっていたが、その情報を察知した副島や大木が割り込むことによって薩長土肥四藩によるものとなった。

薩長土側にしてみても、佐賀藩が加われば、その他諸藩が追随しやすくなると考えた。そういう意味で、上表書という天皇への正式な書面において、政府の中核を成す藩が、薩長土三藩から薩長土肥四藩になったことは、佐賀藩にとって大きな収穫だった。

一方、佐賀藩では、戊辰戦争での戦費が莫大なものとなったことで、藩財政の再建を図らねばならなくなっていた。それゆえ藩政改革が急務となった。

幕末から明治維新期の佐賀藩では、鍋島河内や中野数馬といった上士階級が、相変わらず執政や側役に居座っていたため、上士の家禄削減や諸制度の改革が進まない状態だった。そのため、彼らの下役として実務を切り回していた久米邦武らは不満を募らせ、遂に閑叟への直訴という手段に訴えた。

久米らは副島の参政就任を望んだが、江藤を適任と信じる閑叟は二月、二人を伴って帰郷し、副島と共に江藤の藩政参画を認めさせた。正確には執政の鍋島河内の下に参政の副島が就き、その下に参政格（副参政）として江藤が任じられた。しかし実務的には、江藤が藩政を取り仕切ることになる。

江藤は佐賀藩の参政格就任早々から藩政の抜本的改革を目指し、まず藩財政の健全化を図った。とくに伊万里焼の大量生産体制の確立による海外市場の開発で即座に成果を出した。また組織階層を簡略化し、医療や社会福祉といった民生面でも辣腕を振るった。

一月下旬、その日の仕事が一段落したので、大隈は改築中の築地の新居に顔を出した。門前で大工たちが働く姿を眺めていると、一人の妙齢の婦人が近づいてきた。しかもその婦人は大隈の前で立ち止まると、「あの、こちらが大隈様の御屋敷でしょうか」と聞いてきた。

「はい。そうですが——」

「かつては戸川様の御屋敷だったのですが、随分と寂れてしまったんですね」

「ということは、この屋敷にご縁があったのですか」

「ええ、まあ」

女性が複雑な顔つきで言う。

「まさか、この屋敷に住んでいたのですか」

「いいえ。この御屋敷のご主人が父の上役で、幼い頃に遊びに来たことがあるんです」

「ということは、あなたは旗本のご息女ですか」

「はい。あなた様は、この御屋敷に住んでいた方々がどこに行ったかご存じですか」

女性が恥ずかしげに問う。その時、その見目麗しい女性の目に青あざがあるのに気づいた。唇には裂傷の痕もあり、誰かに暴力を振るわれたのは歴然だった。

だが個人的なことなので、大隈はそれに気づかないふりをして答えた。

「この屋敷に住んでいた一家がどこに行ったかは、私も知らないんですよ」

「そうでしたか。私と同い年くらいの娘さんがいたのですが――」

「その娘さんに御用なのですね」

「いいえ。ここに住んでいた戸川様のご一家に用があるのではなく、ここで働く大工棟梁の柏木(かしわぎ)貨一郎(かいちろう)に弁当を届けに来たんです」

「あっ、そういうことでしたか」

「実は私、貨一郎の妻なんです」

――まさかこれほどの女性が大工の妻とはな。

大隈の心中に落胆の色が広がる。

旗本の娘が困窮し、商家や職人に嫁ぐのは日常的な出来事となっていた。この女性もそうした流れに逆らえず、手に職を持つ大工の嫁となったに違いない。

「あなた様は、この御屋敷とどういうご関係なのですか」

「えっ、ああ、私は――」

その時、現場から駆けつけてくる人影が見えた。大隈も知る貨一郎だ。

「こいつはご無礼を」

貨一郎が鉢巻を外して頭を下げる。

それを見た女性が驚く。

「えっ、このお方は、まさか――」

「お前も馬鹿だな。このお方こそ、ここの新たなご主人になる大隈侯だ」

「これはご無礼仕りました」

女性が深々と頭を下げる。

「いや、こちらこそ。名乗るのが遅れました。大隈八太郎と申します」

「綾子と申します」

貨一郎が綾子の後頭部を摑むと、無理に頭を下げさせた。

「頭の下げ方が足りねえんだよ。いつまで旗本の娘気分でいやがるんだ！」

「申し訳ありません」

貨一郎の仕打ちは、傍で見ていても気持ちのよいものではなかった。

「もうよい」

「申し訳ありませんでした。こいつは大工の内儀になったのに、いつまでも旗本の娘の気分が抜けないんでさあ」

貨一郎が綾子の肩を小突く。綾子は唇を嚙んでこの屈辱に堪えている。

「もうよいと申したはずだ」

「ああ、はい」

「弁当を受け取ったら、あっちへ行け」

「えっ」

「綾子殿は、この屋敷に何度か来たことがあるという。わしはこの屋敷に住んでいた一家のことを聞きたいので、綾子殿を借りていく」

貨一郎は「ああ、はい」と答えると、綾子の手から弁当の櫃を奪い、その場から去っていった。

「綾子殿、よろしければこちらへ。茶ぐらいはある」

「でも――」

綾子は貨一郎の方を心配そうに見ている。

「後で打擲されるのか」

綾子は口を真一文字に結び、何も答えない。その健気な姿は心打つものがあった。

――これはどういう感情か。

何事にも分析を好む大隈は、自分の感情を分析しようとした。だが、その感情の正体を全く摑めない。

戸惑いながらも大隈が言う。

「何も案じることはない。こちらに来なさい」

大隈は先に歩き出した。それに綾子がついてくるかどうかは分からない。ついてこなかったら、それまでとするつもりでいた。

――何事も縁だ。

肩越しにちらりと振り向くと、綾子が付き従っていた。後で貨一郎に打擲されるかもしれないが、何かそうせざるを得ないものを、綾子も感じたのだろう。

十

庭の見える居間に綾子を上げた大隈は、煙管に煙草を詰めながら、その話に耳を傾けた。

綾子によると、鳥羽・伏見の戦いの結果が江戸に知れわたっても、旗本たちは意外に平静を保っていたという。中には「家康公の昔から、上方で敗れることは想定されていた」と冷静に語る老人もおり、当面の間、京都と大坂の間でにらみ合いが続くというのが、大方の予想だった。

ところが慶喜が江戸に逃げ帰ってくることで、情勢は一変する。旗本たちは先祖伝来の古甲冑を身に着け、妻子眷属と水盃を交わした上で江戸城へと馳せ参じた。

綾子の父の三枝七四郎は、上役の戸川捨二郎に従って江戸城に入った。ところが慶喜が恭順を貫くことになり、旗本たちの団結は一気に崩れた。大半は慶喜の意向に従い抗戦をあきらめたが、一部の徹底抗戦派は上野山の彰義隊に加わり、また会津に向けて落ちるなどして、最後まで戦い抜こうとした。

三枝は「前将軍の意向に従う」という戸川の方針に賛意を示し、自邸に籠もっていた。

すると政府の使者と称する者が現れ、すぐに屋敷地から出ていけという。三枝が「行くあてがない」と言っても聞く耳を持たず、期限を設けて退去を促してきた。戸川も大同小異だったのだろう。その頃は誰もが自分のことで精いっぱいで、戸川家がどうなったかまでは、父も把握していなかったらしい。

その後、三枝一家は、徳川家十六代当主の家達が駿河七十万石へと転封されたのを機に駿河に入植することにしたが、頭数を少なくしたいので、急遽、綾子の縁談を調えることになった。だが、食べていくあてのない旗本仲間の子弟に嫁がせるわけにもいかず、父は幕府の大工棟梁をやっていた柏木稲葉の養子の貨一郎に嫁がせることにした。

「そうしたことが三月ほどで、慌ただしく決まったんです」

「それはたいへんだったな。だが貨一郎は、あの口調で幕府に仕えていたのかい」

「実は柏木家は借金で火の車となってしまい、それを帳消しとする代わりに、神田和泉橋の辻屋という糸問屋の次男を養子に迎えたんです」

旗本の困窮問題は大隈も小耳に挟んでいたが、俸禄が二百六十石以下の御家人となると、それどころではなかった。

「それが貨一郎というわけか」

「はい。柏木稲葉様には、お子様がいなかったので、実は貨一郎も私も、柏木様とは血のつながりがなかったのです」

綾子が悲しげに言う。

「よく分かった」と言いつつ、大隈は煙管から煙を吐き出した。

「ところが貨一郎も、御一新で自ら大工働きをしないと食べていけない羽目に陥ったのです。しかし丁稚奉公もしていない二十代後半の貨一郎です。大工の真似事をしてみたもののうまくいかず、すべては配下の者たちに任せていました。でもそれが歯がゆいらしく、『こんなはずじゃなかった。俺はだまされた』などとぼやきながら、毎日のように酒を飲んでは私にあたるんです」

綾子が嗚咽する。

「そうか。それでそんな顔にされちまったんだな」

「お恥ずかしい話ですが、毎日が地獄のようで——。すいません。初めての方にこんな話をしてしまい——」

「いいんだ。俺に任せてくれ」

「貨一郎を説諭するのはやめて下さい。これまで何人もの方が説諭しましたが、聞く耳を持たず、これまで以上に私のことを——。ああ、こんなことなら父上たちと駿河に行きたかった」

綾子が嗚咽を漏らすのを見ながら、大隈は立ち上がった。

「俺は説諭なんかしない」

「では、何をするんですか」

「その前に聞いておきたいんだが、妻に手を上げない男の許に再嫁したいか」

「えっ、そんな方がおられるんですか」

「ああ、いる。妻子を宝のように扱う男さ」

ようやく綾子も気づいた。

「まさか――」

「ああ、一目見てあんたが気に入った。あんた次第だが、俺の許に来ないか」

「来ないかって、まさか妻として迎えていただけるのですか」

「ああ、そのつもりだ。それとも妾（めかけ）がいいかな」

「どちらでも構いません」

大隈が声を上げて笑うと、綾子の顔にも笑みが浮かんだ。

――いい笑顔だ。

「よし分かった。どちらでもいいなら妻として迎える」

その言葉に綾子が泣き出した。

「それを本気で仰せですか。戯れ言の類ならおっしゃって下さい」

ひとしきり泣いた後、現実に立ち返ったのか、綾子が確かめてきた。

「馬鹿を言うな。武士に二言はない」

「ああ——、うれしい」

再び綾子が泣き出す。

大隈は「おーい」と近くにいる大工の小僧を呼ぶと、「貨一郎を呼んでくれ」と言いつけた。

やがて貨一郎がやってきた。

「何か御用で」

「お前は明日から来なくていい」

「へっ、またどうして」

「働きが悪いし、腕も悪いので馘首とする」

「旦那、いくらなんでもそんな。私は政府から紹介されて、こちらに来たんですよ」

大隈は珍しい生き物でも見るような顔をすると、当たり前のように言った。

「俺が政府だ」

「馬鹿言っちゃいけねえ。冗談はやめて下さいよ」

「そうかい。じゃ、俺が政府じゃないという者を連れてこられるか」

貨一郎が言葉に詰まる。

「今日までの給金はきちんと払ってやる。だが明日からは来なくていい」

「分かったよ」

突然、貨一郎の口調が変わる。

「こんなところになんか来るもんか。勝手にしろ！」

「それでよい。二度と顔を出すな」

「ああ、二度と来るものか。おい、綾子、行くぞ」

その言葉に、綾子が反射的に立ち上がる。

「そうだ。言い忘れた。綾子さんは置いていけ」

「何だと。どういうことだ」

「綾子さんはお前と離縁することになった。お前の家には、もう戻らない。後で人力車を送るので、綾子さんの荷物を積んで送り返せ」

「ちょっと待ってくれよ。綾子は俺の女房だ。いくら政府の高官だからといって、他人の女房を盗むのは間違っている」

「それはそうだ。では、綾子さんの意向を聞こう」

大隈がゆっくり綾子の方を向く。

「綾子さん、あんたの人生だ。どちらか選びなさい」

貨一郎が急に媚びを売り始める。

「綾子、すまなかった。一緒に帰ろう」

綾子は俯いたまま立ち上がらない。

「ま、まさか、てめえ――」

「綾子さん、ここははっきりさせた方がよい。勇気をもって告げてやれ」

綾子は顔を上げると、はっきりと言った。

「貨一郎さん、短い間でしたが、お世話になりました。私はあなた様と離縁することにしました。このまま家には帰りません」

「何だと――」

「聞いた通りだ」

「この野郎。政府の高官だか何だか知らねえが、俺の顔に泥を塗りやがったな！」

「そういう考えだからいけない。お前は綾子さんのことなど微塵も考えず、自分の面子（メンツ）だけを気にしていたんだ」

「何だと――。よし、分かった。では勝負しろ！」

「勝負か。それはいい」

大隈の顔が急に明るくなる。

「やめて下さい」

「綾子さん、心配は要らない。これまで殴られた分を殴り返してやる」

大隈はシャツ姿になると、サスペンダーを左右に外した。

「やるってのか。いい度胸だ」

「最後に聞く。恥の上塗りになってしまうが、それでもよいか」

「けっ、何言ってやがる！」

「分かった。どうやら覚悟はできているようだな」

大隈が庭に下りると、大工たちが集まってきた。

小柄な貨一郎は相撲取りのように構えて、長身の大隈の足に取り付こうとしている。

周囲から歓声が上がる。それに押されるように貨一郎が組み付いてきた。

大隈は張り手で貨一郎の顔を払うと、思い切り横腹を蹴った。

転倒した貨一郎は「この野郎！」と喚きながら再び飛び掛かってきた。だが貨一郎は、喧嘩慣れした大隈の敵ではない。何度も殴られ、蹴られ、しまいには泣き出した。

「口惜しいよう」

貨一郎が配下に助け起こされる。

「貨一郎よ、その口惜しさを仕事にぶつけろ。そのくらいの意気込みがないと、お前のように成人してから大工修業を積んだ者は食っていけない」

配下に肩を貸され、貨一郎がその場から去っていった。

去り行く貨一郎の背に、大隈が声を掛ける。

「貨一郎、人力車に綾子さんの荷を積むことを忘れるな」

それが聞こえたのかどうかは分からないが、貨一郎は口惜しさに咽(むせ)び泣きながら去っていった。それを見た大隈は少し同情したが、すぐに当然の報いだと思い直した。

――これが弱い者に手を上げる男の末路だ。

「ほかの者たちは仕事を続けてくれ」

大隈の言葉を聞いた大工たちは、それぞれの持ち場に戻っていった。

「綾子さん」と呼び掛けつつ、大隈が広縁から居間に上がる。

一部始終を見ていた綾子の手は震えていた。

「もう恐れることはない」

大隈が手を握ると、綾子の震えは治まった。

「今からあんたはわしの女房だ。つまりこの家は、あんたのものでもある」

「えっ」

驚いたように綾子が格天井を見回す。

「戸川様の御屋敷が――」

「そうだ。今この時から、あんたにこの家を切り盛りしてもらう」

「は、はい」

一瞬、戸惑ったものの、綾子が力強くうなずいた。

――この女なら添い遂げられる。

なぜか大隈には確信があった。

その後、親しい者だけ呼んで簡素な式を挙げた二人は、晴れて夫婦となった。

十一

この頃、閑叟の動きも慌ただしくなってきていた。明治二年（一八六九）の二月に副島と江藤を伴って佐賀に戻った閑叟は、江藤の提案した藩政改革大綱を承認するや、三月下旬、江藤を佐賀に残し、副島を伴って東京へと向かった。

五月になると箱館戦争が終わりを告げ、晴れて諸外国から明治政府が唯一の日本の政府と認められた。これと軌を一にするように、官制の改革と官吏の公選が矢継ぎ早に進められ、閑叟は岩倉具視と徳大寺実則と共に改めて議定に就任する。

徳大寺は後の侍従長のようなものなので、政府の最終決定権を公武、すなわち公家を代表する岩倉と武家を代表する閑叟が握ることになる。遂に閑叟は藩主としてはただ一人、明治政府の中枢を担うことになったのだ。

薩長両藩出身者が中心の新政府において、閑叟が両藩主を差し置いて最高位に就いたことは、閑叟の有能さを周囲が認めたこともさることながら、「明治政府が薩長両藩だけのものではない」ことを国民に知らしめる効果があった。それと同時に、閑叟には双方が対立しないための調整役も期待されていた。さらに閑叟の使命は徳川幕藩体制の完全な解体、すなわち廃藩置県の実施で、それを元大名の閑叟自ら指揮を執ることで、誰にも文句を言わせないことだった。

ところが閑叟の病状は悪化の一途をたどっていた。そのため版籍奉還から廃藩置県への道筋は、薩長両藩出身者を中心にして進められていくことになる。

そうした政府中枢の動きとは別に、大隈は政府の抱える個別の問題の解決に取り組んでいた。

この年の年初に、大隈は外国官副知事と会計官御用掛（三月に副知事に昇格）を兼務することになったが、会計に不慣れな大隈が、外国官と会計官の仕事を兼務したのには理由があった。

それが小松帯刀の置き土産である。


「どうしてくれる！」

パークスが机を叩く。

「私はイギリスだけでなく、諸外国の代表としてここに来ている」

太政官内にある大隈の事務所は、パークスが吸い続ける葉巻の匂いに満たされていた。

「それは分かっています」

「いかに内戦で戦費を調達せねばならないとはいえ、不換紙幣を濫発（らんぱつ）して乗り切ろうなど、欧州ではあり得ないことだ」

明治政府の財政を取り仕切っていた三岡八郎（由利公正）は、戊辰戦争の戦費調達と維新政府の資金不足を補うため、金札（太政官札）と呼ばれる不換紙幣を濫発していた。

だが不換紙幣は正貨（金銀などの貨幣）との交換ができる紙幣ではないので、市中の信用が得られず、人々は額面より大幅に安い相場で正貨と交換せざるをえなかった。しかも金札の発行量は明治二年末で四千八百万両に達し、政府の年間歳入の四倍にも上っていた。

それだけなら国内の貨幣問題で済む話だが、外国人商人が日本人商人から金札を受け取り、それを正規のレートで正貨に交換できないと知り、それぞれの公使館に抗議が殺到した。

パークスが声を荒らげる。

「われわれの国の商人で大損をした者がいる。彼らは額面よりかなり安い相場で、正貨と交換せざるを得なかった。これをどうしてくれる」

大隈が平然と問い返す。

「では、どうしてほしいのですか」

「贋金と品質のよい一分銀との交換を要求する」

パークスの主張には根拠があった。慶応二年（一八六六）に列強が幕府と締結した「改税約書」というものがあり、そこでドルと一分銀の換算比率を定めていたからだ。

パークスが葉巻ごと机を叩くので、その灰が舞い散る。

「今後、日本の商人に金札を摑まされたら、その保証は日本の政府にしてもらう」

――何を言ってやがる。

それでも大隈は、怒りを抑えて言った。

「それは乱暴な話だと思いますよ。あなた方もこの国で商売したいなら、この国の貨幣制度の現状を知り、自ら防衛すべきでしょう」

「新規に来た商人たちも多くいて、とても周知させることなどできない」

「それは、あなた方の都合だ。尤も、日本人商人との取引の際、わざと金札をもらう者もいると聞きましたが――」

実はここに来て、新たな問題が発生していた。取引の際、あえて日本人商人から市中レートで金札を受け取り、それをパークスの圧力によって日本政府に引き取らせ、自分は質のいい一分銀を受け取ることで利益を出そうとする外国人商人が出てきたのだ。これを知った諸外国の商人たちはこぞって金札を要求するようになったので、このままいけば政府は、それらを正しいレートで交換せねばならなくなる。

「そんな者はいない！」

「まずはその事実を認めて下さい。その上で正貨の交換に応じましょう」

「何だと――」

パークスが何とも渋い顔をする。

「認めていただけないと話が進みません」

「よかろう。一部にそういう輩がいるという話は聞いた」

「分かりました。では正貨の交換に応じます」

「ありがとう」と言いながら手を伸ばすパークスを無視して、大隈が言った。

「ただし、三月末日以降に日本人商人との取引で金札を得た外国人商人とは、正貨の交換に応じません」

「冗談を言うな。四月から五月にかけて金札を摑まされた商人たちはどうする！」

「ミスター・パークス」と言って大隈がパークスをにらみつけた。

「あんたは『俺が日本政府を脅して正貨と交換させてやるから、どんどん金札をもらえ』と、パーティーで豪語したというではありませんか」

「何だと。そんなことを言った覚えはない」

「パーティーでいい顔をしたいなら、給仕するボーイらも本国から連れてくることですな」

外国人のパーティーはホテルのボールルームで開かれるので、そこに英語の分かる給仕を入れておけば、話はすべて筒抜けとなる。

——俺をなめるなよ。

大隈は、何の手札もなく交渉の席に着くなどという愚を犯さない。

「この野郎──」

パークスが拳を固め、汚い言葉を並べる。

「パークスさん、お里が知れる言葉を使ってはいけません。われわれは紳士なのですから」

大隈は余裕しゃくしゃくの体で煙管を取り出すと、煙草を吸い始めた。

「分かった。それでよい。だがそれ以前の取引で得た金札は、正貨との交換に応じてもらうぞ」

「もちろんです。われわれは、れっきとした政府ですから」

パークスが自国の商人たちから賄賂をもらっているかどうかは分からない。だが接待などで甘い汁を吸っているのは間違いないだろう。

大隈は、またしてもパークスを黙らせることに成功した。

その後、大隈はそれまでの財政・貨幣部門の責任者だった由利公正を厳しく責め、由利を辞職に追い込んだ。かつて福井藩士だった由利は、藩札発行による財政改革に成功し、その実績を買われて新政府の財政・貨幣政策を担うことになったが、不換紙幣が雪だるま式に増えても抜本的対策を講じず、手をこまねいていた。そのため物価が高騰し、社会秩序が混乱し、経済活動が停滞した。そのため岩倉や木戸が急遽、大隈を同格の会計官御用掛にしたのだ。

だが大隈が実質的に全権を握ることになると知った由利はやる気をなくし、辞任を申し出た。それに驚いた木戸は、由利に思いとどまるよう説得し、大隈と力を合わせて財政・貨幣問題に取り組んでほしいと懇請した。だが由利は頑として首を縦に振らず、以後、財政・貨幣問題に携わることはなかった。これにより会計官知事の伊達宗城の下、政府財政の実質的全権を大隈が握ることになった。

大隈の財政・貨幣改革が始まった。

まず会計官の人員の多さに驚いた。これは仕事量によって定員を決めず、仕事のない諸藩の吏僚を伝手によって雇用したためで、まずはその削減から始めねばならなかった。

さらに帳簿を整理し、明治政府発足以来の紙幣の発行と実際の出納を確認した。すると不正行為、すなわち自らの懐を肥やすような行為が平然と行われていると分かり、大隈はそれに携わった者たちを逮捕ないしは免職とした。

肥大化していた組織をスリム化した後、大隈は財政・貨幣政策の計画書（グランドデザイン）と工程表（タイムテーブル）を作成する。

大隈は喫緊の対策として、金札の時価通用を禁止するために、まず府県に、一万石につき二千五百両の金札を交付し、その代わりに同額の正貨を納めさせるという策を考えた。そして政府の信用を徐々に高めておき、当面は金札の流通を止めず、正貨への交換によって次第に減少させようとした。

工程表としては、明治五年（一八七二）には金札・官札・藩札などの交換を一斉に締め切った上で、造幣寮を作って新貨の流通を促し、流通する通貨のすべてを新貨に切り替えていくというものだった。

大隈の財政政策は「紙幣は正貨によって保証する」ことを基本にし、その間に貿易量を増やすなどして政府の財政の黒字化を図るというもので、紙幣を増刷しても、政府が保証しているので物価は上昇しないという理論的根拠に基づいていた。

大隈の財政政策は、幕藩体制下で儒教教育だけを受けてきた者にとっては考え難いほど高度なもので、由利が二度と財政にかかわらなかったのもうなずける。

同郷の大木喬任などは、投機に失敗して大損をする商人らが続出したため、大隈を強く批判し、三条実美と岩倉具視に訴え出るという一幕もあった。だが大隈は「貨幣の信用こそ国家の礎」と言って譲らず、一切の妥協をしなかった。そのため顔をつぶされた大木とは疎遠になっていく。

しかし、こうした大隈の辣腕ぶりに惹かれるように集まってくる若者たちもいた。

築地梁山泊（りょうざんぱく）である。

十二

「それにしても、大きな屋敷ですね」

門の前まで来た久米があんぐりと口を開ける。

「元は三千石の旗本屋敷だ。五千坪はある。まあ、旗本だし、これくらいあっても、ばちは当たらないだろう」

「ばちが当たったから、追い出されたんじゃないんですか」

「ああ、そうか」

大隈が頭に手をやって笑う。

恐る恐る門をくぐった久米が、庭を見渡した。

「さすがに庭は雑草だらけだ」

「ああ、そこまでは手も回らんし、金も回らん」

「国家の財政を司る会計官副知事様でも、金はありませんか」

「わしが扱っているのは国家の金で、わしの金ではない。この家の改修費も相当かかった上、飲食費が馬鹿にならん。それゆえ商人に借金せねばならなくなった」

「えっ、なぜですか。この家には大隈さんとご令室しか住んでいないんでしょう」

「誰でも、そう思うよな」

「もちろんです」

大隈が苦笑いしながら言う。

「家の中に入れば、その理由が分かる」

久米が玄関口で「お邪魔します」と言うと、奥から綾子が出てきた。

久米と綾子は初対面になるので、丁寧に挨拶を交わした。

「膳の支度をしてきます」と言って綾子が奥に引っ込むと、久米が「さすが大隈さんだ」と呟いた。

「何が、さすがなのだ」

「綾子さんは見目麗しいだけでなく、気が利いていそうだ」

「ああ、わしなどの許に、よくぞ嫁に来てくれたもんだ」

「新しいご令室には来てもらい、由利さんは追い出せて、万々歳ですね」

「おい、聞き捨てならないことを言うな。別に由利さんを追い出したわけではない。『どうするのか』と問うても何も言わんから、その代わりに回答を作ってやった。由利さんはそれを読み、黙って会計官御用掛の執務所を後にし、二度と戻ってこなかっただけだ」

久米が呆れたように首を左右に振った。

「やはり大隈さんは酷い」

久米の言葉に大隈が反論する。

「何が酷いものか。明治政府が諸外国の食い物にされずに一本立ちするまで、誰かの立場を慮（おもんぱか）ったり、上の意思を忖度（そんたく）したりしている暇はない」

「それは尤もですが、人には誇りというものがあります」

「知ったことか」とうそぶくと、逆に大隈が問うた。

「わしの方より、そっちの方はどうだ」

長い廊下を歩きながら、大隈が問う。

「老公のお体は思わしくないですね」

維新前から、久米は閑叟の近習として側近くに仕えていた。

「そうか。心配だな」

「無理に無理を重ねて出仕していますが、いつお倒れになるか分かりません」

政府の議定という重職についてから、閑叟の病状は悪化し、最近は起き上がれない日もあるという。

「そうだったのか。とにかくご老公を頼むぞ」

「分かりました。できる限りのことはしていくつもりです」

久米を居間に案内すると、そこにはすでに五人ほどの男がいた。膳の上には酒や食べ物がふんだんに置かれており、男たちは酒を飲んでは肴に箸を付けている。

「こいつは驚いた」

それを見た久米が目を丸くする。

「此奴らにいつも酒食を出しているので、わしは金がない」

築地の大隈邸は、進歩派と呼ばれる若手政治家たちの巣窟と化していた。そこにいるのは伊藤博文、井上馨、五代友厚、前島密といった政府の俊秀ばかりで、長州、薩摩、幕臣、そして大隈ら佐賀出身者といった雑多な出自を持つ。彼らは藩の垣根を乗り越え、「急進派」という旗の下に集まっていた。

「どうやら『初めまして』の方はいらっしゃらないようですね」

五人の男たちは久米を一瞥し、「よく来た」と言うと、今までしていた議論の続きに戻った。

伊藤が腕組みしつつ言う。

「版籍奉還の勅許を得ることができたが、これだけでは手ぬるい」

版籍奉還は明治二年（一八六九）一月の上表から約五カ月を経た六月、ようやく勅許を得た。

五代がうなずく。

「政府の財政難を解決するのは喫緊の課題。諸藩の収入を政府に集めない限り、政府の財政が破綻する」

五代は元薩摩藩士で、経済に明るく独自の産業振興策を持っていた。実は商人になるべく五月に政府を退官したばかりで、大隈の家の足軽長屋に泊まっていくことが多い。

「そこだ」と大隈が議論に加わる。

「版籍を奉還したからといって、すべてを取り上げるわけにはいかん。まずは、藩主一家の生活が立ち行くようにしていかねばなるまい。そのためには、それぞれの藩の歳入の二十分の一を藩主一家の禄とする。大身の家臣も現在の石高の二十分の一を給すればよい。残る二十分の十九は政府が召し上げる」

大隈は常に具体的な数値を挙げて議論する。これは、理念的で空疎な志士の議論を嫌っていたことに起因する。

井上も激しい口調で言う。

「兵の統率権もそうだ。これまでのように兵の統率権を藩ごとに持たせていたら、軍隊など烏合（うごう）の衆だ。今は英仏米蘭が牽制し合っているからよいようなものの、ロシアのような強引な国が蝦夷地の獲得に乗り出してくれば、手も足も出ないだろう。早急に国家の軍隊を持たねばなるまい」

前島が同意する。

「尤もだな。しかし事を急げば、抵抗勢力がうるさく言ってくるだろう」

抵抗勢力とは、あくまで漸進的に改革を推し進めようとする大久保利通を中心とした薩摩藩閥だが、木戸孝允を中心とした長州藩閥も築地梁山泊ほど急進的ではないため、ここに来て政府内の意見調整が難しくなってきていた。

前島が続ける。

「噂によると、薩摩藩の保守派が、われらを斬ると息巻いているらしい」

大隈が嘆息する。

「斬りたい奴には斬らせておけばよい」

薩摩出身の五代が恐る恐る言う。

「奴らは斬ると言ったら本気で斬りに来る」

「本当か――」

大隈が生唾をのみ込む。それを横で見ていた久米が言葉を挟んだ。

「大隈さんは逃げ足が速いから大丈夫だ」

それを聞いて皆が笑う。

「いずれにしても警戒は怠るな」

大隈の一言で、皆はすぐに議論に戻った。

井上が言う。

「版籍奉還の勢いで廃藩まで持っていかないと、またぞろ抵抗勢力が文句を言い始める。大久保さんたちが主張するように、藩主をそのまま世襲の知藩事として残すなど言語道断。

さようなことをすれば、すべては形骸化する」

伊藤や井上の所属する長州藩閥の領袖（りょうしゅう）の木戸孝允は、世襲知藩事制に反対で、諸大名を早急に領国から切り離し、東京に住まわせることを主張していた。だが大久保はそれに断固反対で、参与の副島までもが大久保を支持したため、この直前の六月十二日に開かれた参与会議では、藩主をそのまま知藩事に任用して世襲とすることに決した。ちなみにこの頃、西郷は薩摩に帰っており、国政に参画していない。

伊藤が思い切ったように言う。

「実は今日、井上君と二人で辞表を提出してきた」

「何だと――」

大隈が絶句する。

「皆に話さず、勝手に下野して申し訳ない。だが抗議したところで、埒が明かない」

「本気か」

伊藤と井上が顔を見合わせ、にやりとした。

「実は木戸さんの策だ。われら二人がいなくなれば、政府の仕事が回らなくなる。それで木戸さんが『辞表を出せ』と言うので従った。今頃、木戸さんは岩倉さんに談判しているところだ」

大隈が問う。

「世襲知藩事制を撤回させるのか」

「いや、そこまでは無理なので世襲部分だけ撤回させる」

後にこの策は功を奏し、木戸と話し合った岩倉は、大久保を説得して世襲部分を切り離した。これにより政府は、全国二百六十二人の藩主に対して「版籍奉還を許す」と同時に、現藩主を知藩事に横滑りさせた。

大隈邸での議論はこの後も続いたが、さすがに真夜中を過ぎた頃にお開きとなった。

皆は専用の人力車で来ており、車夫を待たせている。

この夜は泊まっていく者もいなかったので、大隈は皆を門まで送っていこうと、玄関を開けた時だった。

突然、甲高い声が聞こえた。

「おー、虫けらどもが集まって、ないをやっちょるんじゃろか」

目を凝らして見ると、庭に薩摩絣を着た男たちが二十人ばかりいる。

――しまった。警戒を怠っていた。

大隈が舌打ちする。

出入り自由を謳っているので、大隈邸は門を開け放っていた。そのため刺客が邸内に入るのを防ぐ手立てなど考えていない。

「まっさか、おはんらは――」

相手の姿を認めたらしく、五代が前に進み出る。

「半次郎、こない夜中に何用じゃ！」

――半次郎だと。

「人斬り半次郎」の異名を持つ薩摩藩の中村半次郎、後の桐野利秋がやってきたのだ。

維新後、中村は鹿児島常備隊の第一大隊の隊長に任じられていたが、西郷ら維新に功のあった者と共に賞典禄をもらったことから、その礼を政府に言上するよう、西郷から申し付けられて上京してきていた。

「おはんに用はなか。国賊ば斬りに来ただけじゃ」

五代を横に突き飛ばすと、中村が前に進み出た。

「だいから斬られたい！」

伊藤や井上らが蒼白な顔で後ずさる。大隈邸に集まっていた者たちは洋装なので、武器など持っていない。

大隈の耳元で、久米のため息交じりの声が聞こえた。

「大隈さんと一緒にいると、いつもこうなる」

――こいつは斬られるかもしれんな。

薩摩隼人の荒っぽさはつとに有名だ。しかも「斬る」と言って斬らないと、薩摩では笑い者にされると聞いたことがある。

「逃げるか」と一瞬思ったが、ここは自邸なので、客を逃がさず自分だけが逃げるわけにはいかない。

「久米、わしは逃げるわけにはいかん。そなたは、あの築地塀(ついじべい)を乗り越えて逃げろ」

大隈が庭の奥に見える塀を視線で示す。

「逃げても、すぐに追いつかれますよ」

久米は走るのが得意でない。

「何とか隣の本願寺に駆け込み、保護してもらえ」

「分かりました。いざという時にはそうさせてもらいますが、大隈さんはおとなしく斬られるんですか」

「ああ、ここで逃げたら政治家として終わりだからな」

大隈は覚悟を決めた。

十三

「人斬り半次郎」こと中村が、その鋭い顔つきに似合わない素(す)っ頓狂(とんきょう)な声で言う。

「おう、おはんがここん主か！」

「そ、そうだ」

仕方なく大隈が前に出る。

中村は、さも感心したように邸宅と庭全体を見回すと言った。

「広か屋敷じゃな。おいのうちの十倍はあんの」

中村は城下士（上士）の出だったが、極貧の中で育ち、少年時代には小作や畑の開墾で一家の家計を支えていた。

「こげん広か屋敷を政府からもらえたんじゃ。おはんは、よっぽど維新で功があったんじゃろな」

大隈は答えないでいると、取り巻きの一人が中村に呼応して言った。

「志士として走り回っておったのかの」

覚悟を決めた大隈は冷静な声音で返した。

「いや、そうでもない」

中村たちがどっと沸く。

「そうでもなかちゅう答えは、おもしろかね」

志士活動を始めて数日で捕らえられたとは答えにくい。

「じゃ、幕臣や会津藩兵をどいだけ斬ったんか」

「一人も斬っておらん」

「えっ、一人も斬っておらんち、今ゆうたか」

「ああ、そう言った」

「そうか。志士活動も戦もしとらんじゃったか」

中村はとぼけた顔で背後の仲間を見回すと、「おう、そうか！」と言った。

「そいでは、軍ば指揮しちょったんか」

「いや、していない」

「じゃ、ないをしちょった」

「わしは――」

大隈が胸を張って言う。

「長崎で外国人の相手をしていた」

中村の細い目が大きく見開かれる。

「こいつはたまげた。おはんは男芸者をやって、政府からこげん広か屋敷をもろうたんか」

背後の薩摩人たちが一斉に沸き立つ。

「男芸者はやっておらんが、そなたに何をやってきたか語っても、きっと分かってはもらえぬ」

「なんじゃち！」

中村の顔つきが一瞬にして変わった。殺気が風のように漂ってくる。

――どうやら学問について、何らかの劣等感を抱いている御仁のようだな。

中村が感情を剥き出しにしたので、すぐに察しがついた。

「おはんは、わしがなんも知らんと思うちょるんか」

中村が刀の鯉口に触れながら一歩近づく。

「いや、そうではない」

大隈が弁明しようとしたが、中村がかぶせるように言った。

「おはんらは、ないもせんで政府に取り入り、甘か汁ば吸うちょると聞いた。とくに武士をなくそうなっどは言語道断じゃ！」

「それは誤解だ」

ようやく中村たちの来訪の目的が分かり、大隈は応戦の機会を摑んだ。

「このままでは、この国は外夷の食い物にされる。それを防ぐには、迅速な近代化が必要だ。近代化のためには幕藩体制の頸木から脱さねばならない。つまり諸藩の富や兵を中央政府が一元的に管理するのだ。それが版籍奉還であり、版籍奉還こそが近代化への第一歩になる」

「つまるとこ、おはんは藩も武士もなくすっちゅうとな」

「ああ、なくす。そんなものはこの国にとって百害あって一利なしだ」

その時、背後から袖を引く者がいる。ちらりと見ると久米が苦い顔をしている。その向こうでは、伊藤らが蒼白となって首を左右に振っている。

——ああ、しまった。

大隈はうっかり本音を言ってしまったことを悔いたが、後の祭りだった。

「やっぱい、おはんらは奸賊じゃ。斬る！」

中村が抜刀しようとした時だった。

門の前に馬車が止まると、中から降りてきた長身痩軀の紳士が、つかつかと歩み寄ってきた。それを啞然として見ていた薩摩人たちは、紳士が誰か分かると、驚いて道を空けた。

振り向いた中村が、「あっ」と言って動きを止める。

「なんやっとう！」

紳士は中村の近くまで歩み寄ると、平手で中村の頰を張った。

「お、大久保さん——」

驚く中村を尻目に、大久保利通が大隈に向き直る。

「わが藩、いや同郷の者どもの無礼、平にご容赦いただきたい」

大久保は長身を折り曲げるようにして一礼すると、中村たちに言い放った。

「おはんらは藩邸に帰れ。今なら不問に付しちゃる」

大久保から叱責された中村らは、不満げな顔をしながらも、すごすごと去っていった。

「誰も怪我はないか」

「ありません」

「それはよかった。薩摩藩を代表してお詫び申し上げる」

そう言うと、大久保はくるりと向き直った。その背に大隈が呼び掛ける。

「大久保さん、どうしてわれらを救ったのですか」

大久保がゆっくりと向き直る。

「この国は法治国家だからだ」

「でもわれらが殺されれば、政局は大久保さんの思惑通りに進むはずです」

「自らの意見に反対する者たちが殺されたのを幸いとして、自らの意のままに政治を動かすなど真っ平だ」

大久保が厳格な顔で続ける。

「だが君らが何と言おうと、太政官会議の場では、私の主張を通させていただく」

それは大隈や伊藤らに向けての言葉というより、その背後にいる木戸に向けての言葉だった。

「分かりました。では、われらも太政官会議の場で堂々と渡り合う所存です」

「その意気だ」

大久保が少し顔を上げて夜空を見上げる。

「それが国家のあるべき姿だ」

大隈らが頭を下げる中、大久保は大股で去っていった。

――さすがだな。

杓子定規(しゃくしじょうぎ)に過ぎる一面はあるが、大久保は度胸の据わった一流の政治家だった。

「どうやら、また助かったようですね」

久米がため息を漏らす。

「ああ、そのようだ」

伊藤が歩み寄ってくる。

「大隈さん、冷や汗が出たぞ」

「わしもだ。汗で着物が背に貼り付いている」

その言葉に伊藤らが笑う。

「どうやら、われらの悪運はまだ尽きぬようだ。しかし用心せねばならんな」

「ああ、とくに薩摩っぽが何を仕出かすか分からん」

実は薩摩藩内でも、西郷を中心とした守旧派と大久保を中心とした進歩派という二つの派閥があった。とくに中村は西郷を盲目的に崇拝しており、守旧派の中でも要注意人物だった。

伊藤がため息をつきながら言う。

「では、そろそろわれらはご無礼仕る」

「気をつけろよ」

「裏から出ていく」

あれだけ大久保に叱責された後なので、中村らも待ち伏せまではしないと思われた。

伊藤らが止めておいた人力車の方に向かうと、庭の物陰に隠れていた車夫たちが姿を現した。

「丈一郎はどうする」

大隈と一緒に佐賀藩邸から歩いてきた久米は、人力車に乗ってきていない。

「そりゃ、泊めてもらいますよ。こんな時に一人で歩いて帰るところを見つかれば、腹いせに斬られるのが落ちです」

そう言うと、久米は自分の家のように邸内に戻っていった。

――どうやら、また首がつながったようだな。

大隈は首筋をこすると、夜空に向かって大きな伸びをした。

十四

明治二年（一八六九）七月、政府の官制改革が行われた。従来の行政官が正式に太政官と改められ、太政大臣、左右大臣、大納言、さらに数人の参議というポストを設け、それを国家の最高意思決定機関にしようというのだ。これにより大隈の所属する会計官は大蔵省となり、大隈は大蔵大輔となった。これは会計官副知事と同じポストで、とくに出世したわけではなかったが、翌月には民部大輔を兼任することになる。

この頃の政府内では、長州藩閥を代表する木戸孝允と薩摩藩閥を代表する大久保利通の対立が顕著になり始めていた。近代化を迅速に進めるべきという木戸に対し、大久保は漸進的に進めるべきだと主張していた。

木戸と大久保は版籍奉還では一致したが、これ以後も兵制改革や官制改革では一致せず、明治十年（一八七七）の木戸の死まで政敵として対立し続けることになる。

一方、佐賀藩閥は有名無実化しており、副島と大木は大久保派に、大隈は木戸派に属していた。ちなみに閑叟は病もあって政局に無関心で、江藤は佐賀藩の藩政改革を担当しているので、中央政治には関与していない。また島義勇は、蝦夷開拓使首席判官として蝦夷地に赴任している。

この官制改革で、木戸は「改革派の旗手」と謳われる大隈を参議に推挙したが、岩倉や三条の反対で却下された。その背後に大久保がいたのは言うまでもない。

これを機に、大隈は木戸派とさらに接近し、木戸の計らいで伊藤や井上らと共に実務の中枢を担うようになっていった。これにより廃藩置県への道筋も見えてきたが、そのためにも大隈には、是が非でもやらねばならないことがあった。鉄道の敷設である。

明治二年（一八六九）十一月十日、太政官会議の場には三条、岩倉、徳大寺、大久保、広沢（真臣）、副島、前原らが勢ぞろいしていた。ちなみに木戸は大久保との政治的駆け引きから自ら参議にならず、盟友の広沢を参議に就けていた。

広沢と同時に大久保も参議の座に就いたので、薩長両藩閥にとって互角の人事となった。

また大隈の上役にあたる民部卿兼大蔵卿の伊達宗城と大蔵少輔(しょうゆう)兼民部少輔の伊藤博文も同席したが、説明はすべて大隈に託された。

大隈は一つ咳払いすると、朗々たる口調で語り始めた。

「明治維新により、わが国は近代国家への第一歩を印しました。引き続き旧弊を一掃し、欧米並みの産業を次々と興していかねばなりません。その際に必要なのは何か」

大隈が一同を見回す。大久保は厳しい顔つきで大隈をにらみ、副島も敵意をあらわにしている。

「この国が近代国家となるために必要なのは物流です。それを支えるのは国家の背骨たる鉄道です。すでに欧米諸国には鉄道が通り、国内の主要な町を結んでいます。鉄道によって人も物も迅速に移動できるようになり、産業が急速に発展しています。物流なくして国家なし。鉄道なくして物流なし。これは欧米の常識でもあるのです」

岩倉が発言を求めた。

「大隈君、それは分かるが、民に実益がないと民は承知しないぞ」

「仰せの通りです。鉄道では米も運べます。とくに今年のように凶作に襲われても、米の余っている地域から、足りなくなっている地域に迅速に米が運べれば、民は飢えることがありません。とくに内陸部への輸送は鉄道にだけできることです」

日本は四方を海に囲まれているため、海運や河川舟運が物流を支えてきた。だがそれにも限界がある。川のない場所に物を運ぶためにも、鉄道は必須だった。

大隈が得意げに続ける。

「これまでは凶作の兆しがあれば、諸藩は米の藩外への搬出を禁止し、米穀商は米を買い占めて巨利を貪ろうとしてきました。こうした行為が近代化を阻害するのです。しかし鉄道ができれば、容易に米を運べるので米の価格が安定し、誰もが安んじて経済活動に邁進できます。つまり、これまで米穀価格の上下によって一喜一憂していた庶民たちにも、多大な恩恵があります」

「大隈君」と銅鐘のように底冷えした声が聞こえた。大久保である。

「君は、その先を見据えているんじゃないのかね」

「その先とは何ですか」

「藩を廃すことだよ」

あまりに直截（ちょくせつ）なその一言で、会議の場に緊張が漂う。

「仰せになられていることの意味が、よく分かりませんが」

「いや、分かっているはずだ。君は鉄道によって人と物の行き来を活発にし、これまで培われてきた藩境意識をなくさせようとしているのではないかな」

「さすが大久保参議、私はそこまで考えていませんでした」

大隈の痛烈な皮肉に、大久保の顔が引きつる。

「ほほう、そうかね。君ほど賢い者はいないと、皆が口をそろえて言うので、私もそうだと思っていたが、少し買いかぶりすぎたかな」

「ははは、これは一本取られましたな」

大隈が高笑いしたが、皆は緊張状態のままだ。

「君は随分と自信があるようだな」

「はい。われら佐賀武士には『葉隠』という奉公の教えを記した書物があり、そこでは『自分に並ぶ者なし』と思っていなければだめだと書いてあります」

「そんな古い教えを、いまだ信奉しているとは驚きだ」

「仰せの通り、古着をいつまでも着ている者は、いつまでも貧乏です」

大久保が苦々しい顔をして押し黙ったので、大隈は続けた。

「鉄道は文明開化の象徴です。天下万民は鉄道を見て、この国が変わりつつあることを実感します。戦国の昔、織田信長は白亜の石垣城を造り、領民たちに時代が変わったことを知らしめました。われらは城の代わりに鉄道を全国くまなく通すことにより、この国が一つになったことを万民に分からせるのです」

三条が恐る恐る問う。

「それはよいことだが、どこまでやるつもりか」

「伊藤君と私が立てた第一期計画では、試験的に東京・横浜間を通した後、東京から東海道沿いに、名古屋、京都、大阪、神戸まで幹線を通します。京都からは支線として敦賀までの路線も敷きます。これは日本海とつなぐために必須です」

三条が困ったように問う。

「例の件はどうする」

「ポートマンのことですか」

「そうだ。あの件が、まだ片付いていないだろう」

慶応三年（一八六七）十二月、アメリカ公使館書記官兼通訳官のアントン・ポートマンは、幕末のどさくさにまぎれて幕府老中・小笠原長行から、蒸気機関鉄道の敷設と経営の免許を得た。

新政府が鉄道敷設を開始するという噂が流れると、ポートマンは自らに権利があると主張し、もし認められないなら多額の違約金を払えと言ってきた。しかし同年十月十五日に大政奉還の勅許があり、新政府から諸外国に「以降の幕府との契約は無効」という通達をしていたため、ポートマンの契約も無効というのが、明治政府の見解だった。

「あの問題は解決しました」

ポートマンに対しては、外務大輔の寺島宗則が交渉窓口となっていたが、大隈も立場上、相談に与っていた。

「どう解決したのだ」

「奴の要求を突っぱねました。商人でもない公使館の書記官が有名無実化した幕府と契約するなど言語道断な上、公使のデ・ロングもぐるだったので、『本国は知っているのか』と、寺島君に問わせたところ引き下がりました」

「それならよいが、何事も穏便に頼むぞ」

三条は弱気な一面があるので、諸外国の公使たちは三条に直接嘆願したり、脅したりしてくる。

「大隈——」

今度は副島が不満げな声を上げる。

「東北は今、餓死者が出るくらいの飢饉(ききん)に見舞われている。鉄道を敷く金があったら飢饉対策に充てるべきだ」

明治二年、東日本では五月から気温が上がらず、六月以降は雨続きで多くの河川が氾濫し、沿村の田畑は水浸しになった。さらに八月下旬から霜が降り、「天保以来」と呼ばれる大凶作に見舞われていた。

「それは違います。鉄道は将来の餓死者を防ぐための方策です」

「今、飢えている者はどうする」

「それは知りません。私の仕事は鉄道を敷くことで、次の時代の餓死者を救うことです」

「何という奴だ」

副島が立ち上がると、大隈の方に歩いていく。

——殴るのだな。よし、殴られてやる！

堅物の副島は、同郷の者として大隈を恥だと思っているのだろう。

岩倉が上席から声を掛ける。

「おい、誰か止めろ」

その声に応じ、参議の広沢真臣と前原一誠（まえばらいっせい）が立ち上がり、副島を左右から押さえた。それでも副島は二人の腕を振り払い、大隈と対峙（たいじ）した。

「大隈、恥ずかしくないのか！」

「恥ずかしいことなど何一つありません」

「それでもお前は佐賀藩士か。共に学んだことを忘れたのか！」

「佐賀藩は早晩なくなります」

「此奴！」

「よせ、副島さん！」

二人がもみ合いになり、広沢と前原が背後から副島を押さえようとする。

「やめろ！」

大久保の一喝で皆の動きが止まった。

「副島君、席に戻りたまえ！」

大久保は葉巻を取り出すと、ゆっくりと火を点けた。

「飢饉対策は別途考える」

「失礼しました」

副島が席に戻る。

大久保が不愛想に問う。

「それで、鉄道の敷設にはいくらかかる」

「はい。五百万両ほどかかります」

大隈がけろりと答える。

その金額を聞いた一同からは、ため息や失笑が漏れた。五百万両を現在価値に直すと七百五十億円にも上るからだ。

大久保が鼻で笑うように問う。

「そんな金がどこにある。論外だ」

「いえ、金は知恵で生み出せます」

「知恵でだと――」

「私の考える金策を聞いていただけますか」

「よかろう」

一呼吸置くと、大隈が声高に続けた。

「いずこかの外国人商人との間で借款契約を結びます」

「借款契約だと」

「はい。関税と鉄道経営に伴う利益を担保にする条件で、その商人の本国から借款を募ります」

「利率はどうする」

「十二パーセント内に抑えるつもりです」

投資家たちは、その利率から出る利益を出資比率に応じて分配されることになる。

「どこの国に頼むつもりだ」

「ポートマンの件があり、アメリカには声を掛けにくいので、英仏のどちらかにします」

大久保は頭の回転が速いので、鋭い質問を繰り出してくる。

「鉄道敷設の技術力では、どちらの方が優れている」

「イギリスでしょう」

「では、まずイギリスに声を掛けろ」

「もちろんです」

「よし、最後に一つだけ確認しておく。この件に関して、日本政府は一切の保証をしない。すべては契約する商人の責任でやらせろ」

「つまり私債ですね」

「そうだ。日本政府が保証する公債ではない」

公債ということになれば、日本政府の財政的困難を世界に表明することになり、海外での信用を失墜させる。大久保としては、それだけは避けたいのだ。

これにより鉄道の敷設が決まった。名目上の責任者は伊達宗城だが、実質的な責任者は大隈と伊藤になる。つまり、すべては大隈と伊藤の手腕に懸かっていた。

十五

何かが決定すると、大隈の動きは速い。まずフランスは除外されたので、パークスに面談し、こうした私債による資金調達に長じた者の紹介を依頼した。むろん鉄道に詳しいことが条件となる。

これを聞いたパークスは、イギリス人ネルソン・レイを紹介してくれた。レイはかつて清国で総税務司（外交アドバイザー）の任に就いており、そのコネクションを使って鉄道を敷設しようとしたが、清国の混乱で挫折していた。だがイギリス人の資本家から一部の資金を預かっていたため、それを返したくないと思っていたところに、日本から渡りに船の話があったのだ。

しかもレイは、たまたま来日しており、パークス邸に居候していたので、パークスが呼ぶとすぐに出てきた。

レイはイギリスの爵位も有していたので、大隈と伊藤は信頼できる人物だと思った。しかもレイは鉄道技師だったという経験から、鉄道敷設のメリットを熟知していた。

レイが力説する。

「鉄道によって交通の便が改善されると、既存の市場が拡大すると同時に、新たな市場が生まれ、そこから上がる富は莫大なものになります。私債で行われたイギリスでの初期の鉄道敷設も予想以上に収益性が高く、投資資金の償還も計画通りに終わりました」

レイの話は、大隈と伊藤が前のめりになるほど魅力的だった。

「しかし鉄道の敷設だけは迅速に行わねばなりません。というのも情報が漏れると、資産家や実業家が鉄道敷設予定地と目される土地を買い上げようとします。そして国に高く売りつけようとするのです。土地の買収価格の高騰は計画を遅延させ、それがまた新たな土地の買い上げを呼び、予算はオーバーし、計画は遅延を余儀なくされます」

鉄道に詳しくない大隈と伊藤にとって、レイの話は学ぶところ大だった。

結局、この日は話を聞くだけで終わったが、数日後に行った際に、レイは見事な計画原案を提示してきた。

そこには、鉄道敷設のメリット、建設区間、工事開始日と完了日、技師や職工の人員計画、必要な資材、工事費用の概算、借款の償還期間、同方法、同利払い方法、利子率などが詳細に書かれていた。

レイの提出してきた計画書は清国向けに作ったものだったが、こうした緻密な計画書を見たことのない大隈らは、レイこそ国家の浮沈を左右する大計画を託すに足る人物だと思った。

だが用心深い伊藤は、計画書の緻密さとは裏腹な委託契約書の単純さに疑問を呈した。確かに大隈も「これでよいのか」と思ったが、レイによると、委託契約書は誰に委託するかが明記されたもので、詳細は計画書を参照することになっているとのことだった。

結局、十一月中に、大隈らはレイと契約を締結することになる。レイは勇んで帰国し、すぐに投資家を募ることになった。

十二月、大隈と伊藤は、パークスから「緊急の用件あり」という電報をもらい、馬車で横浜にあるイギリス公使館に駆けつけた。

公使館には、パークスのほかにもう一人の人物がいた。すでに大隈も知るオリエンタルバンクの支配人ロバートソンだ。

挨拶もそこそこに、窓際に立ったパークスは横浜港を見下ろしながら、「タイムズ」と書かれた新聞を机の上に投げた。

「これを読めと――」

パイプをくゆらせながら、パークスがうなずく。

それを黙読した大隈は愕然とした。

「ここに『この借款は日本政府が保証するものです』とあるが、これは何かの間違いです」

パークスが首を左右に振る。

「最初は私も誤報だと思った。だが日本にいるタイムズの記者に、電信で問い合わせてもらったところ、間違いないという」

大隈が自信を持って言う。

「これは契約違反です」

ロバートソンがカイゼル髭をしごきながら答える。

「レイとの契約書を読ませていただきましたが、どちらとも取れる文面です」

「そんなはずはない。私は何度も国家保証はないと確かめた」

国家保証をすることにより、日本国が財政難に陥っていることを全世界に広めることになると同時に、何か問題が生じて借金が返せなくなった際、日本政府の所有物（主に土地）

ていた。それが、植民地化への第一歩となることを、大隈らは警戒していた。

大隈の背に冷や汗が走る。

パークスは机の中から何かを取り出すと、茫然として言葉もない二人の前に置いた。

「これは君らとレイが取り交わした契約書だ」

大隈と伊藤が契約書を穴の開くほど見つめる。

「この契約書のどこに誤りがあるというのです」

ロバートソンが渋い顔で言う。

「私債とは明記していないので、取りようによっては『日本政府保証』と謳っても契約違反にはなりません」

大隈が言葉に詰まったので、伊藤が問うた。

「つまりレイは、それを自分に都合のよいように解釈したというのですか」

「はい」とロバートソンがうなずくと、別の箇所を指示した。

「ここを見て下さい。契約書では利率は十二パーセントですね」

「は、はい」

「では、こちらをご覧下さい」

ロバートソンが「タイムズ」を示す。

「出資者に払う利率は九パーセントとなっています」

「つまりレイは、三パーセントもの利益を抜くということですか」

「そうです」

「しかも契約金額は百万ポンドにもかかわらず、公募するのは二百万ポンドとされている」

「ど、どういうことですか」

愕然とする大隈に、パークスが苦々しげに答える。

「計画書（命令書）と業務委託契約書の盲点を突いたのだ。つまりこの二つが分断されているというわけだ」

「そんな馬鹿な」

業務委託契約書には詳細項目が書かれておらず、しかも「計画書に従う」という文言もない。

——だまされたのか！

レイは自分に都合よくこの二つを切り離して解釈し、労せずして自分の懐に莫大な利益が転がり込むようにしたのだ。

「奴は爵位を持つほどの家柄の出だ。友人面は上辺だけで、君らのことを見下している」

パークスは中小資本家の家柄の出なので、イギリスの上流階級に対して複雑な気持ちを持っているらしい。

「しかし、こんなことが許されるんですか！」

「法治国家では、契約書がすべてです。道義的に許されなくても、何ら罰を受けることはありません。つまり利率をどうしようと、公募金額をいくらにしようと、レイの勝手なのです」

ロバートソンが「契約書を見ろ」とばかりに前に押しやる。

息をのみつつ、大隈と伊藤が業務委託契約書を読んだが、確かに「利率を勝手に設定してはいけない」「公募金額を百万ポンドに設定する」とは書かれていない。

「つまり『日本政府保証』と謳って投資家に安心させ、低い利率でも投資しようという気にさせるわけです。ところがレイは間に入るだけで、三パーセントも抜ける。しかも公募金額の上限を決めていないので、そこも倍にしたわけです」

「何てことだ！」

外国人商人のずるがしこさを知っているつもりの大隈だったが、ついレイの誠実な態度にだまされてしまった。

――否、だまされたわけではない。これが、相手を出し抜いても自分がもうけるという欧米の常識なのだ。

大隈はまた一つ学んだ。

パークスが苦々しげに言う。

「私もだまされた」

ロバートソンが付け加える。

「レイはパークス公使の顔に泥を塗ったことになります」

「だが問い詰めたところで、契約書の盲点を突いただけで、自分に何ら落ち度はないと言い張るだろう」

大隈が肺腑を抉るような声で問う。

「どうしたらいいんでしょう」

パークスが椅子に戻ると言った。

「こうした相手をだますような方法を認めるわけにはいかない。われらは大英帝国だ」

大隈が何か言う前に、伊藤が冷静な声音で問うた。

「では、国家の命令として、レイに契約破棄を通告していただけますか」

「それはできない。たとえ盲点を突こうが、契約は契約だ。しかし、われらの外交方針も変わってきた」

「どう変わってきたのですか」

「これまでわれらは植民地を増やし、植民地から搾取することを目的としてきた。しかしそれではだめだ。中長期的に利益を上げるためには、植民地化よりも近代国家を育成し、自由貿易によって互いに恩恵を得た方がよいことに気づいたのだ」

パークスの発言は、イギリスで主張され始めた「小イギリス主義」なるもので、植民地から上がる利益よりも、近代国家を作り上げるのに手を貸す方が、将来的により多くの利益を見込めると学者たちが主張し始めたことに起因する。横須賀造船所を日本に帰属させるために金を貸したのも、この主義に則ってのものだった。

伊藤が膝を打たんばかりに言う。

「つまり日本の近代化を助けていただけるということですね」

「そうだ。日本を富ませる。そうすれば、われらも富む」

ロバートソンも笑みを浮かべてうなずく。

「日本が富んでくれないと、われわれも金の借り手が見つかりませんからね」

大隈が恐る恐る問う。

「で、どうすればよろしいので」

ロバートソンが葉巻に火をつけながら言う。

「まずはレイとの契約を破棄することです」

「それができるのですか」

「たいへんですが、できないこともありません」

「具体的にどうすればよいのですか」

「最も優秀な男をイギリスに送り、法廷闘争をすることが必要です」

「分かりました。私が行きます」

大隈の言に伊藤が口を挟む。

「待って下さい。大隈さんがそんなことをしている間に、鉄道計画が民間に漏れ、多くの資産家や実業家に土地を買い漁(あさ)られます。われら二人は鉄道敷設計画に集中すべきです」

「では、誰に行かせる」

「人材には心当たりがあります。それは後ほど——」

大隈がパークスとロバートソンに向き直る。

「レイとの契約は即刻破棄しますが、今から金を貸してくれる相手を探さねばなりません」

「そうかな」

パークスがにやりとする。

「この件で、われわれ二人は話し合った。本国にも連絡した。それで出した結論として、全権をオリエンタルバンクが肩代わりするというプランではどうだろう」

「まさか——」

ロバートソンもうなずく。

「これは政府マターです。レイの契約に準拠して、すべてを引き受けましょう」

「ありがとうございます！」

大隈と伊藤が立ち上がって頭を下げると、パークスとロバートソンも立ち上がった。

「レイなどという詐欺師(さぎし)まがいの男を紹介したことを、私も謝らねばならない」

パークスが握手を求める。ロバートソンも同じように手を出したので、四人はそれぞれ握手を交わした。その時、最後に大隈と伊藤も握手したので、パークスとロバートソンは笑った。

「君らは握手せんでいいだろう」

「ああ、そういえばそうですね」

「まあ、いい。握手は互いの気持ちが一致している証拠だ」

パークスが陽気な口調で言うと、サイドボードからスコッチウイスキーを取り出した。

「互いの気持ちが一つになった時、われわれは乾杯をする」

四つのグラスが並べられ、それに酒が注がれた。

「チアーズ！」

四人のグラスがぶつかる音が、邸内に心地よく響いた。

この後、大隈は伊藤の推薦で薩摩藩出身の大蔵大丞(だいじょう)・上野景範(うえのかげのり)をイギリスに派遣する。上野は灯台の設置などでイギリス人技師と仕事をし、彼らの気質に精通している上、英語も堪能だった。

上野はレイを相手に訴訟を起こして示談でまとめ、些少の違約金で契約を解消した。

この後も、上野はイギリスに滞在し、オリエンタルバンクを媒介にして、百万ポンドの外債を募集し、その調達にも成功する。さらに鉄道技師のエドモンド・モレルとも契約を交わし、日本に派遣した。上野は大隈よりも七歳も若いが、その辣腕ぶりは政府の面々を驚かせた。

そもそも鉄道敷設を外債に頼らねばならなかった理由は、明治政府の租税収入が旧幕府の直轄領からのものに限られていることに起因していた。明治の世になっても諸大名は当然のように領地と領民、そしてそこから上がる租税収入を自らのものとしており、それを早急に国庫に入れるようにしないと、政府は大規模な計画が何も進められないことになってしまう。つまり政府にとって廃藩置県は急務となっていた。

かくして外債公募から二年を経た明治五年（一八七二）九月、東京（新橋）・横浜間の鉄道の開業式が行われることになる。さらに二年後には大阪・神戸間、五年後には京都・大阪間の開通を成し遂げ、東京・神戸間の東海道本線の開通への道筋をつけることになる。

十六

明治二年（一八六九）十二月二十日の深夜、事件の一報を受けた大隈は、築地の自邸から溜池葵町（ためいけあおいちょう）にある佐賀藩邸に人力車を飛ばした。

藩邸に着いた時はすでに夜明け近い時間だったので、門は閉ざされていた。大隈は藩邸内に向かって、「大隈だ。開けろ！」と怒鳴ったが、夜番の門衛では判断がつきかね、上士の一人が叩き起こされてきた。

「どなたでござるか」

「大隈だ！」

「あっ、大隈か！」

門の横の潜戸（くぐりど）が少し開けられると、広澤達之進が目をこすっていた。この頃、広澤は閑叟や直大の秘書のような役割を果たしていた。

「早く開けろ！」

「またお前か。わしが夜番の時には来るなと言っただろう」

「そんなこと知るか！」

体を押し入れようとする大隈を制し、広澤は潜戸を半開きにして、恐ろしげに外の様子をうかがっている。

「何をやっている。早く入れろ」

「御家老から討ち入りを警戒しろと言われているのだ」

「誰が討ち入る」

「分からん」

「馬鹿野郎、もう明治の世だぞ！」

そう言いつつ体を滑り込ませた大隈は、広澤の先導で藩邸の奥に向かった。

一つの部屋の前で広澤は止まると、中に声を掛けた。

「ご無礼仕ります。大隈八太郎がやってきました」

「大隈だと。わしは呼んだ覚えはないぞ」

障子の中から不愛想な声が聞こえる。

——よかった。

その声が苦しげではなかったので、大隈は胸を撫で下ろした。

「いえ、会いたいと申しているのは大隈の方で、いかがいたしますか」

「分かった。めんどうだから入れろ」

その男は、体中を白布でぐるぐる巻きにされているにもかかわらず、机に向かって何かを書いていた。

「江藤さん、ご無事か！」

「大隈か、久しぶりだな」

江藤が机から顔を上げずに答える。

佐賀藩の藩政改革に着手していた江藤新平だが、明治政府の人材不足により、十月中旬、上京命令が下った。江藤としては道半ばの藩政改革を放り出すのは不本意だったが、「国家危急の秋(とき)なれば召しに応ずべし」という太政官の召命を受け、中央政府に身を投じることにした。むろん閑叟にも異存はない。

大急ぎで上京した江藤には、中弁（ちゅうべん）という太政官の中枢の地位が与えられた。中弁は太政官の庶務を担当し、太政官への上申書の審査や受理、また太政官の発する布告等の起案や起草をする仕事だ。つまり実質的に江藤が、太政官の庶務全般を切り回すことになる。

「江藤さん、もうよろしいんですか」

「見ての通り、斬られたばかりだ。よろしいはずがあるまい」

白布にはうっすらと血がにじんでいる。

それを見た広澤が泣きそうな声で言う。

「江藤さん、医者から『寝ていろ』と言われたではありませんか。起きていては困ります」

江藤が泰然自若（たいぜんじじゃく）として答える。

「寝ていても起きていても死ぬ時は死ぬ」

「よく分からん理屈だな」

「いいからそなたは下がっていろ」

江藤から下がるように命じられた広澤は、ぶつぶつ文句を言いながら、江藤の部屋を後にした。

「それで大隈は何用だ」

「何用も何もありません。江藤さんが刺客に襲われたという一報が入り、築地から人力車を飛ばしてきました」

「そうだったのか。そいつはすまんな。酒でも飲むか」

「今夜はやめておきましょう。それより顚末をお聞かせ下さい」

江藤がめんどうくさそうに語り始めた。

それによると昨晩、江藤が藩邸を出て駕籠で寓居に戻ろうと虎ノ門辺りまで来たところ、六人の刺客に襲われた。刺客の一人が駕籠の中で半ば眠っていた江藤に刀を突き刺したので、江藤は肩に裂傷を負った。これで目覚めた江藤が駕籠から転がり出るや、「無礼者！」と一喝したところ、刺客たちは逃走した。駕籠かきも逃げたので、江藤は一人藩邸まで徒歩で引き返し、治療を受けたという。

「それから藩邸は大騒ぎとなり、遂には蔵から埃まみれの槍や弓を引き出してきた」

普段は無駄口を叩かない江藤にしては饒舌だった。まだ興奮が冷めないのだろう。

「家老の誰かが『討ち入りがあるかもしれん』と言ったらしいのだ。それで皆に、『もうよいから鎮まれ！』と怒鳴ったところ、血がひどく噴き出してな。これはだめかなと思っていると、医者が畳針のようなもので傷口を縫い始めた。その痛いのなんのって。これなら死んだ方がましだと思ったわ」

「今は、もう痛みは引いたのですか」

「引くわけがなかろう」

「では、何をやっておられるのですか」

「老公への嘆願書を書いておる」

「えっ、何の嘆願書ですか」

江藤がため息をつく。

「決まっているだろう。刺客たちの助命嘆願書だ」

「それでは、下手人の顔を見たのですか」

「ああ、見知った顔だ。皆、わしと同じ手明鑓の出だ。早晩、名乗らざるを得なくなるだろう」

この頃、足軽たちは卒族と呼ばれ、政府によって様々な既得権を奪われていた。佐賀藩の卒族もその例に漏れず、将来への不安を抱えて生きていた。その怒りの矛先が、藩政改革の主導者の江藤に向けられたのだ。

「つまり江藤さんは、自らの命を狙った者どもを許すと仰せか」

「当たり前だ。わしが説諭すれば分かってもらえる。これからの世は――」

江藤の眼光が鋭くなる。

「士族も卒族もない。いや、四民平等だ。これまでとは違う世の中だと教えてやる。奴らはろくな教育を受けてこなかった。だから、わしのやろうとしたことが理解できぬのだ」

「教育と仰せか」

「そうだ。これから大切なのは教育だ。これまで佐賀藩は教育に熱心だったが、あくまで上士を中心にした教育だった。しかしこれからは違う。農民だろうと商人だろうと平等に教育を受けさせる。その中から優秀な者を出世させればよい」

「江藤さん、そんなことを広言したら、今度は上士連中から斬られますよ」

「もとより覚悟の上だ。人は変化を嫌い、改革を拒絶する。それゆえ、わしのように何事も大きく変えようとする者は、斬られて当然なのだ」

江藤が胸を張る。

「妙な理屈ですね」

大隈が笑って首をかしげたが、江藤は頓着しない。

「理屈も何もない。それくらいの覚悟がなければ改革などできない。尤も皆が教育を受けていれば、理解してくれる者が多くなるので、刺客もいなくなる」

「教育で刺客がいなくなるのですか」

「そうだ。教育しておらんから刺客が生まれる」

「それも妙な理屈ですが、教育が大切なことだけは分かりました」

「それならよい。正しい教育を施していれば、わしを斬ろうなどと思わず、逆に力を貸そうと思うはずだ。教育こそ国家の根幹だ。だからわしは、この国の教育制度を作り上げていきたい」

江藤の鼻息が荒くなる。

「四民平等の教育制度ですね」

「そうだ。教育の機会を均等にする！」

興奮したためか、先ほどより血のにじんだ跡が広がってきていた。

——たいした男だ。

江藤は自らの命を奪おうとした男たちを憎むでもなく、恐れるでもなく、教育の不足に怒っている。大隈はまた一つ学んだ気がした。

「分かりました。それがしが老公に嘆願書を届けます」

「おう、そうしてくれるか」

体を動かせない江藤に代わって大隈が嘆願書を届ければ、閑叟は確実に読む。

江藤が再び机に向かった。

——やはり、これからは教育だ。

江藤が書き終わるのを待ちながら、大隈は教育について考えていた。


その翌日、一人だけは姿を消したが、五人の男が自首してきた。大隈は江藤の書いた嘆願書を閑叟に提出し、江藤の気持ちを伝えたが、閑叟は頑なに首を左右に振った。

「いかに無知だろうと、わが藩が政府に派遣した朝臣を斬ろうとした罪は重い」と閑叟は言い張り、取り付く島もなく斬罪を命じた。

江藤が襲われたという一報は明治天皇の耳にも入り、江藤は見舞いの菓子と養生料百五十両を下賜された。

だがこの事件以降、政府の卒族に対する方針が緩和され、卒族の大半が士族に編入されることになる。

この少し前の九月には大村益次郎も襲撃されており（後に死去）、時代の変化に対する士族たちの拒否反応は徐々に盛り上がってきていた。それが沸騰し、巨大な焰と化していくまでには、さほどの年月を要さなかった。


〈下巻へつづく〉

地図　近藤　勲

『威風堂々（上）　幕末佐賀風雲録』二〇二二年一月　中央公論新社刊

中公文庫

威風堂々（上）
——幕末佐賀風雲録

2024年11月25日　初版発行

著　者　伊　東　潤

発行者　安 部 順 一

発行所　中央公論新社
〒100-8152　東京都千代田区大手町1-7-1
電話　販売 03-5299-1730　編集 03-5299-1890
URL https://www.chuko.co.jp/

DTP　平面惑星
印　刷　大日本印刷
製　本　大日本印刷

Published by CHUOKORON-SHINSHA, INC.
Printed in Japan　ISBN978-4-12-207576-4 C1193

中公文庫既刊より

各書目の下段の数字はISBNコードです。978-4-12が省略してあります。

い-132-1
走狗 伊東潤
西郷隆盛と大久保利通に見いだされ、幕末の表舞台に躍り出た川路利良。警察組織を作り上げ、大警視まで上り詰めた男が見た維新の光と闇。〈解説〉榎木孝明
206830-8

い-132-2
叛鬼 伊東潤
早雲、道三よりも早く下剋上を成し、戦国時代の扉を開いた男・長尾景春。悪名に塗れながらも、叛逆を続けた武士の正義とは？〈巻末対談〉本郷和人×伊東潤
207108-7

い-132-3
戦国鬼譚 惨 伊東潤
いま裏切れば、助かるのか？ 武田家滅亡期。すべてを失うかもしれない状況を前にした人間の本性を描く、五篇の衝撃作。〈巻末対談〉逢坂 剛×伊東 潤
207136-0

い-132-4
戦国無常 首獲り 伊東潤
手柄を挙げろ。どんな手を使っても――。首級ひとつで人生が変わる。欲に囚われた下級武士たちのリアルを描く六つの悲喜劇。〈巻末対談〉乃至政彦×伊東潤
207164-3

い-132-5
囚われの山 伊東潤
世界登山史上有名、かつ最大級の遭難事故、八甲田雪中行軍遭難事件。だが、この大惨事には、白い闇に隠された秘密が⁉ 長篇ミステリー。〈解説〉長南政義
207362-3

お-87-1
アリゾナ無宿 逢坂剛
時は一八七五年。合衆国アリゾナ。身寄りのない一六歳の少女は、凄腕の賞金稼ぎ、謎のサムライと賞金稼ぎのチームを組むことに⁉〈解説〉堂場瞬一
206329-7

お-87-2
逆襲の地平線 逢坂剛
〝賞金稼ぎ〟の三人組に舞い込んだ依頼。それは十年前にコマンチ族にさらわれた娘を奪還してほしいというものだった……。〈解説〉川本三郎
206330-3

お-87-3
果てしなき追跡（上）
逢坂　剛
土方歳三は箱館で銃弾に斃れた――はずだった。一命を取り留めた土方は密航船で米国へ。友を、そして記憶を失ったサムライは果たしてどこへ向かうのか？
206779-0

お-87-4
果てしなき追跡（下）
逢坂　剛
西部の大地で離別した土方とゆら。人の命が銃弾一発より軽いこの地で、二人は生きて巡り会うことができるのか？　巻末に逢坂剛×月村了衛対談を掲載。
206780-6

お-87-5
最果ての決闘者
逢坂　剛
記憶を失い、アメリカ西部へと渡った土方歳三を狙うのは、女保安官と元・新選組隊士。大切な者を守り抜き、失った記憶を取り戻せ！〈解説〉西上心太
207245-9

さ-49-1
カエサルを撃て
佐藤　賢一
紀元前52年、混沌のガリアを纏め上げた若き王ウェルキンゲトリクス。この美しくも凶暴な男が、ローマの英雄カエサルに牙を剝く大活劇小説。〈解説〉樺山紘一
204360-2

さ-49-2
剣闘士スパルタクス
佐藤　賢一
紀元前73年。自由を求めて花形剣闘士スパルタクスは起った。その行く手には世界最強ローマ軍が立ちはだかる!!　叛乱の英雄の活躍と苦悩を描く歴史大活劇。〈解説〉池上冬樹
204852-2

さ-49-3
ハンニバル戦争
佐藤　賢一
時は紀元前三世紀。広大な版図を誇ったローマ帝国の歴史の中で、史上最大の敵とされた男がいた。古代地中海を舞台とした壮大な物語が、今、幕を開ける！
206678-6

さ-49-4
ファイト
佐藤　賢一
ヘビー級王者、人種差別、戦争、老い……。全ての闘いでベストを尽くした不屈のボクサー、モハメド・アリの生涯を描く拳闘小説。〈解説〉角田光代
206897-1

さ-74-1
夢も定かに
澤田　瞳子
翔べ、平城京のワーキングガール！　聖武天皇の御世、後宮の同室に暮らす若子、笠女、春世の日常は恋と友情と政争に彩られ……。〈宮廷青春小説〉開幕！
206298-6

各書目の下段の数字はＩＳＢＮコードです。978－4－12が省略してあります。

さ-74-2
落　花　澤田瞳子
仁和寺僧・寛朝が東国で出会った、荒ぶる地の化身のようなもののふ。それはのちの謀反人・平将門だった。武士の世の胎動を描く傑作長篇！〈解説〉新井弘順
207153-7

さ-74-3
月人壮士（つきひとおとこ）　澤田瞳子
母への想いと、出自の葛藤に引き裂かれる帝――国のおおもとを揺るがす天皇家と藤原氏の綱引きを背景に、東大寺大仏を建立した聖武天皇の真実に迫る物語。
207296-1

し-6-27
韃靼（だったん）疾風録（上）　司馬遼太郎
九州平戸島に漂着した韃靼公主を送って、謎多いその故国に赴く平戸武士桂庄助の前途に待ちかまえていたものは。東アジアの海陸に展開される雄大なロマン。
201771-9

し-6-28
韃靼疾風録（下）　司馬遼太郎
文明が衰退した明とそれに挑戦する女真との間に激しい攻防戦が始まった。韃靼公主アビアと平戸武士桂庄助を軸にした壮大な歴史ロマン。大佛次郎賞受賞作。
201772-6

し-6-30
言い触らし団右衛門　司馬遼太郎
自己の能力を売りこむにはＰＲが大切と、売名に専念した塙団右衛門の悲喜こもごもの物語ほか、戦国豪傑を独自に描いた短篇集。〈解説〉加藤秀俊
201986-7

と-26-26
早雲の軍配者（上）　富樫倫太郎
北条早雲に見出された風間小太郎。軍配者となるべく送り込まれた足利学校では、互いを認め合う友に出会い――。新時代の戦国青春エンターテインメント！
205874-3

と-26-27
早雲の軍配者（下）　富樫倫太郎
互いを認め合う小太郎と勘助、冬之助は、いつか敵味方にわかれて戦おうと誓い合う。扇谷上杉軍へ攻め込む北条軍に同行する小太郎が、戦場で出会うのは――。
205875-0

と-26-28
信玄の軍配者（上）　富樫倫太郎
駿河国で囚われの身となったまま齢四十を超えた山本勘助。焦燥ばかりを募らせていた折、武田信虎による実子暗殺計画に荷担させられることとなり――。
205902-3

と-26-29
信玄の軍配者（下） 富樫倫太郎
武田晴信に仕え始めた山本勘助は、武田軍を常勝軍団へと導いていく。戦場で相見えようと誓い合った友たちとの再会を経て、「あの男」がいよいよ歴史の表舞台へ！
205903-0

と-26-30
謙信の軍配者（上） 富樫倫太郎
越後の竜・長尾景虎のもとで軍配者となった曾我（宇佐美）冬之助。自らを毘沙門天の化身と称する景虎の前で、いま軍配者としての素質が問われる！
205954-2

と-26-31
謙信の軍配者（下） 富樫倫太郎
冬之助は景虎のもと、好敵手・山本勘助率いる武田軍を前に自らの軍配を振るい、見事打ち破ることができるのか⁉ 「軍配者」シリーズ、ここに完結！
205955-9

と-26-32
闇の獄（上） 富樫倫太郎
盗賊仲間に裏切られて死んだはずの男は、座頭組織の長に拾われて、暗殺者として裏社会に生きることに！『SRO』「軍配者」シリーズの著者によるもう一つの世界。
205963-4

と-26-33
闇の獄（下） 富樫倫太郎
座頭として二重生活を送る男・新之助は、裏社会から足を洗い、愛する女・お袖と添い遂げることができるのか？ 著者渾身の暗黒時代小説、待望の文庫化！
206052-4

と-26-38
白頭の人 大谷刑部吉継の生涯 富樫倫太郎
近江の浪人の倅はいかにして「秀吉に最も信頼される男」になったのか——謎の病で容貌が変じ、周囲に疎まれても義を貫き、天下分け目の闘いに果てるまで。
206627-4

と-26-40
北条早雲1 青雲飛翔篇 富樫倫太郎
一代にして伊豆・相模を領する大名にのし上がる風雲児の、知られざる物語が幕を開ける！ 備中での幼少期から、幕府の役人となり駿河での密命を果すまで。
206838-4

と-26-41
北条早雲2 悪人覚醒篇 富樫倫太郎
再び紛糾する今川家の家督問題を解決するため、後の「北条早雲」こと伊勢新九郎は、駿河への下向を決意する。型破りな戦国大名の原点がここに！
206854-4

各書目の下段の数字はISBNコードです。978－4－12が省略してあります。

と-26-42
北条早雲3 相模侵攻篇
富樫倫太郎

この世の地獄を滅らすため、相模と武蔵も自分が支配するべきではないか――僧になった〝悪党〟が、途方もない夢に向かい、小田原城奪取に動く緊迫の展開！

206873-5

と-26-43
北条早雲4 明鏡止水篇
富樫倫太郎

宿敵・足利茶々丸との血みどろの最終戦と悲願の伊豆統一、再びの小田原城攻め……己の理想のため鬼と化した男にもはや安息はない。屍が導く関東への道！

206882-7

と-26-44
北条早雲5 疾風怒濤篇
富樫倫太郎

相模統一に足踏みする伊勢宗瑞が、苦悩の末に選んだ最終手段。三浦氏との凄惨な決戦は、極悪人にして名君の悲願を叶えるか。人気シリーズ、ついに完結！

206900-8

と-26-47
ちぎれ雲（一） 浮遊の剣
富樫倫太郎

女たちが群がる美丈夫・麗門愛之助。大身旗本の次男坊にして剣の達人の彼が対峙するのは、江戸中を震撼させる、冷酷無比な盗賊団！ 書き下ろし時代小説。

207497-2

と-26-48
ちぎれ雲（二） 女犯（にょぼん）の剣
富樫倫太郎

愛之助を執拗に狙い、江戸に現れた女盗賊・孔雀。艶やかにして、淫ら、そして冷酷。その目的とは⁉ そして煬帝一味も動き出し……。シリーズ第二弾。

207508-5

な-65-1
うつけの采配（上）
中路啓太

関ヶ原の合戦前夜――。誰もが己の利を求める中、ただ一人、毛利百二十万石の存続のため奔走した男・吉川広家の苦悩と葛藤を描いた傑作歴史小説！

206019-7

な-65-2
うつけの采配（下）
中路啓太

小早川隆景の遺言とは正反対に、安国寺恵瓊の主導により天下取りを狙い始めた毛利本家。はたして吉川広家は家を守り抜くことができるのか？〈解説〉本郷和人

206020-3

な-65-6
もののふ莫迦
中路啓太

豊臣に故郷・肥後を踏みにじられた軍人・岡本越後守と、豊臣に忠節を尽くす猛将・加藤清正が、朝鮮の戦場で激突する！「本屋が選ぶ時代小説大賞」受賞作。

206412-6